I0599047

WILDE IRISCHE REBELLIN

GEHEIMNISVOLLE BUCHT: BUCH 4

TRICIA O'MALLEY

LOVEWRITE PUBLISHING

WILDE IRISCHE REBELLIN

Geheimnisvolle Bucht: Buch 4

Buchumschlag: Victoria Cooper
Übersetzung: Ulrike Bartz
Lektorat: Annette Glahn

Lovewrite Publishing: 382 NE 191st, st#24553, Miami, FL, USA, 33179-3899

„Nichts ist so schlimm, dass es nicht noch schlimmer sein könnte."

— Irisches Sprichwort

KAPITEL EINS

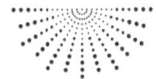

„Stopp!" Morgan McKenzie wachte mit einem Schrei auf. Ihre Kehle brannte und sie fasste nach Luft ringend an ihre Brust. Der Beginn einer Panikattacke brannte in ihrem Magen und sie kämpfte damit, sich zu orientieren.

„Oh nein." Morgan riss ihren Kopf hoch und versuchte, ihre Gedanken von der Panikattacke weg zu dem dringenderen Problem zu lenken.

Nämlich, dass das gesamte Inventar ihres kleinen Studioapartments um sie herum in der Luft hing.

Einschließlich ihres Betts.

„Okay, atme, konzentrier dich", befahl Morgan sich selbst, während sie verzweifelt versuchte, die Objekte, die um sie herumschwebten, herunterzubringen. Sie besaß nicht viel in dieser Welt und was sie hatte, war ihr wichtig. Wenn Morgan wegen eines wiederkehrenden Albtraums, den sie hatte, ihre Lampe zerbrach, müsste sie mindestens eine Woche arbeiten, um eine neue bezahlen zu können.

Morgan atmete erleichtert aus, als sich ihr Nachttisch

und die Lampe wieder auf dem Boden befanden. Aber ihr Bett herunterzubringen, ohne die Nachbarn unter ihr mit einem lauten Bums zu wecken, war etwas anderes und sie zählte im Kopf bis zehn, um sich zur Konzentration zu zwingen, bevor sie das Bett vorsichtig wieder auf dem Boden absetzte.

„Oh, das muss einfach aufhören", murmelte Morgan sich selbst zu, während sie sich aus dem Bett rollte und zu der kleinen Küchenzeile in der Ecke ging.

Die Wohnung war winzig und knapp innerhalb ihres Budgets, aber das war Morgan egal. Es war eigentlich nicht mehr als ein großes Zimmer im dritten Stock eines kleinen Apartmenthauses am Stadtrand. Aber die abgenutzten Holzböden und geschwungenen Glasfenster hatten Morgan gefallen, und die hohen Decken mit den hervorstehenden Balken ließen den Raum größer erscheinen, als er war. Mit Hilfe ihrer Chefin Aislinn hatte sie es geschafft, ein Doppelbett, ein zweisitziges Sofa und einen Tisch mit zwei Stühlen in das Zimmer zu bekommen. Drucke von Aislinns stimmungsvollen Meereslandschaften hingen an der Backsteinwand und brachten Farbe und Bewegung in den Raum. Morgan hatte eine innerliche Genugtuung empfunden, als sie für das Bett eine Steppdecke in zartgrünen Meerschaumtönen mit passenden Handtüchern für das kleine Badezimmer, das neben der Küche versteckt war, gekauft hatte.

Es war nicht viel, aber es war ihr Zuhause.

Abgesehen von ihrem Transporter war es das Erste, das Morgan ihr Eigen nennen konnte. Nachdem sie jahrelang von einer Pflegefamilie in die nächste geschickt wurde, hatte Morgan eine natürliche Aversion dagegen, Wurzeln zu fassen. Bis sie nach Grace's Cove gekommen war und das erste Mal in ihrem Leben in der Lage war, Freundschaften zu bilden.

Und sie hatte Leute gefunden, die ähnliche Gaben hatten wie sie selbst.

Es war nicht einfach gewesen für sie...ohne Familie aufzuwachsen, damit zu kämpfen, ihre anderweltliche Fähigkeit zu verstehen, die scheinbar von allein agierte. Es war so schlimm geworden, dass die Nonnen regelmäßig versucht hatten, ihr die Dämonen auszutreiben.

Morgan schüttelte sich, als sie den Kaffee für ihre French Press abmaß.

So viel dazu, tiefverwurzelte Unsicherheiten anerzogen zu bekommen, dachte sie. Morgan hasste die Träume, die sie zwangen, diese Zeit in ihrem Leben wiederaufleben zu lassen. Die Nonnen waren überzeugt gewesen, dass sie in Gottes Namen handelten. Erst Baird, Aislinns Mann und ortsansässiger Psychiater, hatte ihr klargemacht, dass es Kindesmisshandlung war, ans Bett gebunden zu werden und stundenlang zu beten.

Baird. Morgan atmete erleichtert aus, als sie an ihren sanftmütigen Psychiater und Freund dachte. Er hatte ihr die Sitzungen auf Bitte seiner Frau, und Morgans Chefin, Aislinn, umsonst angeboten. Ihre Augen füllten sich mit Tränen, wenn sie nur daran dachte, wie viel die beiden ihr in so kurzer Zeit geholfen hatten. Morgan war ziemlich sicher, dass sie einfach sterben würde, sollte sie sie jemals enttäuschen.

Und es waren nicht nur Baird und Aislinn, die ihr geholfen hatten, dachte Morgan, während sie ungeduldig darauf wartete, dass ihr Kaffee fertig wurde. Flynn hatte es riskiert, sie anzustellen, um auf seinen Fischerbooten mit ihm zu arbeiten. Seine Frau Keelin machte sich einen Namen als Heilerin und sie hatte Morgan dazu gedrängt, Zeit mit ihrer Großmutter zu verbringen, der größten Heilerin in ganz Irland, Fiona. Morgans Kopfhaut juckte, wenn sie darüber nachdachte, Fiona zu treffen. Sie hatte ihre besonderen Fähigkeiten so lange versucht zu verstecken, dass es ihr vorkam, als würde sie ein Pflaster von einer Wunde reißen, wenn sie zu Fiona ging. Sie war einfach noch nicht bereit für diesen Schritt.

Und dann waren da Cait und Shane. Cait war eine herrische Pubbesitzerin, jetzt hochschwanger, die sich in Morgans Leben eingeschlichen und angefangen hatte, sie herumzukommandieren, als hätte sie Morgan schon immer gekannt. Obwohl Morgan sich ab und zu symbolisch dagegen wehrte, liebte sie es insgeheim, dass jemand sie genug mochte, um sie herumzuscheuchen. Caits Mann Shane hatte ihr diese Wohnung verschafft und Morgan war ziemlich sicher, dass er ihr den Familienrabatt gab. Eine Schuld, die sie mit einem Jahr gratis babysitten zurückzahlen würde, wenn das Baby geboren war.

Morgans Gedanken kreisten zurück zu Aislinns Galerie, Wilde Seele. Sie hatte etwas riskiert an dem Tag, als sie ihre Kräfte genutzt hatte, um ein Bild davon abzuhalten, von der Wand zu fallen. Es war ein so schönes Stück gewesen, dass Morgan instinktiv reagiert hatte. Aislinn hatte mitbekommen, wie Morgan ihre Kraft nutzte, um das Bild zu retten und statt sie aus der Stadt zu jagen, hatte sie Morgan angestellt und war ihre Mentorin geworden.

Morgan wusste nicht, wem sie für die glückliche Wendung, die ihr Leben genommen hatte, danken sollte, aber etwas hatte sie in Richtung Grace's Cove geschubst. Eine kleine Stadt zu finden voll mit Leuten, die ähnliche Gaben hatten wie sie, war das beste gewesen, was ihr je passiert war.

Der Duft des Kaffees kitzelte in Morgans Nase und zog sie aus ihren Gedanken heraus. Morgan seufzte erleichtert auf, als sie nach ihrem einzigen Kaffeebecher griff, ein abgelehntes Töpferexperiment, das Aislinn zu hässlich für den Verkauf fand. Morgan liebte die überlappende Glasur in Creme und Türkis und hatte darauf bestanden, ihn mit nach Hause zu nehmen. Jeden Morgen, wenn sie daraus trank, erinnerte es sie daran, wie weit sie gekommen war.

Und genau wieviel sie zu verlieren hatte.

Morgan ließ ihren Blick durch den Raum schweifen, um sicherzugehen, dass während ihres Albtraums nichts zerbrochen war. Sie hatte noch nicht herausgefunden, wie sie ihre Kraft im Schlaf kontrollieren konnte, speziell während ihrer Albträume. Es war einer der Hauptgründe, warum sie keine Verabredungen hatte und nie im Haus eines Mannes schlief.

Sie konnte sich das Gesicht eines Mannes nur vorstellen, wenn er aufwachte und einen Schreibtisch über ihnen schweben sah. Er würde schreiend in die Nacht laufen.

Morgan schüttelte ihren Kopf und nahm einen Schluck Kaffee. „Lass es einfach sein", befahl sie sich selbst. Diese Albträume machten sie immer melancholisch und brachten sie zurück zu der Zeit, als sie ans Bett gebunden war, während der Priester sie auf lateinisch anschrie. Sie sollte das bei Baird irgendwann mal erwähnen.

Nach einem Blick auf die Uhr merkte Morgan, dass sie sich viel zu lange in ihren Gedanken verloren hatte. Sie huschte ins Badezimmer, sah in den winzigen Spiegel und schnitt ihrem Spiegelbild eine Grimasse. Dunkle Ringe lagen unter Augen, die sich nicht entscheiden konnten, ob sie blau oder grün waren, und ihre Haut sah blass aus. Sie kniff sich in ihre Wangen für ein bisschen Farbe und flocht ihre langen dunklen Haare in einen Zopf, bevor sie sie zu einem Knoten band. Sie zog sich aus, trat in die Dusche und wusch sich schnell, während sie große Schlucke von dem Kaffeebecher nahm, den sie auf die Ablage gestellt hatte. Sie wünschte, sie könnte noch eine Weile länger unter dem warmen Strahl stehen und die Knoten in ihrem Nacken massieren, die von einer unruhigen Nacht kamen. Stattdessen trocknete sie sich eilig ab, putzte ihre Zähne und sah kaum in den Spiegel, bevor sie ihren Kaffee schnappte.

Morgan benutzte selten Makeup. Was für einen Sinn hatte es? Sie arbeitete auf einem Fischerboot und hatte keine Verabredungen, also hatte sie wenig Bedarf dafür. Morgan zog sich schnell ein einfaches T-Shirt und eine wasserdichte Anglerlatzhose an und steckte ihre Füße in Schuhe mit Gummisohlen. Mit einem letzten Blick auf die Uhr ergriff sie einen Apfel und ein Erdnussbutterbrot aus dem Kühlschrank und verließ ihre winzige Wohnung.

Morgan versuchte, die abgetretenen Holztreppen, die in die Eingangshalle ihres Apartmentgebäudes führten, leise herunterzugehen. Es war gerade mal 4.30 Uhr morgens und sie hatte den Verdacht, dass die anderen Mieter es ihr übelnehmen würden, wenn sie sie zu dieser Stunde aufweckte.

Frische Morgenluft kam ihr entgegen, als sie auf die Straße trat. Grace's Cove war nach der atemberaubenden

Bucht benannt, die in den Kliffen außerhalb der Kleinstadt versteckt war. Es war eine allgemein akzeptierte Tatsache im Ort, dass Grace O'Malley, Irlands berüchtigte Piratenkönigin, die Bucht als ihre letzte Ruhestätte ausgewählt hatte.

Und dadurch beschützte sie die Bucht mit mächtiger Magie. Die meisten Einwohner von Grace's Cove sprachen nicht über die Magie, die in der Bucht zu finden war; stattdessen hielten sie sich weit weg von diesem verzauberten Wasser, da sie wussten, dass ihnen dort Schaden zustoßen würde. Tausende strömten aus ganz Irland in die Stadt und dachten, sie wären diejenigen, die sich endlich in die Bucht wagen und den vermeintlichen Schatz finden würden, den Grace dort vergraben hatte. Die Regierung musste am Ende Schilder aufstellen, die vor der mächtigen Strömung warnten und Leuten aus Sicherheitsgründen untersagten hineinzugehen.

Zu viele Leben waren hier verloren worden.

Und doch schien die Bucht ihre eigenen zu akzeptieren, dachte Morgan, als sie die stille Straße hinuntereilte. Nur in der Bäckerei waren ein schummriges Licht und Bewegung zu sehen. Häuser und Läden drängten sich an den überladenen Straßen, die alle zum Hafen hinunterführten. Es war normal, unter den Geschäften einzigartige Plätzchen zu finden, so wie der Laden, der tagsüber als Eisenwarenhandlung diente und nachts als kleiner Pub. Die Leute in Grace's Cove waren einfallsreich.

Und sie waren nicht zurückhaltend, wenn es darum ging, eine Gelegenheit zu nutzen. Es kamen genauso viele Menschen nach Grace's Cove, um die verwunschene Bucht zu sehen, wie um die malerische kleine Stadt zu genießen, die atemberaubende Blicke auf das Wasser bot. Pubs, Restaurants und Gästehäuser machten hier im Sommer einen Reibach.

Die Wintermonate waren die mageren Zeiten. Morgan schnupperte die Luft und war froh zu riechen, dass die Kälte des Winters sich auflöste und die Milde des Frühlings heranrollte. Auf dem Fischerboot zu arbeiten war während der Wintermonate besonders grausig gewesen, aber Morgan war entschlossen gewesen, es durchzustehen, was ihr wiederum den zurückhaltenden Respekt der anderen Mitglieder von Flynns Crew gewonnen hatte.

Als Morgan die Docks erreichte, ging sie hinunter zu Flynns Pier, wo ein kleineres Fischerboot angebunden war.

Heute war ein Buchttag, dachte Morgan und lächelte glücklich.

Morgan war die Einzige, die Flynn mit in die Bucht nehmen konnte. Es war der Ort, an dem er den besten Fisch und Hummer finden konnte, um seine Restaurants in ganz Irland zu versorgen. Fisch, der hier gefangen wurde, brachte einen hohen Preis.

Es war eine Ehre, auf diesen Fahrten mitkommen zu dürfen, dachte Morgan und winkte Flynn mit einer Hand zu, als sie zum Bug des Boots kam.

„Buchttag?"

„Ja", sagte Flynn.

KAPITEL ZWEI

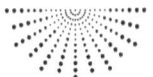

F lynn stand am Bug des Boots, rollte die Netze auf und ließ sie an Plätzen fallen, wo sie sich nicht ineinander verfangen würden. Nicht zum ersten Mal bewunderte Morgan sein dunkles, attraktives Aussehen und innerlich gratulierte sie Keelin zu ihrer exzellenten Männerwahl. Flynn war nicht nur verblüffend attraktiv, er war auch ein guter Mensch und solider Arbeitgeber. Morgan sah zu ihm auf, als wäre er ein älterer Bruder.

Und irgendwie war er es auch. Die Legende besagte, dass alle weiblichen Mitglieder aus Grace O'Malleys Blutlinie einen Hauch von etwas Speziellem hatten. Das machte sie und Keelin sozusagen Verwandte. Und dadurch war Flynn eine Art Bruder. Morgan war erleichtert, dass sie das im Kopf ausgearbeitet hatte, nachdem sie Keelin kennengelernt hatte. Sie hatte angefangen, sich zu sorgen, dass sie Flynn anhimmelte. Nachdem sie ihn in die Familienzone geschoben hatte, war das komplett verschwunden.

Das Boot, das Flynn zum Fischen in der Bucht benutzte, war niedrig und stromlinienförmig, die Glasfaserseiten waren in einem fröhlichen Rot gestrichen. Innen hatte es alle modernen Annehmlichkeiten, die ein Boot haben konnte, einschließlich eines kleinen Badezimmers, für das Morgan auf ewig dankbar war. Es war nicht das erste Mal, dass sie als einzige Frau in einer Crew nur aus Männern für etwas Peinlichkeit gesorgt hatte.

Morgan hüpfte gelenkig vom Dock auf das Bootsdeck und ging, um ihre kleine Tasche mit ihrem Essen und den Wohnungsschlüsseln in einem Fach unter dem Steuerrad zu verstauen.

„Sind die Köder gemacht?"

„Noch nicht", sagte Flynn und Morgan nickte und ging zum hinteren Ende des Boots, wo die Hummertöpfe aufgestapelt waren. Obwohl vieles von dem, was sie fingen, durch die Netze kam, gab es für Hummer aus der Bucht einen Höchstpreis. Sie fanden unter Garantie immer die größten und gesündesten Hummer hier. Es wäre der erste Hummerfang dieser Saison, da es auf den Spätfrühling zuging und Morgan hatte die Vermutung, dass die Körbe, die sie vor einem Tag gelegt hatten, schon voll waren.

Ein Eimer mit Heringen stand neben den Körben und Morgan zögerte nicht einen Moment, ihre Hände in die glitschige Nässe aus totem Fisch zu stecken. Sie summte vor sich hin, während sie arbeitete und merkte kaum, dass Flynn das Boot startete und langsam vom Dock ablegte. Sie nahm sich Zeit, die Körbe mit Ködern zu bestücken und stellte sicher, dass jedes Stück in der engen Netztasche abgesichert war, bevor sie zum nächsten ging. Als sie fertig war, lehnte sie sich über die Reling und tauchte ihre Hände in das kalte Wasser, um Fischreste von ihren Fingern zu spülen.

„Kaffee ist da drüben", sagte Flynn und nickte zu einer Thermosflasche, die er neben den Beifahrersitz gestellt hatte.

„Danke", sagte Morgan und ging zum vorderen Ende des Boots, um neben ihm zu stehen.

Dies war der beste Teil des Tages für sie. Während die Sonne über den Horizont des stillen Hafenwassers hochkam, erleuchteten die Lichtstrahlen langsam die knallbunten Gebäude des Dorfs. Eins nach dem anderen gingen die Lichter an und das Dorf erwachte, während das Boot hinaus ins tiefe Wasser tuckerte.

Da dies Flynns kleineres Boot war, blieb er näher an der Küste als mit seinem großen Fischerboot. Morgan ließ ihren Blick über die großen Kliffe schweifen, die knapp außerhalb des Dorfs aus dem Wasser ragten, die Küste mit ihrer beeindruckenden Erscheinung dominierten und jeden Sommer Tausende von Touristen anzogen. Sie waren atemberaubend, wie sie den Platz beherrschten, aber Morgan fühlte immer ein wenig Traurigkeit, wenn sie sie ansah. Da war etwas Ursprüngliches und Elementares an den Kliffen, die aus dem tiefen Wasser des Ozeans ragten, um ihr Menschsein in Perspektive zu bringen, dachte sie.

„Wie ist deine neue Wohnung?", fragte Flynn.

„Gut, danke. Ich bin so dankbar, dass Shane das für mich arrangiert hat", sagte Morgan. Flynn wusste, dass sie in ihrem Auto gelebt hatte und hatte sie doch nie danach gefragt. Das war ein weiterer Grund, warum sie so gern für ihn arbeitete. Der Mann wusste, wann man keine Fragen stellte.

„Hast du alles, was du brauchst?"

„Ja, das tue ich. Ich habe ein Bett und Aislinn hat mir

mit dem Einrichten geholfen. Es ist wirklich ein perfekter Platz für mich", sagte Morgan.

„Gut, wir brauchen alle unser eigenes Reich", sagte Flynn und ließ es dabei bewenden.

Morgan stimmte ihm stumm zu. Sie hatte es nur nicht gemerkt, bis sie ihre Wohnung bekommen hatte. Eine innere Leere war an dem Tag gefüllt worden, als sie den Mietvertrag unterschrieb, und das erste Mal in Jahren sah sie mit Hoffnung in ihre Zukunft.

„Die Gabe liegt vorne", sagte Flynn leise, als sie sich den beiden großen Kliffen näherten, die in felsigen Vorsprüngen endeten und für alle Welt aussahen wie steinerne Wächter, die den Eingang zur Bucht bewachten. Morgan musste nicht fragen, was er meinte. Alle, die in die Bucht hinein durften, verstanden, dass man erst ein Geschenk anbieten musste, um die eigene Sicherheit zu gewährleisten. Für Morgan stand das gar nicht zur Debatte.

Morgan ging zum Bug des Boots und fand eine kleine Netztasche. Als sie sie bewegte, konnte sie Metall und ein paar Kristalle glitzern sehen. Flynn stellte den Motor ab und Stille umgab sie, als sie in das ruhige Wasser der Bucht glitten. Ihr Herz zog sich zusammen – nur für einen Moment – wie immer, wenn sie in die Bucht einfuhren. Ob Leute es zugeben würden oder nicht, hier war mächtige Magie. Morgan konnte spüren, wie die Kraft gegen ihre Haut drückte, als ob sie durch einen dünnen Rauchschleier ging. Dampf zog vom stillen Wasser der Bucht in den Himmel und die Kliffe umarmten das Wasser in einem fast perfekten Halbkreis. Ein sandiger Strand zog sich am Fuß der Kliffe entlang und erweckte den Anschein eines perfekten Picknickplatzes. Stattdessen war er leer, die Wellen schwappten sanft auf den goldenen Sand.

Morgan nahm die Tasche und sprach so laut, dass ihre Worte von den Kliffwänden zurückhallten. „Wir möchten dir diese Gaben als ein Zeichen unseres Respekts anbieten. Wir versprechen, der Bucht nicht zu schaden, und dass wir keine schlechten Absichten haben." Morgan wiederholte niemals dieselben Worte, wenn sie die Bucht hineinfuhren, aber die Intention war die gleiche.

Wir möchten keinen Schaden anrichten.

Wir respektieren diese heiligen Gewässer.

Mit diesen Worten warf sie die Tasche ins Wasser und sie verschwand mit einem leisen Glucksen in den Tiefen.

„Lass uns die Töpfe kontrollieren", sagte Flynn und Morgan riss sich vom vorderen Bootsende los.

Es war Zeit zu arbeiten.

Stunden später reckte Morgan ihren Rücken, während sie auf den Berg von Körben hinten im Boot schaute. Die Körbe waren voller großer Hummer gewesen, als sie sie aus dem Wasser gezogen hatten und Flynn war überglücklich mit dem Fang. Alles in allem war es ein friedlicher, wenn auch geschäftiger Tag gewesen. Flynn und Morgan arbeiteten normalerweise schweigend, während Flynn zur Musik mitsummte, die vom kleinen Radio im Armaturenbrett kam. Morgan machte die körperliche Arbeit nichts aus, weil es ihr die Gelegenheit gab, ihren Gedanken nachzuhängen.

Und in letzter Zeit hatte sie viel über die leitende Position nachgedacht, die Aislinn ihr in der Galerie geben wollte.

Es war nicht, dass sie sie nicht wollte – sie würde alles

tun für Aislinn. Aber die alten Unsicherheiten, die sie seit ihrer Kindheit quälten, kamen wieder hoch und sie stellte ihre Fähigkeit, ihren Job gut zu machen, in Frage. Sie würde lieber die Stelle nicht nehmen, als Aislinn in irgendeiner Weise zu enttäuschen.

Nachdem sie einen Beschluss gefasst hatte, über den sie allerdings ein bisschen traurig war, ließ sie sich auf dem Sitz neben Flynn zusammensacken und seufzte.

Flynn warf ihr einen Blick zu. „Wie steht es in der Galerie?"

Morgan sah ihn schräg an. „Und dabei könnte ich schwören, dass Cait diejenige ist, die Gedanken lesen kann und nicht du", sagte sie und lächelte ihn an.

Flynn hob eine Augenbraue hoch und lächelte. „Geht dir die Arbeit nicht aus dem Kopf?"

„Ja, Aislinn will, dass ich das Geschäft führe."

„Na, das ist doch eine wunderbare Chance. Dadurch hat Aislinn mehr Zeit zu malen und es ist offensichtlich, dass du einen Blick für das hast, was du machst."

Morgan drehte ihren Kopf zu Flynn, als die Küste an ihnen vorbeizog.

„Wie meinst du das?"

„Warst du nicht diejenige, die für das tolle Design bei ihrer Ausstellung verantwortlich war? Was ist damit, wie der Laden umorganisiert ist oder wie Aislinn jetzt Drucke ihrer Arbeiten auf der ganzen Welt verkauft? Das war doch nicht alles Aislinns Tun?"

Morgan konnte nicht anders und lächelte über seine Worte.

„Eventuell hatte ich damit ein bisschen was zu tun", sagte sie.

„Das möchte ich wohl meinen. Hör mal, ich liebe Aislinn, aber sie ist nicht gerade die beste Geschäftsfrau. Die Hälfte der Zeit macht sie die Galerie aus Lust und Laune zu und geht malen."

„Dazu habe ich schon ein Machtwort gesprochen", sagte Morgan nachdrücklich.

„Siehst du? Du schaffst das ganz bestimmt."

„Ich weiß nicht", sagte Morgan leise mit einem Schulterzucken.

„Machst du dir Sorgen, dass du diesen Job aufgeben musst?"

„Ich will ihn nicht verlieren oder dich im Stich lassen", platzte aus Morgan heraus. „Du hast mir eine Chance gegeben, als das niemand sonst getan hätte und das bedeutet alles für mich."

Flynn drosselte das Boot zu einer Kriechgeschwindigkeit und drehte sich, um sie anzusehen.

„Ich nehme es dir nicht übel, wenn du den Job annimmst. Du hast ihn dir verdient."

„Aber was machst du dann, wenn du in die Bucht fahren willst? Niemand sonst kann das mit dir machen."

„Ich habe das schon jahrelang gemacht, bevor du kamst", bemerkte Flynn sanft.

„Wie wäre es, wenn wir Montag als Buchttag erklären, wenn die Galerie geschlossen hat?"

„Ja, das könnte ich machen. Ich stelle die Töpfe über das Wochenende auf und komme dann montags mit dir hierher", stimmte Flynn leichtherzig zu und Morgan fühlte, wie sich ihr Magen drehte.

„Habe ich gerade den Job in der Galerie angenommen?", fragte sie sich laut.

Flynn lachte und tätschelte ihre Schulter, bevor er sich zum Steuer zurückdrehte und den Motor hochdrehte.

„Es sieht so aus, als ob du das hast", rief er ihr über den Lärm des Motors zu.

Morgan lächelte ihn an, aber in ihrem Inneren schlug ihr Magen Purzelbäume.

„Wir werden sehen", sagte sie und schloss ihren Mund. Sie brütete über ihren Worten, als das Boot in den Hafen glitt. Das Dorf war am späten Nachmittag lebhaft und sie lächelte über die Leute, die geschäftig ihrem Tag nachgingen und vom Markt nach Hause liefen. Gruppen von Schulkindern in Uniform rannten durch die Stadt und provozierten und hänselten sich gegenseitig. Und das Licht in Flynns Restaurant leuchtete hell.

„Nimmst du diesen Fang hier?", fragte Morgan und zeigte von den Hummern zu seinem Restaurant.

„Ja, wenn wir zu viele haben, lege ich alle auf Trockeneis und schicke sie nach Galway", sagte Flynn mit einem Nicken.

Morgan nickte und hüpfte leichtfüßig vom Boot auf das Dock, als Flynn das Boot näherbrachte. Sie ergriff das dicke Seil vorn am Boot, band es schnell am Dock fest, sicherte es und rannte zum hinteren Ende des Boots, um die Seite auch festzuzurren. In Windeseile entluden sie die Hummer.

„Bring die für mich hoch, während ich das Boot saubermache", wies Flynn sie an.

Morgan blickte auf das schmutzige Boot.

„Bist du sicher?"

„Ja", sagte Flynn und winkte sie weg.

Morgan hob die Hummer hoch, die in zwei großen

Eimern voller Meerwasser lagen. Obwohl sie schlank war, war sie nicht schwach. Trotzdem zwang das Gewicht der Eimer sie, vorsichtig das Dock entlangzugehen aus Angst, die Hummer zu verschütten. Als sie die Strandpromenade erreichte, die am Hafen entlanglief, drehte sie sich nach rechts und begann ihren Weg zu Flynns Restaurant.

„Brauchst du Hilfe?"

Eine Stimme wie Whiskey mit einem Hauch von Sex rief ihr zu und Morgan spürte, wie sie sofort erstarrte. Sie sagte sich selbst, sie müsste sich beruhigen, hielt an und sah über ihre Schulter.

„Hey, Patrick." Sie lächelte freundlich.

Patrick Kearney eilte den Holzsteg herunter zu Morgan und ihr Herz verdrehte sich etwas. Ein breites Lächeln in Kombination mit sturmgrauen Augen und einer Mähne von dunklem Haar war genug, dass jedes Mädchen anhalten und starren würde. Die Tatsache, dass er an Morgan interessiert war, tat nichts dazu, ihre Nervosität ihm gegenüber zu mindern. Es machte es sogar schlimmer. Sie fummelte mit den Eimern, als er näherkam. Patrick lächelte, bückte sich und für einen kurzen Moment dachte Morgan, dass er sie küssen würde. Stattdessen schob er seine Hände unter die Griffe beider Eimer und hob sie ohne Anstrengung hoch.

„Ich kann das schon", sagte Morgan steif und dann wollte sie sich selbst dafür treten, dass sie so undankbar klang.

„Ich weiß, dass du das kannst, aber es ist einfacher für mich, weil ich den ganzen Tag Eimer mit Eis trage", sagte Patrick leichthin und ging den kleinen Hügel zu Flynns Restaurant hoch. Patrick war Barchef und Teilzeitmanager in Caits Pub. Man konnte ihn oft sehen, wie er alles machte, vom Bier ausschenken bis zu Essen servieren. Morgan mochte das an ihm. Er war sich nicht zu schade, seine Ärmel aufzurollen und die Arbeit zu machen – egal, was gerade nötig war.

Morgan vermutete, dass sie die gleiche Arbeitsmoral hatte, da sie nie zögerte, mit anzupacken, wenn es gebraucht wurde.

„Es war ein herrlicher Tag, um auf dem Wasser zu sein", bemerkte Patrick, während sie mit ihm Schritt hielt.

„Ja, das stimmt. Einer unserer ersten warmen Tage. Ich freue mich auf mehr davon", sagte Morgan, dankbar für die unkomplizierte Unterhaltung.

„Wie war die Bucht?", fragte Patrick.

Morgan erstarrte und warf ihm einen Blick zu.

„Gut. Woher weißt du, dass wir dort waren?"

Patrick machte mit einem Eimer ein Zeichen. „Der beste Hummer kommt aus der Bucht."

„Ja, das stimmt", gab Morgan zu und ließ es dabei bewenden. Während Aislinns Kunstausstellung Anfang des Jahres war Morgan überrascht gewesen herauszufinden, dass Patrick von einigen der besonderen Fähigkeiten wusste, die die anderen Frauen hatten. Sie war über seine scheinbar leichtfertige Akzeptanz der Tatsache, dass seine Chefin seine Gedanken lesen konnte, erstaunt gewesen. Morgan fragte sich, ob er genauso akzeptierend wäre, wenn er wüsste, dass die Person, mit der er ausgehen wollte, mehr Kraft hatte als alle anderen zusammen.

Ich sollte sie zum Essen einladen. Vielleicht sagt sie dieses Mal ja, dachte Patrick. Morgan zog eine Grimasse und errichtete die Mauern in ihrem Kopf. Sie war nicht so gut wie Cait beim Gedankenlesen, so dass ein gelegentlicher Gedanke ab und zu durchschlüpfte.

Morgan war nicht sicher, ob sie bereit war, mit Patrick zum Essen zu gehen. Nach einem langen Tag auf dem Boot wollte sie einfach nach Hause gehen, duschen und sich mit einem Buch zusammenrollen. Morgan war ihr Freiraum wichtig, und sie studierte heimlich gebrauchte Bücher über Wirtschaftswissenschaft, die sie kaufte, wenn sie es sich leisten konnte. Wenn sie diesen Job bei Aislinn annehmen würde, war Morgan entschlossen, einen Erfolg daraus zu machen

„Ich kann nicht warten, nach Hause zu kommen und meine Füße hochzulegen, es war ein ganz schön langer Tag", sagte Morgan schnell und hoffte, Patrick damit zuvorzukommen.

Ein kurzer Ausdruck der Enttäuschung flackerte über Patricks Gesicht und dann kam sein freundliches Lächeln wieder hervor.

„Wann geht ihr morgens aufs Wasser?"

„Normalerweise sind wir spätestens um fünf Uhr morgens draußen", sagte Morgan und lachte dann, als Patrick sich dramatisch schüttelte. „Wir können nicht alle die ganze Nacht aufbleiben und mit den Einheimischen Bier trinken", frotzelte sie.

„Es ist mehr als das", sagte Patrick steif und Morgan fühlte sich sofort schlecht.

„Es war nur ein Witz", sagte sie, als sie die Hintertür von Flynns Restaurant erreichten.

„Ja, ich weiß. Na gut, dann genieß deinen Abend und geh früh ins Bett", sagte Patrick und klopfte ihr sanft auf die Schulter, bevor er wegging. Sie beobachtete, wie er sich mit einer leichten Anmut bewegte, um die sie ihn beneidete. Leute riefen ihm Grußworte zu, als er zum Pub ging und er winkte mit der Hand oder rief zurück. Alle kannten und liebten Patrick.

Niemand kannte sie.

Es war genug, dass sie sich wegdrehte und Flynns Koch abwesend anlächelte, als er zur Hintertür kam. Sie sollte besser nicht vergessen, dass Patrick der Goldjunge der Stadt war und sie immer noch eine geheimnisvolle Außenseiterin. Es war besser für sie, ihm nicht zu nah zu kommen.

Sie hatte vor langer Zeit gelernt, dass Bindungen Fragen mit sich brachten.

Und Morgan war nicht bereit, sie zu beantworten.

„Der Fang des Tages", sagte Morgan mit einem Lächeln und der Koch nickte und nahm die Eimer vom Treppenabsatz. Ein Luftstoß, erfüllt mit dem verlockenden Geruch von Butter und Knoblauch, brachte ihren Magen zum Knurren und sie wünschte, dass sie es sich leisten könnte, in Flynns Restaurant zu essen.

Stattdessen schob Morgan ihr Haar hinter ihre Schulter und ging mit gebeugtem Kopf zu ihrer kleinen Wohnung, um den Blicken der Leute auf der Straße auszuweichen.

KAPITEL DREI

Patrick sah zu, wie Morgan wie eine verängstigte Maus mit hochgezogenen Schultern und nach unten gerichteten Augen die Straße hochlief. Sie sah weder die bewundernden männlichen Blicke, die sie trafen, noch das freundliche Lächeln der Einheimischen. Das Signal war laut und deutlich – lasst mich allein.

Er seufzte und massierte einen Knoten in seinem Nacken. Seit Morgan in die Stadt gekommen war, hatte Patrick keine andere Frau eines Blicks gewürdigt. An ihr war etwas, das ihn sofort süchtig machte. Da war die offensichtliche Tatsache, dass sie umwerfend attraktiv war. Ihr schlanker Körper, ihre stimmungsvollen Augen in der Farbe der See nach einem Sturm, in Kombination mit ihrem schüchternen Benehmen, da wollte er unter der Oberfläche graben, um mehr über sie herauszufinden.

Und war es das letzte Mal nicht wunderbar gelaufen, als er es versucht hatte?

Patrick stöhnte und ging zum Pub, während er sich zurückerinnerte an den Abend in Aislinns Innenhof, als er

Morgan geholfen hatte, ein paar Treibholzstücke in die Galerie zu tragen. Die untergehende Sonne hatte ein warmes Licht über ihre glatte Haut geworfen, ihre Augen erleuchtet und seinen Blick zu ihren vollen Lippen gezogen. Er konnte nicht anders, als sich herunterzulehnen und sie zu küssen.

Er hatte fast einen Herzanfall bekommen, als sie geschrien hatte, als ob er ihr weh tat. Patrick war zurückgesprungen und hatte gedacht, dass da eine Spinne oder was ähnliches war, als Baird und Aislinn durch das Tor gestürmt kamen. Ein Blick auf Morgan hatte ihm alles gesagt, was er wissen musste. Das Mädchen hatte sich vor ihm gefürchtet und Baird hatte Patrick schnell mitgenommen.

Es war eine bittere Pille gewesen, die er schlucken musste, und die seinen strengen Moralkodex aufs tiefste verletzt hatte. Er hatte sich von ihr ferngehalten, aber das Feuer, das in ihm brannte, wann immer Morgan um ihn herum war, war leider nicht auszulöschen.

Patrick ging durch die Tür des Pubs und merkte, dass Cait schon hier sein musste, da die Tür unverschlossen war.

„Cait?"

„Hier drüben." Ihre scharfe Stimme rief ihn aus der Restaurantecke an. Ihr kurzes Haar und ihre schlanke Figur ließen ihren riesigen Bauch nur noch auffälliger aussehen. Cait drehte sich mit ihrer Hand auf ihrem Rücken um und zeigte auf die Bühne.

„Meinst du, dass wir die Wand streichen müssen? Die Lautsprecher umstellen?"

Shane hatte ihn vorgewarnt, daher war Patrick vorsichtig.

„Wir haben sie gerade letztes Jahr gestrichen. Es sieht richtig gut aus jetzt in dem dunklen Grün."

Cait kreuzte ihre Arme, besah sich die Wand und drehte sich dann, um ihn anzustarren.

„Du meinst, dass es einfach die Schwangerschaftshormone sind?"

Patrick hob seine Arme als Verteidigung. „Das habe ich nicht gesagt!"

Cait tippte sich mit einem Finger an den Kopf und sah ihn dann mit schmalen Augen wieder an.

„Hör zu, ich weiß, dass Frauen am Ende ihrer Schwangerschaften gern ein Nest bauen. Meine Schwester war furchtbar. Sie hat fast das ganze Haus neugestaltet. Da der Pub wie ein zweites Zuhause für dich ist, bin ich nicht überrascht, dass du Veränderungen vornehmen willst, das ist alles." Patrick hoffte, dass seine Stimme so beruhigend klang, wie er dachte, und wurde mit einem Lächeln von Cait belohnt.

„Ja, du hast recht. Mich juckt es nur, etwas zu ändern. Ich denke, dass ich einfach nervös bin wegen des Babys."

„Du weißt, dass wir alle hier sind, um zu helfen. Er wird die beste Familie haben."

„Oder sie", sagte Cait stur und Patrick lachte.

„Na ja, die Wetten stehen Kopf an Kopf für einen Jungen oder ein Mädchen."

„Lass es mich sehen", verlangte Cait und Patrick hob wieder seine Hände hoch.

„Das kann ich nicht zulassen. Woher weiß ich, dass du nicht versuchst, das Ergebnis zu beeinflussen?"

„Du denkst doch nicht wirklich, dass ich das Baby jetzt noch von einem Jungen zu einem Mädchen machen kann, oder?" Cait hob eine Augenbraue.

„Nein, aber es ist auch für den Tag und die Zeit der Geburt, also..." Patrick zuckte mit den Schultern.

„Vertrau mir Patrick, wenn ich es schaffen könnte, dass dieses Baby schneller kommt, würde ich es tun. Sie wird kommen, wenn es ihr passt."

„Du meinst er, natürlich", sagte Patrick mit einem Lächeln, als er ein Blatt Papier aus einer Mappe an der Bar herauszog. Cait grabschte es aus seinen Händen und schaute darauf.

„Du hast auf einen Jungen getippt, deswegen sagst du immer es ist ein Er", sagte Cait mit einem Nasenrümpfen und hob dann eine Augenbraue. „3.33 Uhr morgens?"

Patrick zuckte mit den Achseln. „Das ist eine Glückszahl."

Cait lachte und erblasste, als sie die letzte Spalte sah.

„Oh, die Leute denken doch nicht etwa, dass ich drei Wochen länger warten werde, um es auf die Welt zu bringen?"

Patrick räusperte sich. „Em, na ja, sie sagen, dass das erste länger dauern kann, das ist alles."

Cait warf Patrick einen stählernen Blick zu.

„Das Baby wird zum Geburtstermin kommen und nicht später. Ich erlaube es einfach nicht."

Patrick riss ihr das Papier wieder weg.

„Und das ist genau der Grund, warum du das nicht sehen sollst. Du kannst die Ergebnisse verfälschen."

Cait rollte mit ihren Augen und ging davon, während

sie vor sich hin murmelte. Sie drehte sich und sah ihn noch einmal an.

„Was ist mit dir los?"

Patrick hielt auf seinem Weg zu der langen Holztheke, die sich an einer Seite des Raums entlangzog, inne.

„Mit mir?"

„Ja, du kommst mir traurig vor."

Patrick war es nicht gewohnt, über seine Gefühle zu diskutieren, zuckte mit den Schultern, duckte sich unter der Theke durch und begann aus Gewohnheit, die paar leeren Gläser, die neben der Spülmaschine standen, zu spülen.

Cait kam näher und nach einem Blick auf sein Gesicht zog sie sich auf einen Hocker hoch.

„Spuck es aus oder ich lese deine Gedanken", befahl Cait.

„Hey, lass das sein", grummelte Patrick.

Cait hob nur eine Augenbraue.

„Na gut, wenn du es unbedingt wissen musst, es ist Morgan."

„Das hätte ich dir sagen können", sagte Cait.

„Und warum hast du dann gefragt?", sagte Patrick ärgerlich und wischte seine Hände an einem Barhandtuch ab.

„Weil ich hören wollte, was dich in diesem bestimmten Moment an Morgan stört. Du schmachtest schon seit Monaten hinter ihr her."

Beleidigt spürte Patrick, wie seine Wangen rot wurden.

„Das habe ich nicht", sagte er verärgert.

„Naja, ich meinte nur, dass ich weiß, dass du ein Auge

auf sie hast. Sonst weiß es natürlich niemand", sagte Cait schnell.

„Sie ist einfach...sie ist so abweisend. Ich habe kaum eine Chance, sie kennenzulernen. Ich wollte sie heute Abend zum Essen einladen, als ich sie von Flynns Boot kommen sah, aber es war, als würde sie meine Gedanken lesen und hat mich sofort abgewürgt." Ein Gedanke kam Patrick und sein Kopf schoss hoch, als er Cait anstarrte.

„Sie kann keine Gedanken lesen, oder?", fragte er mit vorwurfsvoller Stimme.

Dieses Mal war es Cait, die ihre Hände verteidigend hochhielt.

„Woher soll ich das wissen? Ich kenne das Mädchen kaum."

Patrick warf Cait noch einen misstrauischen Blick zu, bevor er sich herunterbeugte, um den Inhalt des Kühlers zu inspizieren.

„Es ist, als würde sie ein Stoppschild tragen", grummelte Patrick, als er sich aufrichtete. Cait hatte einen Ausdruck von Sympathie auf ihrem Gesicht, als sie ihn beobachtete.

„Hab Geduld mit ihr, Patrick. Sie hatte es nicht leicht, als sie aufgewachsen ist."

„Das hat Baird auch gesagt. Aber niemand hat sich bemüht, mir mehr zu erzählen."

Cait zuckte mit ihren Schultern und griff über die Bar, um seine Hand zu tätscheln.

„Es steht uns nicht an, ihre Geschichte zu erzählen."

KAPITEL VIER

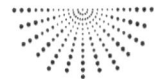

Später am Abend erhob sich Morgan von dem Zweisitzer, der an einer kleinen Wand in ihrer Wohnung stand. Sie ging auf die Zehenspitzen und dehnte sich, um die Schmerzen in ihrem Nacken und Rücken auszumerzen, die sie hatte, weil sie stundenlang über ein Buch gebeugt gesessen hatte.

Aislinn hatte Morgan direkt nach ihrer Kunstausstellung in Dublin eine Position als Manager in der Galerie Wilde Seele angeboten. Obwohl Morgan schon eine Weile diese Rolle für Aislinn ausgeführt hatte, zögerte sie, die Stelle offiziell anzunehmen. Aislinn fragte wöchentlich nach und Morgan wusste, dass sie ihr bald eine formelle Antwort geben musste.

Morgan kaute auf ihrem Daumennagel, zog ihre Hand aus ihrem Mund und hielt sich selbst eine geistige Standpauke. Sie wusste, warum sie nervös war, den Job von Aislinn anzunehmen. Nachdem sie jahrelang von Familien als Pflegekind abgelehnt wurde, hatte Morgan Angst davor, jemanden zu enttäuschen.

In ihren Sitzungen mit Baird lernte sie langsam, mehr Selbstvertrauen zu haben, und sogar er hatte ihr gesagt, dass sie für die Position hervorragend geeignet war.

Es waren nur ihre eigenen Dämonen, die sie überwinden musste.

Seufzend blickte sie zurück auf das Wirtschaftswissenschaftsbuch, das offen auf ihrem kleinen Sofatisch lag. Langsam begann sie, die feineren Nuancen eines Geschäftsbudgets zu verstehen sowie die Notwendigkeit für verschiedene Marketingstrategien und für passives Einkommen. Aislinn zu helfen, Drucke ihrer Arbeiten zu verkaufen, war bis jetzt ein Segen für das Geschäft gewesen, und das hatte einiges dazu beigetragen, Morgans Zweifel zu mindern, den Job anzunehmen.

Sie hatte gerade das letzte Buch beendet, das sie durcharbeiten wollte. Flynn hatte ihr sein Einverständnis gegeben, den Job anzufangen. Baird und Aislinn wollten, dass sie ihn annahm, und Morgan wusste, dass es eine Last von ihren Schultern nehmen würde, da sie beschäftigt waren damit, ihr neues Haus einzurichten und sich an das Leben als Paar zu gewöhnen.

Sie spürte einen gewissen Nervenkitzel und zum ersten Mal seit ewigen Zeiten lachte Morgan unbeschwert und tanzte übermütig durch ihre Wohnung.

Morgen würde sie den Job annehmen.

KAPITEL FÜNF

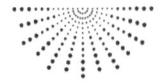

M organ betrat den Hof hinter der Galerie Wilde Seele und lächelte über den Anblick, der sich ihr bot. Aislinn musste in der vergangenen Nacht eine Malsitzung gehabt haben, weil mehrere Leinwände am Zaun standen und im weichen Licht der Morgensonne trockneten. Statt Aislinns üblichen turbulenten Meereslandschaften reflektierten diese Bilder die leuchtenden Farben des Dorflebens. Morgan nickte zustimmend mit ihrem Kopf und nahm sich vor, sie in kleinere Drucke und Postkarten machen zu lassen. Sie wären perfekt für die kommende Touristensaison.

Sie holte ihre Schlüssel heraus und ging zur Ladentür, die leicht geöffnet war. Sie schob die abgetragene Holztür weiter auf, trat hinein und fand Aislinn, die in der kleinen Küche hinten in der Galerie ihre Pinsel auswusch. Ihre Lockenmasse war auf ihrem Kopf aufgetürmt und sie blickte Morgan mit einem freundlichen Lächeln an.

„Morgen", sagte sie.

„Guten Morgen. Deine Bilder sind wunderschön. Bitte

sag mir, dass du nicht die ganze Nacht durchgearbeitet hast?", fragte Morgan, während sie weiter ins Geschäft kam und sich neben Aislinn stellte.

„Ja, das habe ich. Aber ich gehe bald ins Bett. Letzte Nacht hat es mich einfach gepackt, und es war die erste milde Nacht, die wir seit einer Weile hatten. Ich konnte nicht widerstehen, unter den Sternen zu malen", sagte Aislinn und nahm ein kleines Handtuch vom Regal über dem Waschbecken, um ihre Pinsel trockenzutupfen.

Morgans Mund wurde trocken und sie rang einen Moment damit, die richtigen Worte zu finden.

Aislinn drehte sich und sah sie mit einem besorgten Gesichtsausdruck an.

„Ok, wovor hast du Angst? Ich kann dich schon von Weitem lesen", sagte Aislinn.

Morgan atmete lachend aus. „Ich vergesse immer, dass ich vor dir und den anderen nichts verstecken kann", sagte sie und zuckte mit ihren Schultern.

„Na, komm schon, raus damit ", sagte Aislinn und trocknete ihre Hände mit einem kleinen Handtuch ab.

„Wenn das Angebot noch steht, würde ich gern die Position als Manager der Galerie annehmen", sagte Morgan schnell und sprang auf, als Aislinn einen Schrei ausstieß und sie umarmte.

Ihre Schultern verspannten sich sofort, als Aislinn ihre Arme um sie schlang und Morgan versuchte, sich an das zu erinnern, was Baird ihr beigebracht hatte, wie man ungezwungene Zuneigung erwiderte. Sie legte ihre Arme um Aislinn und drückte zurück. Sie wusste, dass diese Frau mit ihrem großen Herzen und großzügiger Seele ihr Leben gerettet hatte.

Aislinn lehnte sich zurück und betrachtete Morgans Gesicht.

„Du bist perfekt für diesen Job, das weißt du, oder?"

Morgan zuckte nur mit den Achseln und sah Aislinn an, überrascht über die Tränen, die ihr in die Augen stiegen. „Ich...ich möchte dich einfach nicht enttäuschen. Ich will, dass du dich damit wohlfühlst, dass ich deine Arbeit organisiere und ich will, dass du stolz auf mich bist und was diese Galerie werden kann." Ihre Worte kamen überstürzt heraus, aber Morgan war froh, dass sie sie gesagt hatte. Sie arbeitete daran, sich Leuten zu öffnen und Morgan wusste, dass Ehrlichkeit mit ihren Emotionen etwas war, was ihr helfen würde, bessere Beziehungen mit anderen aufzubauen.

Aislinn sah sie wohlwollend an und tätschelte Morgans Arm.

„Hör zu, Morgan, ich komme vielleicht als sorglos rüber und als hätte ich den Kopf in den Wolken, was mein Geschäft anbelangt, aber trotz allen Anscheins arbeite ich hart und möchte Erfolg haben. Ich würde niemals jemanden ans Steuer meines Geschäfts setzen, dem ich nicht absolut vertrauen könnte."

Aislinns Worte ermutigten sie, aber Morgan konnte nicht anders, als einen kurzen Scan von Aislinns Gedanken und Gefühlen zu machen. Was sie fand brachte sie noch mehr zum Weinen.

Aislinn glaubte uneingeschränkt an sie. Nicht nur das, sie liebte Morgan.

„Hast du bekommen, was du brauchst?", fragte Aislinn, die wusste, dass Morgan in ihren persönlichen Raum eingetaucht war.

„Ja, es tut mir leid, das war unhöflich von mir", sagte Morgan und wischte ihre Augen.

Aislinn lächelte sie an.

„Du musst dich nicht entschuldigen. Ich verstehe, warum es gerade für dich so schwer ist zu glauben, dass jemand will, dass du bleibst und an dich glaubt. Aber das ist jetzt alles in deiner Vergangenheit."

Morgan nickte und wischte nochmal ihre Augen. Sie richtet sich auf und lächelte Aislinn an. „Danke für die Chance."

„Ok, lass uns über dein Gehalt reden", sagte Aislinn und begann auszuführen, was sie sich für Morgan gedacht hatte. Als sie fertig war, stand Morgans Mund offen und sie klammerte sich an die Arbeitsplatte, um nicht schwindlig umzufallen.

„Das kannst du nicht ernst meinen", sagte Morgan. Sie würde mehr Geld verdienen, als sie sich je in ihrem Leben hätte träumen lassen. Zugegebenermaßen wusste sie, dass sie ein einfaches Leben führte und bisher bestenfalls von einer Lohnzahlung zur nächsten lebte. Dieses neue Gehalt würde es ihr sogar erlauben, etwas Geld auf einem Sparkonto anzusammeln.

„Ich mache nie Witze über Geld", sagte Aislinn.

„Das wird mein Leben ändern. Ich muss mir nicht mehr ständig Sorgen darüber machen, ob ich die Miete zahlen kann!", rief Morgan aus.

„Ja, und vielleicht kannst du sogar in eine größere Wohnung umziehen", sagte Aislinn und Morgan ernüchterte sofort.

„Nein, ich mag mein Zuhause so, wie es ist. Es das erste Mal, dass ich etwas mein Eigen nennen kann", gab

Morgan zu. Aislinn sagte nichts und klopfte ihr nur verständnisvoll auf den Arm.

„Ich gehe dann mal schlafen. Falls Baird vorbeikommt, sag ihm, ich bin im Haus und er soll mich nicht aufwecken. Es sei denn, er hat etwas anderes im Sinn", sagte Aislinn mit einem anzüglichen Grinsen und schlüpfte aus der Hintertür.

Morgan blieb einen Moment, wo sie war, atmete tief ein und aus und versuchte, die Vorteile ihrer neuen Rolle als Geschäftsführerin zu verarbeiten. Sie hatte überhaupt nicht an eine Gehaltserhöhung gedacht, als sie überlegte, ob sie den Job annehmen würde, und jetzt war Morgan froh, dass sie nichts davon gewusst hatte. Das Geld, das sie jetzt verdienen würde, hätte sie sicher davon abgehalten, den Job anzunehmen.

Ein Gefühl von Stolz ging langsam durch sie. Es war ihr fremd, auf ihre Leistungen stolz zu sein und mit einem kleinen Lachen legte sie ihre Arme um sich und blickte in die Galerie.

Heute war der Anfang ihres neuen Lebens, beschloss sie.

Sie trat in die Galerie und warf einen kritischen Blick durch den Raum. Als sie angefangen hatte, für Aislinn zu arbeiten, hatte Morgan ihre Kraft genutzt, um den Laden anders zu arrangieren. Jetzt, da sie mehr Selbstvertrauen in ihre Fähigkeit hatte, Dinge zu ändern, entschied Morgan, dass es Zeit für eine weitere Runderneuerung war.

Als erstes schlenderte sie zwischen den Gestellen mit Drucken zu den großen Fenstern, die die ganze Länge des vorderen Raums entlangliefen. Sie zogen sich vom Boden bis zur Decke und boten Vorbeigehenden freie Sicht auf

die Kunstwerke. Als sie die Galerie das erste Mal umge-
räumt hatte, war es mit der Absicht gewesen, dem Kunden
eine bessere Erfahrung beim Stöbern zu geben. Jetzt wollte
sie etwas tun, das die Kundschaft hereinziehen würde.

Morgan drehte sich zu den Fenstern und zog an dem
Band, das die Rollos kontrollierte. Ohne darüber nachzudenken, ließ sie die Rollos zum Boden fallen, so dass
vorbeigehende Leute nicht hereinsehen konnten. Sie stellte
sicher, dass das Schild immer noch „Geschlossen" zeigte
und drehte sich mit den Händen in ihren Hüften um.

„Also, dann fangen wir damit an, die Ständer mit den
Drucken nach hinten zur Kasse zu bewegen", sagte
Morgan laut. „Auf diese Art tätigt ein Kunde vielleicht
einen Impulskauf, wenn er bezahlt. Außerdem wird es sie
zwingen, durch die Galerie zu gehen, um zu den günsti-
geren Artikeln zu kommen."

Mit einem Nicken blickte sie sich noch einmal um,
stellte sicher, dass sie allein war und bewegte dann die
Regale mit ihrem Geist. Sie glitten knapp über dem Boden
durch den Raum, bevor sie in einer ordentlichen Reihe an
der Kasse zum Stillstand kamen. Morgan klopfte sich mit
dem Finger auf die Lippen und begann, durch den leeren
Raum zu gehen, der entstanden war, wo vorher die
Gestelle gestanden hatten. Die Wand über ihr wurde von
Aislinns teuersten Arbeiten dominiert und Morgan fand es
gut, wie sie platziert waren. Sie ließ sie unberührt, ging
zum hinteren Raum und blickte auf Aislinns neuere
Arbeiten.

„Ich frage mich, wie es wäre, wenn ich sie so aufstelle,
dass jedes seinen eigenen kleinen Raum hat...", grübelte

Morgan laut und ging dann ins Lager. Da standen entlang den Wänden fast 30 Staffeleien in verschiedenen Größen.

„Perfekt", sagte Morgan und ging aus dem Zimmer, gefolgt von den Staffeleien, die säuberlich aufgereiht hinter ihr herkamen. Sie ging in die Galerie und wies jede Staffelei an einen Platz, wobei sie die drei größten so positionierte, dass sie zum Fenster schauten.

„Nun die Kunstwerke", sagte Morgan und bewegte Bilder von irischen Landschaften, der kleinen Stadt Grace's Cove und Meereslandschaften zu verschiedenen Stellen im Raum. Sie hielt vor einem großen Ölgemälde der Bucht inne.

„Also du bist es, die mir diese Kraft gegeben hat?", murmelte Morgan, während sie mit ihrem Finger am Rand des Bildes entlangstrich. Aislinn hatte ihr erzählt, dass alle weiblichen Nachfahren von Grace O'Malley einen Anflug von Kraft hatten, aber Morgan wusste sonst wenig. Sie wusste, dass Aislinn wollte, dass sie zu Fiona, der großen Heilerin, ging, um mehr über ihre Vergangenheit zu lernen. Morgan war nur nicht sicher, ob sie dafür bereit war. Es war fast, als ob sie erst fest auf ihren Füßen stehen müsste, bevor sie eine Familiengeschichte beanspruchen konnte, über die sie wenig wusste.

Eine, die ihr eine richtige Identität geben würde, berichtigte sie sich selbst, als sie das Bild anhob und zur Vorderseite des Ladens brachte.

Es war komisch, dachte Morgan, dass sie sich so sträubte, mehr über ihre Vorfahren zu lernen. Vielleicht war es, weil sie sich selbst so lange geschützt hatte, dass sie Angst hatte, etwas zu lernen, das sie mit ihrer Vergan-

genheit verbinden würde. Es war einfacher, nach vorn zu
schauen und niemals zurück.

Morgan stellte das Bild auf die große Staffelei in der
Mitte und trat zurück. Sie seufzte mit purem Neid auf
Aislinns künstlerisches Talent. Sie hatte die Bucht im
Sonnenuntergang gemalt. Die goldenen Strahlen der Sonne
schnitten über das seegrüne Wasser der Bucht, erleuchteten
die felsigen Wände über dem Strand und warfen Schatten
auf die Kliffe, die sie umarmten. Das Bild war launisch
und gleichzeitig schön; niemand, der es sah, würde unberührt bleiben. Morgan würde es schade finden, wenn es
verkauft wurde.

Sie nahm sich vor, mit ihrem ersten Gehalt einen
Druck dieses Gemäldes zu kaufen. Morgan nahm zwei
weitere Bilder, um die Seelandschaft zu flankieren. Eines
war eine fröhliche Darstellung der farbenfrohen Geschäfte,
die den Hafen im Zentrum von Grace's Cove umsäumten,
und das andere war ein träumerisches Aquarell, das Irlands
berühmte „Kerry Green" Weiden zeigte.

Zufrieden mit ihrer Arbeit trat Morgan zurück und
schaute durch die Galerie. Es sah ausgefallen aus, wie ein
trendiges Künstlerstudio eines Riesentalents. Jeder, der am
Fenster vorbeiging, würde anhalten, um einen zweiten
Blick darauf zu werfen. Mit einem Nicken zu sich selbst
zog sie die Kordel, um die Rollos zu öffnen und drehte das
Schild an der Ladentür von „Geschlossen" zu „Offen". Sie
schloss die Tür auf, ging durch den Raum und zog das
Kassenbuch hervor, um die Tageseinnahmen zu
vermerken.

. . .

STUNDEN später blickte Morgan sich fassungslos um.

Sie hatte nie damit gerechnet, dass zwei Busse mit Touristen vor dem Geschäft anhielten. Ihre neue Fensterauslage hatte mehr erreicht, als sie erwartet hatte und sie hatte nicht nur alle Drucke und Postkarten verkauft, sondern auch fünf Gemälde. Fünf! Morgan führte einen kleinen Tanz auf, als sie durch den Raum rannte und die Ladentür zusperrte. Heute hatten sie die höchsten Verkaufszahlen in Monaten gehabt und sie konnte es nicht erwarten, Aislinn davon zu erzählen. Es wäre genug Geld für Aislinn, um die Renovierungsarbeiten zu beenden, die ihre Wohnung über der Galerie in ein Atelier verwandeln sollten.

Erfreut darüber, wie der Tag gelaufen war, beendete sie das Geldzählen und legte alles in den Safe im Lagerraum. Sie hatte gute Laune und dachte darüber nach, zum Pub rüberzugehen für ein Pint. Sie trank selten, aber manchmal machte es Spaß zu feiern.

Unentschlossen ging Morgan nach draußen und blieb abrupt stehen.

KAPITEL SECHS

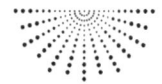

„P atrick!", rief Morgan aus und fühlte sofort, wie sich ihre Schultern anspannten. Argwöhnisch blieb sie stehen.

„Ich habe etwas zum Feiern gebracht", sagte Patrick mit einem Lächeln. Er setzte sich mit ausgestreckten Beinen an den Picknicktisch im Innenhof und stützte seine muskulösen Arme auf dem Tisch ab. Morgan sog seine ganze Erscheinung in sich auf, total lässig und ungezwungen, sich seiner selbst sicher. Ein Teil von ihr wollte verzweifelt zu ihm laufen, ihm auf den Schoß springen und von ihrem aufregenden Tag erzählen.

Stattdessen legte sie ihren Kopf schräg und hob eine Augenbraue.

„Was genau willst du feiern?"

Patrick lachte und zeigte auf den Eiskübel und die Gläser.

„Deinen neuen Job! Was sonst?"

„Es spricht sich schnell herum", murmelte Morgan, als sie Patrick näherkam.

„Kleine Städte", sagte Patrick mit einem Lächeln. „Außerdem kam Baird für ein spätes Mittagessen in den Pub und hat es mir erzählt."

„Ach, ja, ich bin ziemlich aufgeregt", gab Morgan zu und stand steif da, nicht sicher was sie tun sollte.

„Komm, trink etwas mit mir. Ich habe dich bisher nur Cider trinken sehen und habe hier einen tollen, der in einer kleinen Brauerei am Ring of Kerry hergestellt wurde", sagte Patrick leichthin und Morgan entspannte in seiner Gegenwart.

„Na ja, ich hatte überlegt, ob ich für ein Pint in den Pub gehe, um zu feiern", gab sie zu.

„Ah, sie weiß also doch, wie man ab und zu locker sein kann", sagte Patrick stichelnd. Morgan war überrascht, dass sie lachte, statt wie üblich sarkastisch zu reagieren.

„Ich habe meine Momente", sagte sie und ging, um sich auf die gegenüberliegende Seite von Patrick zu setzen. Neben ihm zu sitzen wäre ihr zu unbehaglich gewesen.

„Darf ich anmerken, dass ich gern bei mehr von diesen Momenten dabei wäre?", sagte Patrick und öffnete die Flasche Cider, goss honigfarbene Flüssigkeit in das Glas und reichte es ihr über den Tisch. Ein kleines Zittern ging durch Morgan, als ihre Hand Patricks berührte.

Sie zögerte, bevor sie einen Schluck nahm und blickte über den Rand des Glases in seine Augen.

„Danke", sagte sie.

„Sláinte", sagte Patrick und klinkte sein Glas an ihres. Morgan gab einen begeisterten Laut von sich, als das liebliche Getränk ihre Kehle herunterglitt.

„Das ist wunderbar", sagte sie.

„Stimmt, oder? Ich muss Cait überzeugen, mehr davon einzukaufen", sagte Patrick.

Arbeit, dachte Morgan. Sie konnte über Arbeit reden.

„Übernimmst du für sie, wenn das Baby kommt?"

Patrick lehnte sich mit Aufregung im Gesicht vor.

„Naja, sie hat mich schon zum Teilzeitmanager gemacht und wenn das Baby kommt, arbeite ich Vollzeit. Ich mag es. Ich kann mich mehr einbringen bei der Inventur oder damit, Tagesspezialitäten anzubieten. Ich würde auch gern auf der Speisekarte neue Dinge auspro-bieren", sagte Patrick.

„Wie kam es dazu, dass du für Cait arbeitest?", fragte Morgan und hielt den Fokus auf ihn. Es war eine alte Angewohnheit von ihr, die Unterhaltung so zu führen, dass die Leute nicht zu viele Fragen über ihre Vergangenheit stellten.

„Naja, nach der Schule brauchte ich einen Job. Ich wollte bei meiner Mutter ausziehen und ein paar Jahre frei-nehmen, um zu sehen, ob ich zur Uni wollte oder nicht", sagte Patrick.

„Du kommst also hier aus der Gegend."

„Wir sind aus Kerry hierhergezogen, als ich zehn war. Es war ein bisschen schwierig am Anfang, mich hier einzuleben, aber ich habe diese Stadt lieben gelernt. Die Leute stehen hier zueinander."

Morgan trank von ihrem Cider und grübelte über seine Worte nach. Sie fragte sich, warum sich das für sie wie eine Drohung anfühlte. Würden sie sie aus der Stadt jagen, wenn sie von ihrer Vergangenheit wüssten?

„Und du?", fragte Patrick.

„Na ja, ich glaube nicht, dass ich zur Uni gehen will.

Ich bin nicht sicher, was ich studieren würde", sagte Morgan und missverstand seine Frage mit Absicht. „Was würdest du wählen?"

Patrick lehnte sich zurück, kreuzte seine Arme über seiner Brust und sah über den Innenhof.

„Das weiß ich nicht. Ich mochte schon immer Sachen bauen...Ingenieur ist mir durch den Kopf gegangen. Obwohl, je mehr ich auf der geschäftsführenden Seite des Pubs bin, desto aufregender wird es für mich."

„Das ist es, oder? Ich habe alle Bücher über Wirtschaftswissenschaften gelesen, die ich finden konnte und ich liebe es total. Die Grundbestandteile, weißt du? Spreadsheets, Budgets, Werbestrategien. Es ist toll." Morgan stoppte sich selbst und blickte auf ihr Glas herunter, überrascht, dass es leer war.

„Ah, das ist also das Buch, zu dem du neulich abends nach Hause gerannt bist", sagte Patrick.

Morgan zuckte mit den Schultern, etwas peinlich berührt, dass sie diese Seite von sich preisgegeben hatte. Aber es war der einzige Weg gewesen, mehr darüber zu lernen, Geschäftsführerin zu sein.

„Es muss ein gutes Buch gewesen sein, da du die Position angenommen hast", sagte Patrick über ihr Schweigen hinweg und füllte ihr Glas mit dem Rest Cider aus der Flasche.

Morgan fühlte sich etwas warm und ungezwungen vom Alkohol und sie lächelte Patrick an.

Sie lehnte sich halb über den Tisch und legte ihren Kopf auf ihre Arme, ihre Augen weit offen vor Aufregung.

„Sie sind alle gut zu lesen. Ich habe so viel aufgesogen. Ich wusste, dass ich diesen Job wollte, aber ich hatte

Angst davor, ihn anzunehmen. Und ich wollte Flynn nicht hängenlassen. Aber wir haben gestern gesprochen und er ist einverstanden, dass ich an meinem freien Tag komme, um ihm zu helfen. Er hat genug eifrige Hände, dass er mich nicht wirklich braucht. Ich denke, dass er mir den Job mehr aus Gefallen gegeben hat", gab Morgan zu.

„Du hättest ihn nicht behalten, wenn du ihn nicht gut gemacht hättest", sagte Patrick, lehnte sich vor und brachte sein Gesicht nah an ihres.

Morgan verharrte, als sie plötzlich merkte, dass ihre Gesichter nur Zentimeter auseinander waren. Die untergehende Sonne und sie beide im Innenhof erinnerte sie sofort an das letzte Mal, als sie hier waren und ihre unschöne Reaktion auf seinen Versuch, sie zu küssen.

„Hör mal...", sagte Morgan.

Patrick schnitt ihr das Wort ab.

„Ich werde dich küssen", sagte er, sah in ihre Augen und gab ihr genügend Vorwarnung.

Genug Zeit, um nein zu sagen.

Unter seinem Blick fühlte sie sich fast wie hypnotisiert und nickte langsam.

Patrick lehnte sich vor und sie verlor sich für einen Moment in seinen grauen Augen und bemerkte die winzigen grünen Flecken, da sie sich so nah waren. Ihre Augen fielen zu, gerade in dem Moment, als er seine Lippen über ihre legte.

Ein Hitzschlag schoss durch sie und sie konnte nicht anders, sie stöhnte leise, während er den Kuss vertiefte, seine Lippen über ihre gleiten ließ und an ihrer Unterlippe knabberte. Morgan war verloren in einem Meer von

Emotionen, als ob ihre Nervenenden alle auf einmal ange-
zündet waren.

Dies war ihr erster Kuss.

Sie war nicht sicher, warum sie so lange gewartet hatte,
wenn es so schön war. Patrick nahm ihr Gesicht in seine
Hände und drehte es seitlich, um den Kuss zu vertiefen.
Zärtlich brachte er sie dazu, ihre Lippen zu öffnen, so dass
er seine Zunge in ihren Mund gleiten lassen konnte, um
mit ihrer zu spielen.

Ihre Augen öffneten sich ruckartig, als etwas gegen
ihren Arm stieß.

Kalte Panik ergriff sie, als sie merkte, dass ihr Glas
und der Eiskübel neben ihrem Arm schwebten. Sie kniff
ihre Augen zu und ergoss sich in den Kuss, während sie
verzweifelt versuchte, sich darauf zu konzentrieren, die
Dinge wieder vorsichtig auf den Tisch zu stellen.

„Scheiße!", schrie Morgan, als kalte Flüssigkeit über
ihr Bein spritzte.

Patrick löste sich von ihr und sah verwirrt auf das
umgeworfene Glas.

„Wie ist denn das passiert?"

„Ich muss drangestoßen sein", sagte Morgan, während
ihr die Hitze in die Wangen stieg. Sie wollte ihr Gesicht in
ihren Händen begraben. Das wäre dann ein weiterer
Grund, warum sie nicht mit jemandem ausgehen sollte,
dachte sie. Wenn das bei jedem Kuss passierte, konnte sie
sich nur vorstellen, was geschehen würde, wenn sie einen
Mann mit ins Bett nehmen würde. Sie müsste ihr ganzes
Mobiliar festschrauben.

Ihre Blicke trafen sich, als Patrick ihr eine Serviette
reichte, um den verschütteten Cider aufzuwischen.

„Tut mir leid. Es war wirklich guter Cider", sagte Morgan schwach.

„Kein Problem, es tut mir nur leid, dass du nass geworden bist", sagte Patrick. Morgans Blick schoss zu Patrick und ihr Gesicht fühlte sich an, als würde es brennen.

Patrick ließ ein lautes herzliches Lachen heraus, dann beugte er sich vor und lachte noch kräftiger, während er mit seiner Hand auf den Tisch schlug.

„Es war nicht meine Absicht, dass das so dreckig klang", stieß er aus und kämpfte mit dem Atem.

Morgan lachte mit ihm mit, überrascht, dass sie nach dem Kuss so entspannt mit ihm war.

Patrick lehnte sich über den Tisch, sein Gesicht wieder ernst.

„Ich mag es, dich zu küssen. Ich mag dich. Es ist kein Geheimnis, dass ich sehr an dir interessiert bin", sagte er sanft und ergriff ihre Hand mit seiner.

Morgan zog ihre Hand schnell weg und tupfte weiter mit der Serviette auf dem nassen Fleck auf ihrer Hose herum.

„Em, ja, ich denke, dass ich weiß, dass du interessiert bist."

„Also kann ich dich zum Essen einladen?", fragte Patrick.

„Na ja, es ist nur...ich gehe nicht aus", sagte Morgan, wischte weiter an ihrer Hose und weigerte sich, ihm in die Augen zu sehen.

„Niemals?" Patricks Stimme endete seine Worte auf einer sehr hohen Note.

„Nein, nicht wirklich", sagte Morgan verlegen und sah ihm endlich in die Augen.

„Und du willst es auch nicht mal versuchen?", fragte Patrick mit Überraschung auf seinem Gesicht.

„Ich...ich weiß nicht, ob ich bereit bin", sagte Morgan lahm, während ihre Hände kraftlos vor ihr hingen.

„Warum? Was ist dir passiert?", sagte Patrick heftig und Morgan fühlte sofort, wie ihre Mauern hochgingen. Sie atmete tief ein, bevor sie antwortete und erinnerte sich an Bairds Rat zu versuchen, Beziehungen mit Leuten aufzubauen. Sie ließ ihren Geist wandern und scannte Patricks Gedanken, fand aber nichts außer Sorge und echtes Interesse.

Trotzdem sie war noch nicht wirklich bereit, über ihre Vergangenheit zu reden.

„Ich suche im Moment einfach keine Beziehung. Ich möchte mich wirklich auf meinen neuen Job konzentrieren", sagte Morgan und umging die Frage.

„Was ist mit Freunden?", fragte Patrick.

Morgan sah ihn mit schräg gelegtem Kopf und erhobener Augenbraue an.

„Freunde?"

„Ja, Freunde. Ich möchte dein Freund sein", sagte Patrick und überraschte sie erneut mit seinem agilen Geist und wie schnell er das Thema wechseln konnte.

„Du willst, dass wir Freunde sind?", fragte Morgan.

„Ja, Freunde. So wie dies...ein Pint zusammen trinken. Etwas essen gehen. Eine Wanderung machen", sagte Patrick, während er die Gläser zurück in die kleine Kühltasche packte, die er mitgebracht hatte.

„Das klingt verdächtig nach ausgehen", sagte Morgan, als Patrick von der Bank aufstand.

„Nicht, wenn ich dich nicht küsse", sagte er leicht über seine Schulter und damit verschwand er aus dem Hof.

Morgan merkte, dass ihr Mund offen stand und schnappte ihn zu, bevor sie leise vor sich hin lachte.

Es sah aus, als ob Patrick diese Runde gewonnen hatte, dachte sie.

Lächelnd rieb sie ihre Fingerspitzen über ihre Lippen. Ihr erster wirklicher Kuss...und abgesehen vom Cider, der in der Luft schwebte, war nichts Traumatisches passiert.

Morgan beschloss, dass das ein Gewinn für sie war.

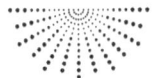

KAPITEL SIEBEN

Morgan zog nervös an der Bügelfalte in ihrer Hose. Obwohl sie immer noch konsequent zu ihren kostenlosen Sitzungen mit Baird ging, war es nicht einfacher geworden, über ihre Gefühle zu sprechen. Letzte Nacht hatte sie kaum schlafen können – zwischen der Aufregung über den neuen Job bei Aislinn und ihrem ersten Kuss war sie in ihrer kleinen Wohnung fast die Wände hochgegangen.

„Du hattest einen fantastischen ersten Tag in der Arbeit", sagte Baird mit einem Lächeln und Morgan fühlte eine kleine Welle von Erleichterung durch sie gehen. Er begann mit einem einfachen Thema. Sie lehnte sich auf der Couch zurück und zog sich wie immer ein Kissen auf ihren Schoß.

Schutz.

„Na ja, es war reines Glück, dass diese Busse direkt vor dem Laden anhielten", sagte Morgan und spielte ihre Rolle bei dem Erfolg herunter.

Baird sah sie mit schräg gelegtem Kopf an und schob

seine Brille auf seiner Nase hoch. Morgan verbarg einen kleinen Seufzer, während sie sein gutes Aussehen bewunderte. Die Brille hatte etwas, dachte sie. Es machte ihn sexy. Aislinn hatte viel Glück.

„Und ich vermute, es war jemand anders, der die lange Kundenschlange bediente und alles sorgfältig abrechnete? Und es war jemand anders, der die Galerie so umarrangierte, dass sie aussah wie ein exklusives Künstlerstudio?"

Morgan zuckte mit den Achseln und kämpfte damit, ein schüchternes Grinsen zu unterdrücken.

„Ja, das habe ich wohl alles gemacht."

„Du solltest auf dich selbst stolz sein, Morgan", sagte Baird, „Wir sind es jedenfalls ganz bestimmt."

Morgan schaute sich achselzuckend im Zimmer um und sah Aislinns stimmungsvolle Landschaftsbilder an den Wänden.

„Ich versuche zu lernen, stolz auf mich zu sein", gab Morgan zu.

„Warum glaubst du, dass es so schwer ist für dich, dich selbst zu loben? Anzuerkennen, dass du gute Arbeit geleistet hast?"

Morgan zuckte wieder.

„Ich weiß nicht. Ich nehme an, es kommt mir prahlerisch vor."

„Stolz auf seine gute Arbeit und arrogant sein sind zwei verschiedene Dinge", sagte Baird. „Da steckt etwas tiefer. Was ist es?"

Morgan war überrascht, dass sie fühlte, wie Traurigkeit in ihr hochkam und ein Tränenschleier vernebelte ihren Blick. Sie sollte vermutlich nicht mehr überrascht sein, da sie fast immer in den Sitzungen mit Baird am Ende weinte.

„Ich denke...ich denke, dass ich das Gefühl habe, es nicht zu verdienen."

„Und warum ist das so?"

„Weil mich nie jemand gewollt hat. Ich war nie gut genug."

„Ah", sagte Baird und lehnte sich mit überschlagenen Beinen zurück, während er sie beobachtete. „Also nur weil du in einige der Pflegefamilien nicht hineingepasst hast, meinst du, dass du es nie verdienst zu glänzen? Dass du immer fühlen sollst, als wärst du nicht gut genug, obwohl du ganz offensichtlich einen fantastischen Job gemacht hast?"

„Es klingt irgendwie komisch, wenn du das so sagst", sagte Morgan und griff nach einem Taschentuch, um ihre Augen abzutupfen. Sie war froh, dass sie kein Makeup trug, da es ihr jetzt über das ganze Gesicht laufen würde.

„So wie ich die Sache beurteile, bist du eine unglaublich attraktive und enorm talentierte junge Frau. Ich will, dass du anfängst daran zu arbeiten, dich selbst zu bestätigen."

Morgan rümpfte ihre Nase.

Er lachte sie an. „Versuch es einfach. Ich will, dass du dich einmal am Tag für eine gute Sache, die du tust, selbst lobst. Erlaube es dir nur für einen Moment, die Befriedigung zu fühlen, die durch gute Arbeit oder was auch immer kommt. Frag dich nicht, ob du es verdienst oder ob du gut genug bist, tritt einfach für einen Moment zurück und lobe dich selbst."

„Also ich soll mir selber Zuspruch geben?"

„So in der Art. Du musst dir selbst erlauben zu fühlen,

wie positives Selbstbewusstsein beeinflusst, wer du bist und wie du auf Leute reagierst."

Morgan räusperte sich und sah zur Seite. „Wo wir gerade davon sprechen..."

„Ja?"

„Ich, em, ...wo wir davon sprechen, wie man auf Leute reagiert", stotterte Morgan.

„Spuck es einfach aus, Morgan." Baird lächelte sie ermunternd an.

„Patrick hat mich geküsst. Und es war toll. Bis ich ein Pint über mich selbst vergossen habe", platzte Morgan heraus. Allein beim Gedanken daran hämmerte ihr Herz in ihrer Brust und Schweiß brach auf ihrem Rücken aus. Es war gleichzeitig wunderbar und peinlich gewesen.

„Wie hast du das Pint verschüttet?"

„Em, das ist eins dieser Dinge, das..." Morgan machte eine kreisende Bewegung mit ihrem Finger und zeigte auf ihren Kopf.

„Etwas mit deiner Fähigkeit?"

Baird wusste alles über Morgans Fähigkeiten. Wahrscheinlich mehr, als alle Frauen in der Stadt wussten. Er hatte ihr Patientenvertraulichkeit versprochen und nach dem, was Morgan in seinen Gedanken bisher sehen konnte, hatte er sie nie gebrochen. Ganz abgesehen davon, dass sie ihm vor ein paar Monaten eine ziemliche Schau geliefert hatte, als sie in einem Wutanfall ein Glas schweben ließ und Wasser auf seinen Kopf geschüttet hatte.

„Na ja, also, das passiert sonst immer nur, wenn ich träume", fing Morgan an und Baird stoppte sie.

„Hattest du einen schlechten Traum?"

„Ja, neulich, das ist schon okay." Morgan tat es mit einem Achselzucken ab.

„Erzähl mir, was in diesen Träumen passiert."

„Ich...ich bin wieder in dem Bett, an das mich die Nonnen gebunden hatten. Ich sehe, wie ihre Gesichter über mir kreisen und ihre Stimmen singen auf lateinisch bei flackerndem Kerzenlicht. Ich liege zwar dort, aber eigentlich bin ich es gar nicht. Wenn ich aufwache, schwebt praktisch alles im Zimmer, das nicht am Boden festgemacht ist, in der Luft. Ich muss dann hart daran arbeiten, mich zu beruhigen und die Möbel leise wieder hinzustellen."

Baird fluchte leise, was Morgan ein Lächeln entlockte. Es war eins der Dinge, die sie immer an ihm mochte. Er war zugänglich und nicht so ein spießiger Arzt.

„Du weißt, dass das Kindesmisshandlung war. Was sie getan haben, war furchtbar falsch", sagte Baird.

„Ja, ich weiß."

„Du musst einen Weg finden, ihnen ihre Macht wegzunehmen", sagte Baird einfach und Morgans Blick schoss zu ihm hoch.

„So habe ich das noch nie gesehen."

„Es stimmt. Sie haben Macht über dich. Sogar noch aus weiter Entfernung und der alten Vergangenheit. Wir müssen uns etwas einfallen lassen, was wir tun können...eine Art Ritual, damit du die Macht abschütteln kannst, die sie über dich haben." Baird lehnte sich zurück und beobachtete Morgan. „Du weißt schon, dass Fiona dafür perfekt wäre."

Morgan sah mit Absicht über seinen Kopf hinweg.

„Bist du dazu noch nicht bereit?"

„Ich weiß es nicht."

„Erzähl mir von dem Pint", sagte Baird und wechselte geschickt das Thema.

„Oh, also wir haben in dem Innenhof hinter der Galerie gesessen. Patrick hatte mich mit einem Pint überrascht, weil er von meinem Job gehört hatte."

„Das war nett von ihm", bemerkte Baird.

„Das war es", stimmte Morgan zu, „und zum ersten Mal konnte ich mich mit ihm entspannen. Wir haben ein paar Sachen gemeinsam, wie ein Geschäft zu führen und so."

„Erzähl weiter." Baird gestikulierte mit der Hand.

„Na ja, wir haben geredet und ich habe mich irgendwie über den Tisch gelehnt und er hat mir gesagt, dass er mich küssen würde. Ich glaube, er war etwas besorgt nach dem, was letztes Mal passiert war, also hat er mich vorgewarnt. Ich habe ihn nicht aufgehalten." Morgan wurde rot, als sie an seine Lippen auf ihren dachte und wie ihr Körper von innen zu brennen schien. „Ich mochte es sehr. Es war mein erster Kuss", flüsterte sie.

„Das überrascht mich nicht", kommentierte Baird und Morgan sah ihn mit erhobener Augenbraue an.

„Wieso?", wollte Morgan wissen.

„Na ja, du bist ziemlich unzugänglich. Es wäre hart für jeden, diese Barriere zu überwinden. Es hat aber nichts mit deinem Aussehen oder deiner Persönlichkeit zu tun. Du hast einfach ein großes Schild aufgestellt das ‚Lass mich in Ruhe!' sagt."

„Das habe ich wohl", sagte Morgan.

„Und? Das Pint?"

„Ja, wir haben uns geküsst und ich habe gespürt, wie

das Glas an meinen Arm stupste. Ich habe meine Augen aufgemacht und sah es und den Eiskübel in der Luft schweben! Gottseidank waren Patricks Augen zu. Ich habe mein Bestes getan, beide wieder herunterzustellen, aber mit dem Pint habe ich es nicht geschafft."

Baird lachte.

„'tschuldigung, es ist eigentlich nicht witzig, aber irgendwie schon."

Morgan lächelte ihn an und war endlich in der Lage, über sich selbst zu lachen. „Es ist irgendwie witzig."

„Ich glaube, dass du lernen musst, deine Kräfte zu kontrollieren, wenn du abgelenkt bist. Hast du dafür Training gehabt oder irgendeine Idee, wie das funktioniert?", fragte Baird.

Morgan schüttelte ihren Kopf. „Nichts."

„Ich weiß, dass du es nicht hören willst...", fing er an.

„Fiona", sagte Morgan mit einem Seufzer.

„Bingo."

„Vielleicht fahre ich nach der Arbeit oder so raus zu ihr ", stimmte Morgan zu. Obwohl sie wusste, dass sie es nur sagte, um Baird zu beschwichtigen. Morgan hatte Fiona nur ein paarmal getroffen und die Heilerin hatte sie angesehen, als ob sie alle ihre Geheimnisse wüsste.

„Wie bist du mit Patrick verblieben?", fragte Baird.

Morgan haute sich mit der Faust auf ihr Bein und sah Baird mit erhobenen Augenbrauen an.

„Er will befreundet sein!", sagte Morgan empört.

„Will er das?"

Morgan knabberte betroffen an ihrer Unterlippe. „Ich habe ihm gesagt, dass ich nicht mit ihm gehen will und er war...einfach okay damit. Sagte, er wäre dann mein

Freund." Sie überschlug ihre Beine, um ihren Fuß davon abzuhalten, auf dem Boden zu tappen.

„Es ist gut, Freunde zu haben", sagte Baird.

Morgan rollte mit ihren Augen. „Entweder ist er an mir interessiert oder nicht. Dazwischen gibt es nichts."

„Aber es kann sein", sagte Baird mit einem langsamen Lächeln. „Die besten Beziehungen fangen als Freundschaften an."

„Ich weiß nicht, ob ich in einer Beziehung sein kann", gab Morgan leise zu und war überrascht, als sie eine leichte Sehnsucht spürte. Sie war so daran gewöhnt, keine Bindungen einzugehen und kein Zuhause zu haben, dass ihr eine gesunde normale Beziehung nie möglich erschienen war. Es war fast zu viel auf einmal.

„Das kannst Du. Hab Geduld mit dir selbst. Du musst das nicht alles heute herausfinden. Es braucht Zeit", sagte Baird sanft.

Zeit, dachte Morgan. Das erste Mal in ihrem Leben hatte sie Zeit, an einem Ort zu bleiben und ihr Leben zu gestalten. Ein Lächeln ging über ihre Lippen und sie sah Baird mit hoffnungserfülltem Herz an.

„Dann nehme ich mir Zeit."

KAPITEL ACHT

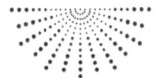

M organ unterhielt sich unbeschwert lachend mit einer Einheimischen, die später am Tag in die Galerie gewandert war. Ihre Sitzung frühmorgens mit Baird hatte bewirkt, dass sich etwas von der permanenten Anspannung, die sie mit sich herumtrug, gelöst hatte. Es war fast, als würde sie leichteren Schrittes gehen und nicht alles so ernst nehmen.

„Du bist ein nettes Mädchen, woher kommst du nochmal?" Eine rundliche Frau mit lächelnden blauen Augen lehnte sich lässig an die Theke. Statt ihre Frage abzuweisen, atmete Morgan tief ein und lächelte in die freundlichen Augen der Frau.

„Aus der Nähe von Killarney", sagte sie leichthin, ohne es weiter auszuführen.

„Ah, schöne Stadt. Was bringt dich nach Grace's Cove?"

Morgan dachte darüber nach, wie sie darauf antworten sollte, während sie die Drucke einpackte, die die Frau ihrer Nichte in den Vereinigten Staaten schicken wollte.

„Na, man braucht sich doch nur umsehen. Es ist schwer, sich nicht in diese Stadt zu verlieben", sagte Morgan und hoffte, dass die Frau ihre Antwort akzeptieren würde.

Ihr Lächeln wurde breiter und sie nickte Morgan zu. „Da hast du absolut recht. Na, wir freuen uns, dass du hier bist. Du hast wirklich gute Arbeit geleistet mit der Galerie. Du solltest öfter in den Pub kommen, wir würden dich gern näher kennenlernen."

Morgan gab ein unverbindliches Geräusch von sich, während sie sich selbst stumm dazu beglückwünschte, eine erfolgreiche Unterhaltung mit einer Einheimischen zu führen. So schwer war es letztendlich gar nicht. Obwohl sie aus Erfahrung wusste, dass immer mehr Fragen folgten. Im Moment war sie froh, einen Kontakt zu knüpfen und hoffte, dass es ihren Ruf in der Stadt verbessern würde. Es war offensichtlich, dass Leute neugierig über ihre Vergangenheit waren und wenn sie keine Details finden konnten, fing die Gerüchteküche an zu arbeiten.

„Sehen wir dich heute Abend im Pub?"

„Ich werde es versuchen", sagte Morgan mit einem Winken und atmetet aus, als sich die Tür hinter ihrer wissbegierigen Kundin schloss.

„Okay, zurück zum Tagesgeschäft", murmelte Morgan und ging zum Computer, um die Onlinebestellungen der Galerie anzuschauen. „Wow", sagte Morgan, als sie die Liste durchsah. Sie prüfte ihre Inventarliste und notierte sofort die Artikel, die bestellt werden mussten, damit sie keinen Kunden verärgerten und dann ging sie zu der Mappe mit den Drucken.

Sie zog den ersten heraus und lächelte über das Bild

der Bucht, in dem man die untergehende Sonne und den aufgehenden Mond gleichzeitig sehen konnte. Es war einer der beliebtesten Drucke und Morgan wusste, das Keelin das Original über ihrem Kamin zu Hause hängen hatte. Sie legte den Druck vorsichtig in den passenden Umschlag, wickelte ein Band mit einer Schleife herum und drückte eine kleine getrocknete Blume in die Mitte zusammen mit der Karte der Galerie. Sie schrieb von Hand ein Dankeschön auf die Rückseite der Karte. Es war ein kleines Extra, das Morgan hinzufügte und sie lächelte es an, wissend, dass ihre Kunden diese kleine persönliche Note zu schätzen wussten.

Vor sich hin summend arbeitete sie weiter durch die Liste und erschrak, als das Klingeln der kleinen Glocke über der Tür sie aus ihrer Versunkenheit holte.

„Patrick!"

Sie war überrascht, wie aufgeregt sie war, ihn zu sehen. Normalerweise machte es sie nur nervös, Patrick zu sehen, aber irgendetwas hatte sich neulich für sie geändert. Ganz abgesehen von Bairds Rat, geduldig mit sich selbst zu sein, um etwas von dem Druck wegzunehmen.

„Hallo, Morgan. Ich komme gerade aus dem Kaffeeladen und dachte, dass ich dir einen Tee bringen würde."

Morgan beäugte den Einwegbecher in seiner Hand. Ein T-Shirt mit dem Namen von Gallagher's Pub spannte sich über seine muskulöse Brust und seine Haare sahen aus, als hätte der Wind sie etwas durchgewuschelt. Es sollte eigentlich nicht so sexy aussehen und doch...Morgan fühlte ein kleines Ziehen im Bauch.

„Das ist aber nett von dir. Das ist etwas, das Freunde

füreinander tun, oder?" Morgan sah ihn mit erhobener Augenbraue an und kreuzte ihre Arme über ihrer Brust.

Ein raues Lachen kam aus seinen Lippen und sie lächelte Patrick an, als er mit den Schultern zuckte.

„Kann ich einem Freund keine Tasse Tee bringen?", fragte er und erwiderte ihren Blick.

„Das kannst du", sagte Morgan und gab nach. Sie nahm den Tee von ihm und schnappte nach Luft, als bei der Berührung ihrer Hände ein kleines Zittern ihren Arm hochging.

„Zu heiß?", sagte Patrick mit einer bedeutungsvollen Stimme.

Morgan starrte in seine Augen, ihr Kopf war wie leergefegt, während sie von Wärme erfüllt wurde. Sie leckte ihre plötzlich trockenen Lippen und suchte nach etwas, was sie sagen könnte.

„Um Gotteswillen, Morgan, wenn du weiter deine Lippen so leckst und mich mit diesen großen Augen ansiehst, nehme ich dich mit nach oben und zeige dir etwas richtig Heißes."

Morgan spürte, wie sie erblasste und ein Anflug von Panik überkam sie. Direkt zusammen mit einer Welle von Lust, die in ihrem Magen einschlug. Vielleicht wäre es nicht die schlechteste Idee, nach oben zu gehen.

Patricks Kinnlade fiel nach unten.

„Du denkst tatsächlich darüber nach", sagte er und bewegte sich schnell. Er stellte den Tee auf die Theke hinter ihr und fing sie in seinen Armen ein. Morgan schluckte, als sie die harte Kante in ihrem Rücken spürte und die harte Länge von Patrick vorn.

„Ich…ich", stotterte sie und konnte nicht von seinem Gesicht wegsehen.

„Ich werde dich wieder küssen", sagte Patrick, um sie vorzuwarnen.

Morgan konnte nur nicken. Es war das, was sie heimlich wollte. Sie hatte sich den Kuss von neulich mehrmals wieder vor Augen geführt und hatte sich innerlich jedes Mal warm und wunderbar gefühlt. Sie würde lügen, wenn sie sagte, dass sie es nicht nochmal probieren wollte. Morgan betete, dass nicht alles im Laden von den Wänden fliegen würde und schloss ihre Augen, als Patricks Lippen sanft über ihre strichen.

Er schmeckte so süß, kombiniert mit etwas Dunklerem, ein Versprechen, an das man sich erinnerte, ein Wunsch, der sich erfüllen würde. Morgan stöhnte etwas, als sie sich gegen Patrick drückte. Sie ließ ihre Hände über seine harte Brust gleiten und erlaubte ihm, seine Zunge zwischen ihre Lippen zu schieben. Eine Welle der Lust ging durch sie, so schwindelerregend in ihrem Versprechen, dass sie gegen ihn stolperte. Patrick legte seine Arme um sie und zog sie näher, bis sie an jedem Zentimeter von ihm schmolz.

„Ups", sagte Aislinn leise hinter ihnen und Morgan sprang sofort zurück. Tränen stiegen ihr in die Augen vor Wut und Scham. Sie brauchte ein Ventil und drehte sich zu Patrick um.

„Du hättest das nicht an meinem Arbeitsplatz tun sollen", fauchte Morgan Patrick an. Er hob seine Hände und trat einen Schritt zurück.

„Ist schon okay, Morgan", sagte Aislinn sofort, als sie Morgans Gefühle las.

Morgan wischte sich ärgerlich die Augen ab und drehte

sich zu Aislinn.

„Nein, das ist es nicht. Du hast dein Vertrauen in mich gesetzt und ich habe es missbraucht, weil ich erlaubt habe, dass das hier passiert. Es tut mir so leid, Aislinn." Ihre Lippen zitterten, als sie ihre Chefin ansah.

„Es ist ja nicht als ob ich dich erwischt hätte, wie du aus der Kasse stiehlst, Morgan. Glaub mir, ich habe schon viel Schlimmeres hier angestellt. Hi, Patrick", sagte Aislinn, lächelte Patrick freundlich an und drehte ihren Kopf zwischen den beiden hin und her.

„Aislinn", sagte Patrick steif, ohne seine Augen von Morgan abzuwenden.

Morgan drehte sich zu ihm um, ohne ihn anzusehen. Warum konnte er nicht sehen, dass das hier eine große Sache war?

„Geh bitte und riskier meinen Job nicht noch einmal", sagte Morgan steif. Sie konnte ihm nicht in die Augen sehen, obwohl sie wusste, dass sie ihn verletzte, aber konnte die Worte nicht mehr zurückziehen. Sie konnte alles an Patrick lesen, die Emotionen, die er projizierte, und seine Gedanken, mit denen er versuchte zu verstehen, wie jemand erst so warm und dann so kalt werden konnte.

„Morgan, es ist doch halb so wild. Das ist hier kein hochrangiger Regierungsjob. Sei nicht so hart mit ihm, okay?", sagte Aislinn und Morgan fühlte Scham durch sie kriechen.

„Es tut mir leid, es ist nur, dass dieser Job wirklich wichtig ist für mich", sagte Morgan leise.

„Und ich habe gesagt, dass du ihn nicht verlieren wirst, oder?", sagte Aislinn streng.

Morgan nickte und sah Patrick endlich an.

„Tut mir leid", sagte sie leise.

„Kein Problem", sagte Patrick. „Ich hoffe, du genießt den Tee." Mit einem kurzen Nicken zua Aislinn ging er aus dem Geschäft, seine Verlegenheit ganz offensichtlich. Morgan wollte noch mehr weinen.

„Ist alles okay? Worum ging es denn hier gerade?" Aislinn kam näher und ließ ihre Hand an Morgans Arm herunterstreichen. Morgan unterdrückte den Impuls, ihren Kopf auf Aislinns Schulter zu legen und sich in eine Umarmung zu lehnen.

„Es ist einfach... ich weiß nicht. Ich hatte ihn hier nicht erwartet, okay? Er hat mich mit einer Tasse Tee überrascht. Wir sollten eigentlich nur Freunde sein", sagte Morgan verärgert und brachte die Worte nur stoßweise heraus.

„Okay...", sagte Aislinn und konzentrierte sich auf Morgans Gesicht.

„Und er hat, er hat mich geküsst. Hier bei meiner Arbeit. Und meine Chefin ist hereingekommen. Das ist einfach...das ist *schlimm*. Wenn ich diesen Job verliere und von vorn anfangen muss...ich würde meine Wohnung verlieren."

Morgans Hände flogen um ihr Gesicht herum, als sie jeden Punkt unterstrich. Ihr Atem kam schnell und Panik wand sich durch ihre Lungen. Sie versuchte sich zu beruhigen, weil sie wusste, dass jede Minute die Bilder anfangen könnten herumzuschweben. „Ich muss raus", sagte sie und schob sich an Aislinn vorbei zur Hintertür.

Draußen wurde die Nachmittagssonne durch eine niedrige Wolkendecke gefiltert und warf einen warmen Schein über den gemütlichen Innenhof. Morgan lehnte sich gegen die Rückwand der Galerie und spürte, wie die Wärme der Steine in ihren Rücken drang.

„Du hättest nicht gehen müssen", sagte Aislinn von der Tür.

„Ich hatte Angst, dass die Bilder rumfliegen würden", sagte Morgan mit geschlossenen Augen, zählte bis zwanzig im Kopf und ließ die Wärme der Sonne in sie dringen.

„Ah, okay."

„Das ist ein weiterer Grund, warum ich mich nicht hätte küssen lassen sollen von ihm da drin. So viel hätte mit den Bildern passieren können", sagte Morgan und hielt ihre Augen geschlossen.

„Wie meinst du das?"

„Es sieht so aus, als ob ich meine spezielle Fähigkeit nicht kontrollieren kann, wenn ich geküsst werde", sagte Morgan steif. Die Sonne fühlte sich wirklich gut an und tat Wunder, um sie zu beruhigen.

„Und das weißt du woher?", fragte Aislinn. Sie kannte Morgans Geschichte und ihren Mangel an küssenden Partnern in der Vergangenheit.

„Patrick hat mich neulich Abend geküsst. Und mein Pint schwebte hoch und ergoss sich auf meinen Schoß", sagte Morgan verdrießlich und rieb ihre Hände über ihre Arme.

Aislinns Grunzen ließ Morgan ihre Augen öffnen und sie drehte sich, um ihre Chefin anzustarren.

Aislinn schlug ihre Hand über ihren Mund, aber die wilden Locken, die um ihren Kopf herum schüttelten, gaben ihr Gelächter preis. Morgan sah ihre Chefin aus schmalen Augen an.

„Du findest das witzig?"

„Oh, Gott, ja. Es tut mir leid, aber ja, das tue ich", röchelte Aislinn und ein weiterer uneleganter Grunzer kam aus ihrer hübschen Nase.

Morgan fing an, sich zu entspannen. Irgendwas an Aislinns Gelächter flüsterte Morgan zu, dass sie sich selbst zu ernst nahm. Sie erwähnte es gegenüber Aislinn.

„Oh, Morgan, ich weiß, dass unsere Fähigkeiten ein riesiges Ding sind. Wirklich, das ist mir klar. Aber manchmal musst du einfach lachen über diese komischen peinlichen Momente", sagte Aislinn. Sie kam und lehnte sich neben Morgan gegen die Wand mit einem Lächeln auf ihrem Gesicht.

„Das war mein erster Kuss", sagte Morgan steif.

„Ich weiß, ich weiß. Und ich weiß, wie du darüber fühlst wegen des Vorfalls in der Vergangenheit", sagte Aislinn.

Der Vorfall, vom dem sie redete, war etwas, an das sich Morgan nicht erinnern wollte. Es war in der letzten Pflege- familie passiert, bei der sie gewohnt hatte. Es war eigent- lich alles ganz gut gegangen und Morgan dachte, dass sie dableiben könnte, bis sie mit der Schule fertig war und vielleicht zur Universität ging. Unglücklicherweise hatte sie angefangen, für ihren ältesten Sohn zu schwärmen, der ein Jahr über ihr in der Schule war. Er musste ihr Tagebuch entdeckt haben, weil er sich eines Tages mit ihr aus der Schule geschlichen hatte. Morgan rollte mit ihren Augen, als sie darüber nachdachte, wie blöd sie gewesen war. Sie hatte gedacht, er würde sie küssen. Stattdessen hatte er, in dem Moment, als sie ihre Augen geschlossen hatte, vor einem Hof voller Mitschüler ihren Rock heruntergezogen.

Es war dumm und unreif, aber der Spott und die Höhne hatte Spuren bei ihr hinterlassen. Morgan hatte ihre Tasche gepackt und war an dem Abend gegangen. Es war der letzte Strohhalm in einem Leben voller Beleidigungen. Sie war seitdem auf sich allein gestellt gewesen.

„Du weißt also, warum dieser Job für mich so wichtig ist", sagte Morgan.

„Ich weiß. Aber du kannst nicht immer so leben, als wärst du auf dem Sprung. Nur weil jeder in deiner Vergangenheit furchtbar zu dir war, heißt das nicht, dass jeder in deiner Zukunft das auch sein wird."

„Ich mag es hier. Ich möchte bleiben", flüsterte Morgan.

„Wir möchten auch, dass du bleibst. Glaub mir, du machst einen fantastischen Job. Ein Kuss von Patrick im Geschäft wird das nicht ruinieren", sagte Aislinn und drückte ihren Arm. „Jetzt gehen wir wieder rein und machen diese Bestellungen fertig."

„Jawohl", sagte Morgan und fühlte sich leichter. Sie hielt an der Hintertür an und sah Aislinn an.

„Ich schulde ihm eine Entschuldigung, oder?"

„Er ist ein guter Typ", sagte Aislinn sanft, bevor sie in die Galerie ging. Morgans Schultern hingen herunter, als sie darüber nachdachte, wie sie sich bei Patrick entschuldigen würde. Sie hasste emotionales Zeug, deswegen hielt sie sich fern von Beziehungen. Gefühle wurden verletzt, Dinge wurden heikel. Es war besser, es auf Freundesebene zu belassen. Zufrieden mit ihrer Entscheidung schob Morgan Patrick aus ihren Gedanken und ging an die Arbeit.

KAPITEL NEUN

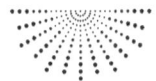

Eigentlich war es ja gar nicht so wichtig gewesen, oder? Patrick wischte erneut über die Theke und grummelte, während er an einem besonders klebrigen Fleck arbeitete. Es war nicht, als ob Aislinn das Beste, was der Galerie passieren konnte, feuern würde. Patrick warf einen grimmigen Blick auf einen Stammkunden, der ein weiteres Pint verlangte.

„Ich mach es, wenn ich dazu komme", sagte er steif und fluchte dann über sich selbst, als dem Kunden das Lächeln aus dem Gesicht fiel.

„Ich mache das schon", rief Cait und Patrick fühlte, wie sich sein Rücken versteifte, als sich seine hochschwangere Chefin unter dem Thekendurchgang durchschob und anfing, ein Bier für den Kunden zu zapfen, derweil sie leichtherzig über das Wetter plauderte. Cait warf Patrick einen scharfen Blick zu, den Patrick mit seinem eigenen erwiderte.

„Ich bin im Lagerraum", sagte er, glitt an ihr vorbei

und duckte sich unter dem Thekendurchgang. Es war früh genug amTag, dass sie mit den paar Kunden umgehen konnte, die an der abgenutzten Theke saßen. Patrick würde seine schlechte Laune durch etwas körperliche Arbeit loswerden.

Eine Stunde später blickte er sich um. Nicht nur hatte er die gesamte neue Inventur ausgeladen, sondern auch alle Regale nach Getränkeart umsortiert und dann jede Sektion alphabetisch angeordnet. Mit einem Nicken drehte er sich, um zu gehen und erschrak, als er seine schwangere Chefin mit über ihrem beeindruckenden Bauch verschränkten Armen im Türrahmen stehen sah.

„Hast du deine schlechte Laune abgearbeitet?", fragte Cait und warf ihm einen scharfen Blick zu.

„Ja, alles in Ordnung", sagte Patrick und starrte zurück.

Cait seufzte und rieb ihren Bauch und Patrick fühlte sich sofort schuldig, weil er sie mit der Bar allein gelassen hatte.

„Du solltest nicht länger stehen. Es tut mir leid", sagte Patrick.

Cait winkte ab.

„Es geht mir gut. Auch wenn ich deine Organisation hier total klasse finde, muss ich sagen, dass ich dich selten so durcheinander gesehen habe. Was ist los?"

Patrick kreuzte seine Arme über seiner Brust und überlegte, wieviel er Cait sagen sollte. Obwohl er wusste, dass sie seine Gedanken lesen konnte, war er nicht sicher, wie peinlich es Morgan wäre, wenn sie wüsste, dass er Cait Dinge weitererzählte.

Cait seufzte. „Ich weiß, dass es mit Morgan zu tun hat. Ich höre es so oder so, also kannst du es mir auch einfach sagen."

„Ich bin heute bei der Galerie vorbeigegangen, um ihr einen Tee zu bringen. Ich habe sie geküsst. Aislinn kam herein. Morgan ist ausgerastet, weil ich ihren Job riskiert habe. Ich bin gegangen. Ende der Geschichte." Patrick stieß die Worte heraus, seine Fäuste geballt aus Wut über sich selbst, weil er sich nicht an die Vereinbarung gehalten hatte, nur Freunde zu sein.

„Oh, na dann", sagte Cait.

„Ich meine...als ob Aislinn sie rauswerfen würde. Komm schon", schnaubte Patrick und ging in dem kleinen Raum auf und ab. Er fing an, sich zu fragen, warum er überhaupt hinter diesem Mädchen her war. Wenn das so weiterging, würde er Jahre brauchen, ihr näher zu kommen.

„Nein, ich glaube nicht, dass Aislinn das tun würde", stimmte Cait zu. „Sei einfach nachsichtig mit ihr, okay? Sie ist nicht wie deine anderen Mädchen."

Patrick drehte sich zu ihr um.

„Das sagt mir jeder und doch will mir niemand wirklich erzählen, was an ihr so anders ist", schäumte Patrick.

„Sie hatte es nicht einfach, als sie aufgewachsen ist. Das weißt du. Aber sie muss es dir selbst erzählen, es kann nicht von uns kommen. Du musst entscheiden, ob du Geduld mit ihr hast und abwartest, oder ob du über sie hinwegkommst, nach vorn schaust und zum Teufel aus meinem Lager verschwindest", sagte Cait, drehte sich um, knallte die Tür und ließ ihn allein in ihrem Lagerraum.

Patrick warf seine Hände hoch. „Ich habe für heute die Nase voll von launischen Frauen", rief er durch die Tür.

„Das habe ich gehört!", rief Cait ihm zu und Patrick zuckte zusammen.

KAPITEL ZEHN

„Warum lassen wir es für heute nicht einfach gut sein?", sagte Aislinn etwas später.

„Aber wir haben noch zwei Stunden...", protestierte Morgan.

„Ich weiß. Ich würde aber gern noch etwas malen und ich glaube, dass du eine Pause gebrauchen könntest. Fiona hat erwähnt, dass sie Hilfe braucht bei der Herstellung einiger Heilmittel, die sie gerade vorbereitet", sagte Aislinn und wand ihre Augen nicht von den Drucken ab, die sie am Fenster aufstellte.

„Du auch?", fragte Morgan. Was war los mit allen, dass sie sie drängten, Fiona zu besuchen?

„Es ist ein schöner Tag für einen Ausflug", sagte Aislinn leichthin.

„Ich kann nicht einfach hinfahren und sie überraschen", protestierte Morgan und merkte, wie ihr die letzte Ausrede, sich vor Fiona zu verstecken, entglitt.

„Du glaubst doch nicht, dass du Fiona wirklich überraschen kannst, oder? Die Frau weiß alles", grummelte Aislinn.

Morgan warf frustriert ihre Hände hoch und schnappte sich ihre Handtasche. „Okay, ich gehe und besuche Fiona. Zufrieden?"

„Ja, und sie wird sich über die Hilfe freuen", sang Aislinn hinter ihr her und Morgan rollte mit den Augen, als sie in den Innenhof trat. Ihr rostiger alter Transporter stand am Zaun. Die Tür ächzte, als sie sie öffnete und einstieg, um sich auf den zerrissenen Ledersitz zu setzen. Ein Rosenkranz hing am Rückspiegel, obwohl es Morgan unbegreiflich war, warum sie ihn behielt, nach allem, was die Nonnen ihr angetan hatten. Sie vermutete, dass ein kleiner Teil von ihr immer noch an eine Art außerweltliche Präsenz glaubte...ob es der katholische Gott war oder nicht. In manchen Nächten, wenn alles wirklich schwer gewesen war, hatte sie den Rosenkranz genommen und die glatten Holzperlen durch ihre Finger gleiten lassen, während sie versuchte, hinten im Auto zu schlafen und so tat, als ob sich alles zum Guten wenden würde.

Bisher schien es funktioniert zu haben.

Der Motor quietschte etwas aus Protest, als Morgan den Wagen anließ und sie wartete ein paar Minuten, bis er ins Leben stotterte. Sie wusste, dass sie sich wahrscheinlich ein zuverlässigeres Transportmittel suchen sollte, aber dieser Transporter war ihr erstes Zuhause gewesen, das sie ihr eigenes nennen konnte und Morgan war unwillig, sich von ihm zu trennen.

Der Tag ging ihr durch den Kopf, während ihr Wagen die Straße herunterrumpelte, die aus dem Dorf und entlang den Kliffen führte, die so stolz aus der See herausragten. Aislinn hatte recht, es war ein wunderschöner Tag für einen Ausflug. Das warme Licht der Sonne küsste die schroffen Kanten der Kliffe und die See glitzerte in einem hellen Türkis, das Leute einlud, darin zu schwimmen.

Morgan hatte vor langer Zeit gelernt, sich nicht von der Laune des Wassers täuschen zu lassen. Es war immer noch zu früh im Jahr, um zu schwimmen, aber sie liebte es, Touristen zu beobachten, die schockiert kreischten, wenn sie um diese Jahreszeit hereinsprangen.

Sie knabberte an ihrer Unterlippe, als die Ereignisse des Tages sie einholten. Nach einer Sitzung mit Baird fühlte sie sich immer ein bisschen emotional erschöpft, als ob eine heilende Wunde wieder geöffnet wurde. Obwohl Morgan wusste, dass es Teil des Prozesses war, war sie oft für den Rest des Tages gereizt. Die Situation mit Patrick war mehr emotionale Aufruhr gewesen, als sie an einem Tag bewältigen konnte.

Also warum war sie jetzt auf dem Weg, um Fiona zu besuchen? Morgan schüttelte den Kopf über sich selbst. Vielleicht war sie einfach masochistisch.

Oder sie wusste nicht, wohin sie sich sonst wenden sollte.

Ein verwittertes Schild in einer niedrigen Steinmauer zeigte die Abzweigung zu Fionas Straße und Morgan bog ein und holperte langsam einen Kiesweg hoch, bis sie zu einem hübschen grauen Haus kam. An den Fenstern hingen Kästen mit fröhlichen Blumen, obwohl es noch etwas früh im Jahr war für sie. Alles hier verhieß Zuhause und Willkommen.

Mit Blick auf das Häuschen stellte Morgan den Motor ab, zog den Schlüssel aus der Zündung und steckte ihn in die Sonnenblende. Sie starrte auf die Haustür, als sie aus dem Auto ausstieg und wusste nicht, was sie machen sollte. Mit einem Seufzer drehte Morgan sich um und sah zum ersten Mal den Ausblick.

Es war wie ein Schlag in die Magengrube. So roh, so atemberaubend, dass Morgan das Bedürfnis nach Isolation verstehen konnte. Und doch wäre sie hier niemals einsam. Da war so viel zu sehen. Große Flächen mit grünen Wiesen rollten vom Haus weg, bevor sie über den Rand der steilen Kliffe verschwanden, die arrogant in den Himmel ragten. Es war, als würde sie am Rand der Welt stehen und alles war möglich.

Ihr Blick vernebelte sich und Morgan kniff sich selbst, überrascht, dass ihr die Tränen kamen. Ein Bellen erschreckte sie und sie drehte sich, als 30 Kilo Fell und Schleim um die Ecke sprangen und vor ihren Füßen rutschend zum Halt kamen.

„Oh, du bist aber ein Hübscher", schluchzte Morgan und wischte mit den Handrücken über ihre Augen. Sie konnte nicht anders, sie kniete sich hin und legte ihre Arme um den Hund. Als er stillstand und sich drehte, um ihr übers Gesicht zu lecken, brach etwas in Morgans Innerem.

Tränen liefen herunter, als sie ihr Gesicht in sein weiches Fell drückte und den Hund umarmte, als ob ihr Leben davon abhinge. Morgan wusste nicht, warum sie weinte. Es war, als wäre alles in ihrem Leben an einem kritischen Punkt angekommen, ob gut oder böse, und sie hatte keine Ahnung, wie sie mit den Erwartungen anderer

Leute umgehen sollte, geschweige denn mit ihren eigenen Erwartungen an sich selbst. Ein Teil von ihr war versucht, in ihren Wagen zu hüpfen und weiterzufahren, das Leben eines Durchreisenden zu leben, niemals Bindungen eingehen oder mit chaotischen emotionalen Verwicklungen umgehen zu müssen.

„Ich danke dir", flüsterte Morgan dem Hund zu, während er weiter seine raue Zunge über ihre Wangen wischte, um ihre Tränen aufzulecken.

„Ronans Schulter ist gut, um daran zu weinen."

Morgans Schultern spannten sich beim Klang der Stimme an. Sie stand auf, drehte sich um und sah Fiona, die am Haus lehnte. Die alte Frau trug ein übergroßes Männerhemd, Arbeitshosen und auf dem Kopf einen Strohhut, an dem eine fröhliche Blume ins Hutband gesteckt war.

„Vielleicht sollte ich mir einen Hund anschaffen", sagte Morgan steif und streichelte Ronans weiche Ohren.

„Das solltest du vielleicht", stimmte Fiona zu, „obwohl das von dir verlangen würde, eine Bindung einzugehen."

Morgan rollte mit ihren Augen und seufzte.

„Es tut mir leid, wenn ich dich störe, Fiona. Aislinn hat gemeint, dass du vielleicht Hilfe brauchst mit ein paar Heilmitteln, also bin ich hergefahren."

„Ist das der Grund? Hmm", sagte Fiona, und ihre warmen Augen legten sich an den Ecken mit einem Lächeln in Fältchen.

Morgan zuckte mit den Achseln, fühlte sich hoffnungslos unbehaglich und nicht sicher, wie sie weitermachen sollte.

„Na dann komm mal mit, ich habe gerade Brot aus dem Ofen geholt für dich und einen guten Eintopf."

Aislinn hatte recht. Die alte Frau wusste alles.

„Kann Ronan mit reinkommen?"

Fiona lachte und öffnete die Tür; Ronan rannte hinein und drehte sich mehrmals in der Ecke im Kreis, bevor er sich mit einem Knochen auf einen Stapel Decken legte.

„Er ist wunderbare Gesellschaft für mich", murmelte Fiona, während sie eintrat und Morgan andeutete, ihr zu folgen.

Das Haus war im Prinzip ein großer Raum mit zwei Türen, die vermutlich zu den Schlafzimmern führten. Es war innen größer als sie ursprünglich gedacht hatte. Das Paradestück war ein langer Holztisch, der die Mitte des Raums dominierte; er schien sie einzuladen, sich hinzusetzen. Dahinter zogen sich lange Regale an den Wänden entlang, die mit Flaschen in jeder erdenklichen Größe vollgestellt waren, alle mit einer feinen Handschrift etikettiert. Hohe Fenster an der Wand links von ihr boten freien Blick auf die See. Rechts von ihr war eine kleine Nische, in der ein Holzofen und ein paar Stühle standen. Ein paar Bücher waren neben dem Stuhl aufgestapelt und Morgan dachte, dass das eine gemütliche Leseecke war.

„Tee? Whiskey?", fragte Fiona und drehte sich von der Arbeitsfläche, wo sie einen Laib braunes Brot aufschnitt, herum. Dampf stieg vom Brot auf und das Wasser zog sich in Morgans Mund zusammen. Nichts kam einem frischen Laib irischen braunen Brots gleich, dachte sie.

„Tee, bitte, obwohl der Whiskey auch verführerisch klingt", gab Morgan zu.

„Also dann Tee. Setz dich hin", sagte Fiona zu

Morgan, die zum langen Tisch ging, sich hinsetzte und auf den Haufen Kräuter und Schnur blickte, die den Tisch bedeckten.

„Was machst du damit?"

„Ach, ich trockne einfach ein paar Kräuter für Creme. Ich habe noch nicht mit meinen Tonika angefangen. Die mache ich wahrscheinlich bei Vollmond."

„Warum?", fragte Morgan und sah Fiona an.

„Wegen eines Hauchs von Magie, natürlich", sagte Fiona lächelnd und stellte eine Tonschale mit Eintopf vor Morgan, zusammen mit braunem Brot in einem mit Servietten ausgelegten Korb. Dazu kamen noch eine Butterdose und ein glänzendes Glas mit Eistee. Morgan war im Himmel.

„Mach nur, iss. Heutzutage genießen nur noch wenige meine Kochkünste", sagte Fiona und Morgan tat, wie ihr aufgetragen wurde, dankbar für eine Pause in der Unterhaltung. Sie würde um nichts in der Welt Fionas Kommentar über Magie erwähnen, dachte sie. Fiona lachte von der anderen Seite des Raums und Morgan sah sie mit erhobener Augenbraue an.

Die alte Frau bewegte sich mit einer Gewandtheit, die ihre Jahre Lügen strafte, als sie sich selbst einen Schluck Whiskey eingoss und ihre eigene Schale mit Eintopf zum Tisch brachte. Sie nahm ihren Platz ein und beäugte Morgan quer über den Tisch.

„Harter Tag?"

Morgan war überrascht, dass sie überhaupt lächeln konnte. Vielleicht hatte das Weinen auf Ronan ihr doch gutgetan.

„Hartes Leben trifft eher zu", brummelte Morgan.

„Aber inzwischen nicht mehr so hart; es scheint, dass sich alles zum Guten entwickelt für dich", bemerkte Fiona.

Morgan zuckte mit ihrer Schulter und nickte, unsicher wieviel sie sagen oder preisgeben wollte.

„Morgan, ich muss mich bei dir entschuldigen", sagte Fiona.

Morgan fiel das Stück Brot, das sie hielt, aus ihren Fingern in die Suppe und sie starrte Fiona verwirrt an.

„Wofür?"

„Ich...na ja, ich tue mein Bestes, um andere wie uns in Irland zu finden. Irgendwie bist du mir durchgerutscht. Wenn ich es gewusst hätte, wäre ich für dich gekommen. Ich hätte dich aufgenommen und dich über deine Kräfte aufgeklärt. Es ist mein Fehler, dass du so viel durchmachen musstest", sagte Fiona mit zusammengepressten Lippen, ihr Herz in ihren Augen.

„Oh...oh Gott", sagte Morgan und drückte ihre Handrücken auf ihre Augen, die sich wieder mit Tränen füllten. „Es ist nicht deine Schuld, Fiona. Es ist wirklich niemandes Schuld. Manchmal passieren Dinge einfach."

Aber es fühlte sich gut an, zu wissen, dass jemand sie aufgenommen hätte. Vielleicht wäre das genug gewesen für sie, dachte Morgan, während sich Wärme in ihr ausbreitete.

„Es ist nicht meine Schuld, dass du von diesen furchtbaren Nonnen misshandelt wurdest oder dass du von Familie zu Familie gegangen bist, aber es ist ganz sicher mein Fehler, dass ich dich nicht gefunden habe. Ich bin normalerweise gut informiert. Es kann nur sein, weil ich nichts über deine Mutter gehört habe. Nicht ein Wort. Ich weiß immer noch nichts. Weißt du etwas?", fragte Fiona vorsichtig, mit ihrem Blick auf Morgan gerichtet.

Morgan setzte sich zurück, wischte ihre Augen wieder und zwang sich, ruhiger zu atmen.

„Ich weiß nichts. Nicht wirklich. Mary McKenzie war ihr Name, daher habe ich den Nachnamen behalten. Niemand weiß, ob sie gestorben ist oder nicht. Ich wurde...ich wurde eingewickelt in Decken in einem Karton auf den Stufen des Klosters gefunden. Sie...sie hat mich noch nicht mal in einen Korb gelegt oder so." Morgans Stimme stotterte etwas und sie atmete tief ein und fuhr fort: „Ein Zettel war mit einer Nadel an mir festgemacht, auf dem mein Name stand und dass sie alle Rechte an mir aufgeben würde. Sie hatte ihn sogar unterschrieben. Niemand hat sie oder meine Familie je gefunden. Ich weiß noch nicht mal, ob McKenzie mein richtiger Name ist."

„Das könnte es erklären", sagte Fiona und zeigte mit dem Finger auf Morgan. „Eigentlich...ich frage mich..." Ihre Stimme verstummte, als sie Morgan studierte.

Sie fühlte sich roh und es war ihr egal. Morgan tauchte in Fionas Gedanken ein, um zu sehen, worüber sie nachdachte. Sie zuckte zusammen, als sie merkte, dass sie blockiert wurde. Schamesröte kroch ihr in die Wangen.

„Ja, meine Liebe, ich habe vor langer Zeit gelernt, mich zu schützen", sagte Fiona und tat Morgans Versuch, ihre Gedanken zu lesen, ab. Sie sah einen Moment lang geistesabwesend aus und schien dann zu einer Entscheidung zu kommen. Sie lächelte sie an.

„Jetzt, wo ich das weiß, habe ich den Verdacht, dass ich vielleicht herausfinden kann, wo deine Mutter zu finden ist...oder zumindest, was ihr passiert ist", sagte Fiona sanft.

Die Zeit stand für eine Sekunde still und Morgan konnte ihr Herz in ihrer Brust schlagen fühlen, als Fionas Worte sie trafen.

„Ich könnte deine Mutter finden."

KAPITEL ELF

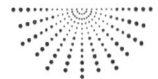

Der Gedanke, ihre Mutter zu finden, war für Morgan so unfassbar, dass sie nicht wusste, was sie sagen sollte. Es war ihr einfach nie in den Sinn gekommen, es zu versuchen. Sie war immer davon ausgegangen, dass ihre Mutter tot oder schon lange verschwunden war. Es war nicht, als ob sie jemals versuchte hatte, nach ihr zu sehen oder zu schauen, ob sie etwas brauchte.

„Ich glaube, der Zug ist abgefahren", sagte Morgan leise.

„Warum sagst du das?"

„Wenn sie am Leben wäre und mich hätte finden wollen, hätte sie das tun können. Es ist offensichtlich, dass sie nichts mit mir zu tun haben wollte, also warum sollte ich mir jetzt die Mühe machen, sie zu suchen?" Zorn und Anschuldigung klangen aus ihren Worten und Morgan kämpfte damit, ihre tief vergrabene Wut zu unterdrücken.

„Vielleicht, vielleicht auch nicht. Eventuell war da etwas, das sie davon abgehalten hat, dich zu finden. Oder vielleicht wusste sie, dass es dir ohne sie besser geht."

„Besser? Von einer Familie zur nächsten geschoben zu werden? Von Nonnen misshandelt werden? Mit 16 weglaufen, weil es so furchtbar war? Wie zum Teufel ist das besser?" Morgan schob sich vom Tisch zurück, stand auf und ging auf und ab, während sie Fiona anwetterte: „Sprich nicht von Dingen, die du nicht verstehst, alte Frau."

Fiona stand auch auf und die Güte in ihren Augen war fast zu viel für Morgan.

„Ich weiß, was es bedeutet, eine Mutter zu sein. Etwas, wovon du keine Ahnung hast. Und ich weiß, dass man manchmal Entscheidungen im besten Interesse seines Kindes treffen muss. Sie hat vielleicht gedacht, dass sie für dich das beste tat."

„Sie wusste es! Sie *wusste,* dass ich eine Kraft haben würde. Sie wusste, dass man mich wie einen Freak behandeln würde. Sie wusste es und sie hat mich verlassen. Sie hat mich einfach verlassen..." Morgans Stimme wurde leiser, als sie von Tränen überwältigt wurde und die Wände der Hütte sich um sie schlossen. Sie drehte sich um, ging zur Tür und stolperte blind vor Wut nach draußen. Sie ging um die Ecke des Hauses und fiel auf ihre Knie, bevor sie sich mit ihrem Rücken gegen die warmen Steine des Hauses in einen Ball zusammenrollte, während sie ihr Gesicht in ihren Knien vergrub.

Ihre Mutter finden? Wie konnte Aislinn sie hierherschicken, um diese Wunde zu öffnen? Ihre Wut breitete sich aus und umfasste Aislinn, Baird...die ganze Stadt. Es war dumm von ihr gewesen hierherzukommen. Dumm von ihr, all dies auszugraben. Sie hatte vor langer Zeit gelernt, dass sie zum Überleben Mauern errichten musste und niemals ihre Gefühle zeigen durfte.

Sie erschrak, als eine Zunge an ihrem Arm leckte. Sie schielte durch ihre Arme und sah Ronan, wie er schwanzwedelnd mit seiner Nase dicht vor ihrem Gesicht stand. Er schubste sie und zwang sie, ihren Arm zu heben, so dass er seine Nase in ihr Gesicht schieben und ihre Tränen auflecken konnte. Völlig durcheinander und emotional roh seufzte Morgan und legte ihre Arme um Ronan.

Eine Bewegung links von ihr erregte ihre Aufmerksamkeit und Fiona setzte sich neben sie aufs Gras und lehnte sich gegen die Wand.

„Es tut mir leid, Morgan. Ich kann nicht für deine Mutter sprechen oder Vermutungen an ihrer Stelle machen", sagte Fiona ruhig.

„Ich...es tut mir leid, dass ich dich angeschrien habe."

„Das ist okay. Ich denke, dass sich ein paar Jahre Wut in dir angesammelt haben und raus wollen. Ich sage es einfach geradeheraus...du wurdest unfair behandelt. Aber nur, weil du einen schlechten Start hattest, bedeutet das nicht, dass du wütend durchs Leben gehen musst. Niemals anderen trauen, niemals Bindungen eingehen. Ich will dir helfen. Ich verspreche, dir zu helfen. Egal, wie oft du mich anschreist, egal, wie schlecht du mich behandelst, du wirst mich nicht wegschieben können. Das ist ein Versprechen, das ich dir hier und jetzt gebe. Jemand muss dir Halt geben. Ich konnte es vorher nicht, aber jetzt bin ich diese Person für dich."

Fionas Worte flossen über sie, besänftigten ihre Seele und verdrängten die gewaltige Wut, die sie erfüllte. Morgan verbarg ihr Gesicht in ihren Händen, während

Tränen ihre Wangen herunterliefen und auf ihre Hose tropften.

Sie hatte noch nie jemanden gehabt, der ihr beistand.

„Ich brauche Hilfe", sagte Morgan, zog ihre Hände weg und drehte sich, um in Fionas freundliche Augen zu sehen. „Ich brauche für alles Mögliche Hilfe, für meine Emotionen, und zu lernen, meine Kräfte zu kontrollieren. Ich kann noch nicht mal einen Typen küssen, ohne dass sie verrückt spielen!"

Fiona lachte etwas und legte dann vorsichtig ihren Arm um Morgans Schultern. Zögerlich, aber den Trost genießend, lehnte Morgan sich an Fiona an.

„Patrick?"

„Ja, Patrick", flüsterte Morgan und starrte auf das Meer.

„Erzähl mir, was passiert, wenn Ihr euch küsst."

„Ich...ich verliere mich selbst. Es fühlt sich so toll an. Aber der Verlust meiner Kontrolle bedeutet, dass meine Kraft aus dem Ruder läuft."

Morgan beschrieb, wie das Pint losflog und warum sie Angst hatte vor den nächsten Schritten mit Patrick.

„Und das ist nur passiert, als du ihn geküsst hast?"

„Na ja, es passiert auch, wenn ich schlafe. Während meiner Albträume, um genau zu sein."

„Du hast Albträume?" Fiona lehnte sich etwas zurück und sah besorgt in Morgans Augen.

Morgan nickte und rieb weiter Ronans Ohren, froh über den Trost, den der Hund ihr gab. Vielleicht sollte sie sich wirklich einen Hund anschaffen, dachte sie.

„Immer derselbe. Es ist alles sehr schaurig und dunkel, viel realistischer und furchterregender als das Erlebnis im wirklichen Leben war. Da ist lateinischer Gesang, flackerndes Kerzenlicht, meine Handgelenke sind festgebunden und Kreuze werden über mich gehalten. Wie Exorzismus im 18. Jahrhundert."

„Und doch ist dir das im wirklichen Leben passiert."

Morgan nickte. „Ja, aber es war nicht ganz so schaurig und dunkel. Mehr oder weniger alle paar Monate, oder jedes Mal, wenn ich von einer Pflegefamilie zurückgeschickt wurde, haben mich die Nonnen an ein Bett gebunden und für mich gebetet, während der Priester heiliges Wasser auf meinen Kopf gegossen hat. Zuerst habe ich geschrien, aber am Ende bin ich nur mit geschlossenen Augen dagelegen und habe gewartet, bis es vorbei war. Irgendwann gaben sie auf und gingen."

„Also diese dunklere Erfahrung...meinst du, das sind deine Ängste aus dieser Situation? Oder vielleicht erlebst du eine Erfahrung einer deiner Vorfahren", sinnierte Fiona.

Morgan riss ihren Kopf herum und sah Fiona an. Die alte Frau hatte einen grüblerischen Ausdruck im Gesicht. Morgan steckte ihre Haare hinters Ohr und beobachtete sie.

„Du glaubst, dass ich die Erfahrung von jemandem anders nacherlebe?"

„Es könnte sein. Du weißt, dass einige unserer Vorfahren als Hexen verfolgt wurden. Ein Exorzismus wäre der erste Versuch gewesen, sie zu heilen."

„Ich, wow, darüber habe ich nie nachgedacht."

„Ja, du hast vielleicht eine Art moderne Hexenverfolgung durchgemacht in den Händen der Nonnen", grübelte Fiona.

Ganz plötzlich war es, als ob die Erinnerung keine

Macht mehr über sie hatte. Fiona hatte es auf eine Art und Weise neu interpretiert, die es ihr erlaubte, sich davon zu distanzieren, und statt sich für das, was ihr passiert war, zu schämen, konnte Morgan sich jetzt in die Reihe ihrer Vorfahren eingliedern.

„Das hatte ich *nie* und nimmer in Erwägung gezogen", sagte Morgan.

„Ja, es kann schwierig sein, etwas objektiv zu sehen, wenn du der Situation zu nah bist", sagte Fiona.

„Wenn ich dir den Traum erzähle, meinst du, du könntest herausfinden, wer es war?", fragte Morgan eifrig. Der Gedanke daran, eine Vorfahrin zu suchen, eine richtige Blutsverwandte von ihr, begeisterte sie.

„Also du findest es okay, wenn ich deine Vorfahren finde, aber du willst nichts über deine Mutter wissen?", bemerkte Fiona.

„Das klingt absurd, wenn du es so sagst, oder?", fragte Morgan.

„Gefühle sind nicht rational, meine Liebe", sagte Fiona.

Morgan lachte, als Ronan sie wieder mit der Nase anstupste, diesmal mit einem Stock in der Schnauze.

„Spielen wir Stöckchen holen?" Sie zerrte den nassen Stock aus seinem Maul und warf ihn in die Luft. Der Hund bellte fröhlich, als ob Weihnachten und Ostern gleichzeitig da wären und rannte dem Stock hinterher wie eine pelzige Pistolenkugel, die durch das hohe Gras schnitt.

„Nein, es ist nicht rational. Aber ich glaube nicht, dass ich bereit bin, mehr über meine Mutter zu wissen. Ich lerne langsam, damit klarzukommen, wo ich zurzeit stehe, und baue darauf auf. Ist das okay?", fragte Morgan.

„Das ist absolut in Ordnung, Liebes. Jetzt lass uns rein-
gehen, damit ich mein Buch herausholen kann. Ich kann
vielleicht deine Vorfahren finden und ein paar Tricks, mit
denen wir arbeiten können, um deine Kräfte zu
kontrollieren."

KAPITEL ZWÖLF

Es kann von deinen Vorfahren kommen. Morgan schüttelte wieder ihren Kopf, während sie in der Leseecke in Fionas Haus an einem kleinen Glas Whiskey nippte. Ein lebhaftes Feuer brannte im Herd und hielt den Hauch von Kälte ab, der an den Frühlingsabenden noch zu spüren war. Ronan lag zusammengerollt bei ihren Füßen, ab und zu ließ er einen schläfrigen Schnarcher heraus und seine Pfoten bewegten sich in seinen Hundeträumen.

Es war der wahrscheinlich gemütlichste und einladendste Ort, an dem Morgan je gewesen war. Wenn Fiona wirklich ernst gemeint hatte was sie sagte, dann konnte Morgan anfangen, dieses Haus als ihr zweites Zuhause zu betrachten.

Sie war immer eifersüchtig auf ihre Schulkameraden gewesen, wenn sie leichthin erwähnten, dass sie nach Hause zu ihrer Familie gingen oder darüber redeten, welche Poster sie in ihren Zimmern aufhängten. Das Einzige, was Morgan je machen konnte, war kurz den Ort erwähnen, an dem sie gerade wohnte. Und die meisten dieser Häuser hatten strenge Regeln. Poster von niedlichen Filmstars hatten nie an ihren Wänden gehangen. Sie hatte sich so ans Alleinsein gewöhnt, dass es ein surreales Erlebnis war, in Fionas Sippe aufgenommen zu werden, über die sie wachte.

Aber sie begrüßte es sehr.

„Ah, okay, ich glaube, dass ich etwas gefunden habe. Obwohl ich ein bisschen tiefer graben musste. Kannst du mir noch mehr über deinen Traum erzählen...nicht so sehr, was sie sagen, sondern eher, ob da irgendwelche erkennenswerten Kleidungsstücke oder Juwelen sind?"

„Hmm, lass mich einen Moment darüber nachdenken. Normalerweise versuche ich, mich nicht an diese Träume zu erinnern", sagte Morgan.

„Das kann ich dir nicht übelnehmen. Aber wenn ich es ein bisschen zeitlich einordnen könnte, hätte ich eine genauere Vorstellung, wessen Erfahrung du neu erlebst."

Morgan schauderte etwas, wenn sie darüber nachdachte, wie jemand anders eine noch schlimmere Behandlung durchlitten hatte als sie.

„Ich erinnere mich an dunkle Mäntel, Kreuze natürlich und eine Art silbernen und goldenen Becher."

Fiona sah sie über ihr altes Lederbuch hinweg an.

„Wie ein Kelch?"

„Ja, das wäre wohl ein passendes Wort dafür. Ja, eine Art Kelch. Darin war das Weihwasser, mit dem sie Kreuze auf meinen nackten Körper zeichneten."

„Waren auf dem Kelch irgendwelche Erkennungsmerkmale?"

„Hmm, das ist schwer zu sagen. Ich weiß, dass er silber war mit einem goldenen Band drumherum. Da waren wahrscheinlich Zeichen, aber du hättest schon wirklich nah dran sein müssen, um das Design zu sehen."

„Sieht es so ähnlich aus wie dieses?"

Fiona drehte das Buch herum und Morgan schnappte beim Anblick der von Hand erstellten Zeichnung eines fein ausgearbeiteten Kelchs nach Luft. Die Tinte war zu einem Hellbraun verblichen und das Papier sah aus, als wäre Kaffee darüber geschüttet worden.

„Ja, das ist es."

„Das ist der Kelch von Ardagh, meine Liebe. Es gibt keine bekannte schriftliche Überlieferung über seinen Gebrauch. Nur Spekulation. Hast du in der Schule nichts darüber gelernt?"

Schock durchlief Morgan, als sie versuchte, einen von Irlands berühmtesten Schätzen mit dem Kelch zu verbinden, den sie in ihrem Traum gesehen hatte. Sie hatte nie zuvor die beiden Bilder in Verbindung gebracht aber jetzt, wo sie es sah, war sie absolut sicher.

„Es ist der gleiche Kelch. Oh mein Gott, meinst du, dass ich historische Informationen zu seinem Nutzen habe?"

„Das könnte sein. Du weißt, dass spekuliert wird, dass es zwei Kelche gibt, oder? Dass der wirkliche Kelch von Ardagh in der Bucht versteckt ist."

Morgans Kinnlade fiel herunter. Sie drehte sich in dem glatten Holzschaukelstuhl, zog ihre Knie hoch und legte ihre Arme um ihre Beine, bis sie in einen kleinen Ball zusammengerollt war und hing an jedem Wort Fionas.

„Das hatte ich nicht gehört. Ich weiß eigentlich wenig über die Bucht, außer dass sie mit Sicherheit verflucht, verwünscht oder sonst etwas ist."

Fiona legte den Kopf schräg und studierte Morgan. Sie nahm einen kleinen Schluck von ihrem Whiskey.

„Warum sagst du das?"

„Abgesehen davon, dass Aislinn und Flynn es mir erzählt haben?"

„Ja." Fiona bedeutete Morgan mit ihrem Whiskeyglas fortzufahren.

Morgan zuckte mit den Schultern.

„Ich fühle es einfach, wenn wir mit dem Boot dorthin fahren. Es ist, als würde man durch einen dünnen Schleier fahren oder so. Der Fluch oder Zauber oder was auch immer scheint Gewicht zu haben. Es drückt ein bisschen gegen mich und es fühlt sich an, als ob ich meine Hand in die Luft halten und meine Finger durch sie durchziehen könnte. Ich weiß nicht, wie ich das sonst erklären soll", sagte sie.

„Du bist das erste meiner Mädchen, das das spürt", bemerkte Fiona.

Wärme durchlief Morgan bei Fionas Worten. Ihre Mädchen. Sie gehörte dazu. Der Gedanke machte sie fast schwindlig. Trotzdem wollte ein Teil von ihr diese Emotionen zurückhalten. Sie hatte vor langer Zeit gelernt, dass wenn etwas zu gut schien, um wahr zu sein, dann war es auch oft so. Sie würde mit Vorsicht weitermachen.

„Ich glaube, dass ich mehr als eine spezielle Fähigkeit habe", gab Morgan zu.

„Ja, du bist definitiv die stärkste von meinen Mädchen", summte Fiona. „Darauf gehen wir gleich ein. Nun der Kelch. Grace's Cove hat seinen Namen von der großen Grace O'Malley, unsere starke und mächtige Vorfahrin. Sie war verantwortlich dafür, viel des keltischen Erbguts am Leben zu erhalten und war überhaupt eine phänomenale Frau. Als es Zeit war für sie zu sterben, ging sie zusammen mit ihrer schwangeren Tochter zur Bucht. In der Nacht, als sie ins Wasser ging, arbeiteten sie und ihre Tochter mit sehr mächtiger Magie. Dass ihre Enkelin in der gleichen Nacht auf dem Strand geboren wurde, verstärkte den Effekt des Zauberspruchs."

Morgan schnappte nach Luft, als sie versuchte sich vorzustellen, eine Mutter zu verabschieden und gleichzeitig ein Baby willkommen zu heißen. Kein Wunder, dass in der Bucht mächtige Magie vorhanden war.

„Diejenigen, die Gerüchte der Geschichte kannten, begannen anzunehmen, dass vieles von Grace O'Malleys Schatz ihr hierher gefolgt ist. Aber das stimmt nicht. Nur eine Sache kam. Der Kelch. Ich finde es interessant, dass der gleiche Kelch in deinem Traum an dir benutzt wurde. Die Frage ist nun, ob er irgendwann die Bucht verlassen hat oder ob er an Grace O'Malley benutzt wurde, als sie lebte. Soweit ich weiß, war Grace diejenige, die plünderte; sie war nicht das Objekt irgendwelcher Folter."

Morgan stellte sich vor, dass ihre Augen so groß wie Untertassen geworden waren, als sie Fiona anstarrte, die so gelassen die Legende wiedergab. Es war schwer zu glauben, dass diese Leute im richtigen Leben existierten.

„Mann, ich weiß es wirklich nicht. Ich lerne gerade alles darüber", sagte Morgan und Fiona winkte ihre Worte beiseite.

„Natürlich erwarte ich nicht, dass du die Antworten dazu hast. Ich frage mich aber..." Fiona klopfte auf die Lehne ihres Schaukelstuhls und studierte die Flammen für eine Weile. Sie öffnete ihren Mund, schloss ihn wieder und schüttelte ihren Kopf mit einem definitiven Nein.

„Was?"

„Ach, nichts. Ich habe gedacht, wir könnten etwas versuchen, um mehr Informationen zu finden, aber es ist nicht nötig, dich durch ein Trauma zu führen. Es würde zu der Geschichte beitragen, aber es würde nicht unbedingt deine aktuellen Probleme mit Albträumen lösen. Obwohl...hm", sagte Fiona wieder und presste ihre Lippen in eine schmale Linie.

„Na ja, ich kann nicht wirklich dazu beitragen, wenn du mir nicht sagst, worüber du nachdenkst", sagte Morgan vorsichtig und Fiona lachte leise.

„Da hast du vollkommen recht."

„Und? Also erzähl es mir schon. Ich sage dir dann, ob ich denke, dass es das wert ist", sagte Morgan und zeigte mit ihrem Whiskeyglas auf Fiona. Das Feuer fing den warmen Honigton der Flüssigkeit auf und Morgan bewunderte es kurz, bevor sie ihren Blick wieder auf Fiona richtete.

„Na ja, zwei Möglichkeiten fallen mir ein. Eines nennt sich Regressionstherapie. Dabei würde ich dich im Wesentlichen hypnotisieren und durch vergangene Leben führen. Aber ich bin nicht sicher, dass das relevant wäre, es sei denn, du wärst eine wiedergeborene Seele aus der direkten Linie von Grace O'Malley. Die Chancen dafür sind eher klein."

Morgan merkte, wie ihr Mund wieder offen stand, als Fiona sie mit ihren Worten umhaute.

„Das andere wäre einfach eine Traumregressionshypnose. Ich würde dich durch den Traum führen, weitere

Details bekommen und dann einen Weg finden, wie du in dem Traum Kraft haben kannst, so dass er dich nicht länger verletzt."

„Ich weiß gar nicht, ob er mich überhaupt noch verletzen kann", sagte Morgan.

Fiona legte ihren Kopf schräg und sah Morgan an.

„Warum?"

„Ich weiß nicht wirklich. Es ist etwas, das du gesagt hast...über meine Vorfahren, die das gleiche erlebten. Ich fühle mich nicht mehr so allein und aus irgendeinem Grund scheint die Angst vor dem Traum weg zu sein."

„Also es war die Tatsache zu wissen, dass du nicht allein bist, was es weniger beängstigend macht für dich."

„Ja, ich glaube schon", sagte Morgan und lehnte sich herunter, um Ronans Ohren zu kraulen. „Ich denke, wir sollten die erste Möglichkeit wählen." Überrascht über sich selbst sah sie auf ihren Whiskey und fragte sich, ob der für ihre voreilige Entscheidung verantwortlich war.

„Das tust du? Hmm", sagte Fiona und blätterte durch ihr Buch. Für einen Moment legte sich Stille über sie bis auf das Knacken des Feuers.

„Ich glaube nicht, dass ich viel gehört habe über Grace's Tochter", sagte Morgan und unterbrach die Stille.

„Margaret war ihr Name oder in Geschichtsbüchern manchmal Maeve."

„Heißt deine Tochter nicht Margaret?", fragte Morgan.

Fiona lächelte sie nur an und blätterte weiter durch das Buch.

„Warum steht nichts über Maeve in den Geschichtsbüchern?", fragte Morgan und entschied, dass sie den Namen besser mochte als Margaret.

„Das wissen wir nicht. Das letzte, was wir von ihr wissen, ist die Nacht am Strand und selbst das ist kein öffentlicher Akteneintrag. Sie war unheimlich jung, als Grace starb, wahrscheinlich nur fünfzehn oder so."

Morgans Magen zog sich ein bisschen zusammen, als sie sich vorzustellen versuchte, schwanger allein an einem Strand ohne medizinische Hilfe zu sein und zuzusehen, wie deine Mutter starb, während die Wehen anfingen.

„Wie hat sie es geschafft? Sie war so jung", sagte Morgan und kämpfte mit den Tränen beim Gedanken an Maeves Schwierigkeiten.

„Ich weiß es nicht, Morgan. Ich weiß es wirklich nicht. Ich weiß, dass es andere Zeiten waren. Die Menschen waren damals stärker. Es wurde mehr von ihnen erwartet und überleben war ein täglicher Kampf. Ich vermute, dass Maeve an dem Punkt schon eine ziemlich harte Schale aufgebaut hatte. Aber mein Herz trauert immer noch für sie."

Etwas blitzte durch Morgan, ein Gefühl von verstehen, eine Erkenntnis.

„Ich will die Regression machen."

„Wenn fu ganz sicher bist?"

„Jetzt gleich heute Abend."

Fiona lehnte sich zurück, sah sie an und legte das alte Buch in ihren Schoß.

„Warum heute Abend?"

„Es kommt mir so vor, als wäre ich heute auf dem Weg der Erleuchtung. Warum jetzt aufhören?" sagte Morgan mit einem Achselzucken. Sie konnte es nicht in Worte fassen, warum sie mit absoluter Klarheit spürte, dass sie diese Regression heute Abend machen musste.

„Ich weiß nicht, ob das klug ist, Morgan. Ich meine, da du dich in Bezug auf deine Albträume schon wohler fühlst, wäre es vielleicht besser, es damit auf sich ruhen zu lassen."

„Was wäre das Schlimmste, was passieren könnte?", fragte Morgan und merkte, dass sie wie eine Zeile in einem schlechten Horrorfilm klang, genau, bevor der unglückselige Hauptdarsteller den Wald betritt.

„Du könntest etwas herausfinden, das dich für immer verändert."

KAPITEL DREIZEHN

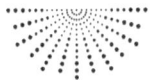

„Das wäre vielleicht gar nicht so schlecht", sagte Morgan, überrascht über ihre eigene Reaktion. „Vielleicht brauche ich das, um mich vollständig zu fühlen."

Fiona studierte sie für einen Moment, bevor sie aufstand und mit Ronan an ihren Fersen zur Tür ging. Sie schob den Riegel zu und verschloss sie. Morgans Blick folgte ihr durch den Raum, während sie alle Fensterläden zumachte. Fiona drehte sich um und winkte Morgan zu sich.

„Wir machen es im Gästezimmer. Es ist bequemer für dich, wenn du dich hinlegen kannst."

Mit trockener Kehle schluckte Morgan und spürte, wie ein merkwürdiges Summen über ihre Haut ging. Sie fühlte sich unnatürlich empfindlich, als ob sie in eine andere Welt treten würde.

„Morgan, ich möchte dich nochmal davor warnen. Es kann sein, dass du dich danach so fühlst, als ob ein Teil von dir fehlt. Regressionen in die Vergangenheit werfen oft mehr Fragen auf, als sie beantworten."

Morgan zuckte mit den Achseln und gab eine Ruhe vor, die sie ganz und gar nicht fühlte.

„Es wird schon alles gutgehen. Es ist nicht das Schlimmste, das ich in meinem Leben durchgemacht habe."

Fiona hielt inne, drehte sich um und sah sie mit ihrer Hand an der Schlafzimmertür nochmal an.

„Das weißt du nicht."

Ein Frösteln lief Morgans Rückgrat herunter und sie richtete sich auf, überrascht, dass Fionas Worte sie wütend machten.

„Und du weißt nicht, ob es nicht das Beste für mich ist. Also hör auf mit der Schwarzmalerei, okay?" Verärgert hob Morgan ihr Kinn in die Luft und segelte an Fiona vorbei ins Schlafzimmer.

Ein warmes Lachen folgte ihr.

„Das ist die richtige Einstellung", kommentierte Fiona und ging dann durch das Zimmer zu einer kleinen Kommode. „Du kannst es dir bequem machen", rief sie über ihre Schulter und grub in den Schubladen herum.

Morgan drehte sich zu dem Einzelbett, das unter einem Fenster mit Blick über das Wasser in einer Nische stand. Weiße Wände und eine handgestickte Bettdecke vervollständigten die einfache Ecke und alles strahlte Ruhe aus. In diesem Raum war nichts, was ablenken konnte. Er lud einfach zum Entspannen ein.

Sie ging zur Bettkante, setzte sich hin und ließ ihre Finger über das feine Muster in der Steppdecke laufen. Morgan konnte fast die Liebe fühlen, die aus dem weichen

Stoff pulsierte. Sie konnte bis in ihr Innerstes spüren, dass dies ein sicherer Platz war.

„Was weißt du über Reinkarnation?", fragte Fiona, als sie ans Bett trat und eine Reihe von Dingen auf den Nachttisch legte. Sie drehte sich um und zog einen Stuhl aus der Ecke.

Was wusste sie darüber? Morgan zuckte mit den Achseln. „Nicht viel. Ich weiß, dass die Nonnen glaubten, dass wir in den Himmel kommen. Und ich weiß, dass wir zu anderen Lebzeiten zurückkommen. Ich weiß nicht, woher ich das weiß, ich weiß es einfach?" Ihr Ton ging am Ende ihrer Worte unsicher nach oben, und doch war sie zur gleichen Zeit sehr sicher.

„Wir kommen zurück. Aber so wie ich es verstehe, kommen wir zurück, um mehr zu lernen. Bei jeder Rückkehr finden wir etwas heraus. Unsere Seelen erhalten eine Lektion, während wir hier sind."

Morgan nickte und beobachtete, wie Fiona anfing, Kristalle um das Bett herumzulegen.

„Also was meinst du, was ich hier lernen soll?"

Fiona drehte sich um und sah ihr in die Augen.

„Was glaubst du, was du hier lernen willst?"

„Ich...ich weiß nicht. Ich glaube, ich habe nie wirklich darüber nachgedacht. Wieso ich verlassen wurde, vielleicht. Oder einfach spüren, dass ich etwas wert bin, glaube ich." Morgan tat ihre Worte achselzuckend ab, noch nicht bereit, mit den Emotionen dahinter umzugehen.

„Ich kann dir sagen, dass du etwas wert bist. Aber solange du es nicht selbst fühlst, bedeuten meine Worte nicht viel", sagte Fiona. Sie setzte sich hin, ergriff

Morgans Hände und schaute ihr mit ihren cognacfarbenen Augen ins Gesicht.

„Wird mir das helfen?", flüsterte Morgan.

„Es kann sein. Aber wissen ist nur der erste Schritt. Du hast noch einen langen Weg vor dir, bevor du dich selbst heilst. Lass uns einfach sehen, was passiert." Fiona bedeutete Morgan, sich flach auf das Bett zu legen. Morgan lehnte sich zurück und platzierte sich so, dass ihre Haare nicht unter ihr feststeckten. Sie starrte zu den Holzbalken hoch, die sich an der Decke über ihr kreuzten.

„Und wie funktioniert das hier jetzt?"

„Ich werde dich durch ein paar Entspannungsübungen leiten. Ich muss dir sagen, dass du immer die Kontrolle behältst. Also selbst, wenn ich dich irgendwohin leite, wo du nicht sein willst, hast du die Möglichkeit, den Platz zu verlassen. Verstehst du mich? Du bist in Kontrolle. Ich leite dich nur an."

Morgan war dankbar für Fionas Erklärung. Kontrolle war extrem wichtig für sie.

„Okay, danke. Ich bin so weit."

Morgan schloss ihre Augen und wartete, unsicher, was auf sie zukam.

„Morgan, ich möchte, dass du beginnst, indem du ein paarmal tief ein- und ausatmest, damit sich die Muskeln in deinem Körper entspannen."

Sie holte tief Luft und hielt den Atem für einen Moment, damit er alle ihre Muskeln erreichte, bevor sie in einem Zug langsam ausatmete. Sie wiederholte es und begann sich selbst zu beruhigen. Sie tat ihr Bestes, um nicht zu versuchen, Fionas Gedanken zu lesen und vorauszusehen, was als nächstes kommen würde.

„Jetzt möchte ich, dass du weiter so atmest, aber stell dir vor, dass du oben auf einer wunderschönen Wendeltreppe stehst."

Morgan sah sich sofort auf einer schmiedeeisernen Wendeltreppe. Sie erschien einfach unter ihr und um sie herum war nichts außer einem glatten schwarzen Boden. Der einzige Weg war nach unten.

„Diese Treppe führt dich von deinem jetzigen Standpunkt zu den tieferen Ebenen deines Inneren, wo größeres Wissen, die Wahrheiten, die du suchst und die Antworten auf alle Fragen auf dich warten. Alles, was du findest, wenn du diese Treppe heruntergehst, ist Gewissheit, Unterstützung und Heilung. Ich werde beginnen, langsam von zehn bis eins zu zählen. Wenn wir bei eins ankommen, bist du an dem Platz, an dem alle Antworten, die du suchst, gefunden werden können."

Fionas Stimmte lullte Morgan ein und sie atmete ruhig. Sie nickte leicht, um zu zeigen, dass sie verstand und als Fiona anfing zu zählen, machte Morgan den ersten Schritt.

„Zehn. Du beginnst den Weg nach unten. Fang deine Reise zu deinen tiefsten Erkenntnissen an. Neun. Tiefer und tiefer. Du merkst, wie du dich entspannst."

Fionas Stimme schien aus großer Entfernung zu kommen, während Morgan im Geist die Treppe herunterging, begierig zu sehen, was am Fußende lag. Ihre Hand glitt über das kühle Metall des Geländers und sie umfasste die mittlere Stütze und genoss die Spiralen der Treppe.

„Immer noch tiefer. Tiefer und tiefer. Mehr und mehr entspannt. So friedlich. So tief. So friedlich. So tief. So schön. So tief."

Fionas Stimme war wie ein hypnotischer Gesang im

Hintergrund und Morgan ließ sich von den Worten bis zur letzten Stufe tragen, wissend, dass sie in Fionas großer Kraft sicher eingebettet war.

Sie hielt an der letzten Stufe an und sah sich um. Die Treppe endete in einem dunklen Raum und sie konnte nichts hinter sich sehen. Sie drehte ihren Kopf zur Lichtquelle und Morgan schnappte nach Luft. Es war, als wäre eine ganze Wand des Zimmers herausgeschlagen und der sanfte Klang von Wellen, die an einem Strand aufschlugen, erreichte sie. Sonnenlicht drang in den dunklen Raum und Morgan hielt ihre Hand schützend an ihre Augen und versuchte zu sehen, was hinter den Wänden lag.

„Du bist jetzt an einem ganz besonderen und sicheren Platz. Du bist geschützt, wenn du weiter gehst."

Fionas Worte schienen wie von einer Meeresbrise, die ihre Wange kitzelte, zu ihr zu kommen.

„Sieh an dir selbst herunter. Trägst du irgendetwas?"

Überrascht sah Morgan an sich herunter. Sie schnappte nach Luft und bedeckte ihr Gesicht mit ihrer Hand, während sie an sich selbst herunterstarrte.

„Stimmt etwas nicht?"

„Ich bin schwanger! Enorm, enorm schwanger!", stieß Morgan aus, voller Ehrfurcht vor dem riesigen Bauch, der vor ihr herausragte.

„Bist du angezogen?"

„Ja, ich trage einen dunkelbraunen Umhang aus gewebtem Tuch. Er hat schon mal besser ausgesehen, aber aus irgendeinem Grund habe ich das Gefühl, es ist mein bester. Ich trage ihn mit Stolz."

„Ein zeremonieller Umhang?"

„Ja...ja. Das fühlt sich richtig an."

„Was siehst du um dich herum?"

„Ich stehe immer noch am Fuß der Treppe. Aber ich kann am anderen Ende des Raums etwas sehen, das wie ein Strand aussieht. Soll ich hingehen?"

„Geh, es ist sicher, die Treppe zu verlassen."

Aufregung schoss durch Morgan, als sie die Treppe hinter sich ließ und begann, zu der Öffnung in der Wand zu gehen. Instinktiv rieb sie sanft in beruhigenden Kreisen über die große Wölbung ihres Bauchs. Selbst ihre Haltung fühlte sich seltsam anders an durch das Gewicht des Kindes, das in ihrem Mutterleib lag.

Der Raum schien hinter ihr zu verblassen, als sie ins Sonnenlicht trat und ihre nackten Zehen in den Sand drückte.

„Es ist die Bucht! Ich bin in der Bucht", rief Morgan aus und hielt ihre Hände schützend gegen die Sonne vor ihre Augen, während sie die Felswände um sich herum ansah, die die Bucht umarmten. „Es ist die gleiche Bucht, aber auch anders."

„Wie ist es anders?"

„Hier sind irgendwie mehr Steine an den Wänden aufgehäuft...ich weiß nicht. Ich kann auch keinen Pfad nach oben sehen. Ich frage mich, wie ich hierhergekommen bin."

„Wie fühlst du dich damit, dort zu sein?"

Morgan hielt inne, dachte darüber nach und starrte auf das blaue Wasser, das sanft auf den Sandstrand aufschlug. Sie sollte sich eigentlich glücklich fühlen; ihr Baby würde bald auf die Welt kommen, und es war ein wunderschöner Tag.

„Ich fühle mich unglaublich traurig. Oh, es tut so

weh. Ich verstehe es nicht...warum bin ich so traurig?",
stieß Morgan aus und fühlte, wie Tränen ihre Augen
füllten.

„Es ist okay, traurig zu sein. Das sind wir alle manchmal. Bist du allein?"

„Ich...ich weiß nicht", sagte Morgan und wischte mit
der Hand über ihre Augen, während sie sich umdrehte, um
am Strand entlangzugehen. Eine Figur erschien wie durch
einen Nebel mit nach Morgan ausgestreckten Armen.
Ohne zu zögern, lief sie in einer Mischung aus Freude und
Schmerz über den Sand und wollte verzweifelt bei dieser
Person sein.

„Mutter!", schrie Morgan, verloren in ihrer Vision
hörte sie Fionas Worte nicht mehr.

Arme umschlangen sie und Morgan nahm einen
schwachen Geruch von Lavendel und Algen wahr, als sie
ihr Gesicht in der Schulter der Frau so fest vergrub, wie ihr
dicker Bauch es erlaubte.

„Wer ist deine Mutter, Morgan?" Fionas Stimme unterbrach den Moment. Morgan blickte hoch und sah eine
unglaublich schöne Frau, die auf sie heruntersah. Diese
Frau strahlte Stärke und Liebe aus.

„Es ist Grace. Grace ist meine Mutter", flüsterte
Morgan.

„Das bedeutet, dass du Margaret O'Malley bist", flüsterte Fiona.

„Maeve", korrigierte Morgan sie automatisch und
wusste, dass es stimmte.

„Dann eben Maeve", murmelte Fiona.

Morgan hielt ihre Mutter immer noch fest, sie brauchte
die Verbindung, da sie wusste, dass sie sie nicht mehr

lange haben würde. Sie wollte sie nicht loslassen. Dazu war sie noch nicht bereit.

„Nein", sagte Morgan flüsternd zu der Frau, die vor ihr stand.

„Nein was?", fragte Fiona.

„Nein, ich will nicht, dass sie es tut. Ich will es nicht. Sie wird ins Wasser gehen", keuchte Morgan und Tränen liefen ihr ungehemmt die Wangen herunter.

„Warum tut sie das?", fragte Fiona.

Morgan wusste, dass sie mit Grace redete, aber die Unterhaltung schien an ihr vorbeizuziehen. Ein Gedanke schoss ihr durch den in den Kopf.

„Sie hat eine Blutkrankheit. Irgendetwas mit Blut. Sie stirbt. Es ist ihre Zeit. Ich muss ihr helfen", stieß Morgan aus.

„Wie hilfst du ihr?"

„Magie", flüsterte Morgan und streckte ihren Arm aus, als Grace sich in ihre linke Handfläche schnitt und dann das gleiche bei ihr machte. Sie legte ihre Hand auf Morgans und drückte fest zu, als sie Morgan in einen Kreis aus Steinen zog. Grace lächelte sie liebevoll an, legte ihre freie Hand auf Morgans Bauch und vervollständigte den Kreis. Sie begann sofort zu singen.

„Was passiert gerade?", fragte Fiona.

„Sie hat in meine Hand geschnitten. Blut fließt von uns beiden herunter, ihre Hände sind jetzt auf meinem Bauch; sie segnet mein Kind."

Morgans Gesicht fühle sich klebrig und nass mit Tränen an. Als sie auf die Blutspuren auf ihrem Bauch starrte, wusste sie, dass jetzt die Zeit gekommen war. Grace lehnt sich über sie und küsste sie sanft auf den

Mund, bevor sie sich umdrehte, ihre Hände zur Bucht emporhob und die Worte ausrief, die das Wasser für immer mit ihrer Kraft verwünschen würden.

Morgan kreuzte ihre Arme über ihrem Bauch und fiel auf ihre Knie, als ihre Mutter, ihr Leben, langsam ins Wasser ging, ihre Arme hoch über ihrem Kopf, während sie weitersang.

„Ich will nicht, dass sie geht. Ich bin so jung. Ich habe solche Angst. Ich kann das nicht allein. Ich kann nicht allein Mutter sein. Wie soll ich ohne sie das Kind gebären?" Morgans Worte kamen stoßweise aus ihr. Echter körperlicher Schmerz schoss durch sie bei dem Gedanken, dass ihre Mutter sie verlassen würde. „Warum lässt sie mich allein?"

„Sie rettet dich höchstwahrscheinlich davor, sie zu pflegen, während die Krankheit ihren Körper vereinnahmt", schlug Fiona sanft vor.

„Wenn sie so mächtig ist, warum kann sie sich nicht selbst retten?", keuchte Morgan und sah zu, wie das Wasser bis zum Hals ihrer Mutter anstieg.

„Weil wir alle sterben müssen. Und dann kommen wir zurück. Es war Zeit für sie", sagte Fiona leise.

„Sie verlässt mich! Das Wasser...nein, das Wasser reicht über ihren Kopf...", rief Morgan aus, als die Wellen über dem Kopf ihrer Mutter zusammenschlugen und sie im nächsten Augenblick verschwunden war. „Nein, neiiin", sagte Morgan mit einem heulenden Klagen und schluchzte, während die wichtigste Person ihres Lebens im Meer verschwand. Mit einem Lichtblitz erleuchtete das Wasser in einem brillanten blauen Glühen, so hell, so atemberaubend, dass Morgan ihre Augen davor schützen musste.

„Sch, Morgan, es ist okay. Du bist in Sicherheit", sagte Fiona.

„Die Bucht glüht", sagte Morgan leise. Ihre Schluchzer wurden leiser, als ein neuer und sehr wirklicher Schmerz durch ihren unteren Rücken ging.

„Was machst du?"

„Ich...ich glaube, dass die Wehen anfangen", sagte Morgan, ihre Augen vor Schock aufgerissen, als sie ihre Hand in ihren Rücken legte, langsam am Strand aufstand und ins Wasser starrte, in der Hoffnung, dass ihre Mutter zurückkam und ihr half.

„Du schaffst das, Morgan. Denk dran, wir sind alle hier, weil du dieses Kind auf die Welt gebracht hast", erinnerte Fiona sie.

„Ich weiß nicht, was ich machen soll. Wie kann ich das ohne sie? Sie hat mich allein gelassen!" Morgan schrie ihre Wut und Angst in die Brise, die um sie fegte und ihr die Haare aus dem Gesicht blies. Die Bucht pulsierte weiter mit einem leuchtenden blauen Licht.

„Du kannst gehen, du kannst nach Hause kommen", flüsterte Fiona.

„Nein, ich muss das machen", keuchte Morgan. Sie ging durch die Bucht, starrte auf das Wasser und beschuldigte ihre Mutter stumm, dass sie sie verlassen hatte.

„Ich werde dich dabei begleiten", sagte Fiona sanft.

Morgan begann zu atmen und ließ die Luft in kleinen Stößen heraus, während sie stundenlang am Strand hin und her ging und ihren Rücken rieb. Sie weinte vor Schmerz, der durch sie ging.

„Es ist fast so weit. Sie ist fast so weit", sagte Morgan

und fragte sich, woher sie wusste, dass sie eine Tochter haben würde.

„Warum kniest du dich nicht hin", schlug Fiona vor.

„Ich muss ins Wasser gehen", sagte Morgan und stolperte in die Wellen. Das blaue Licht umgab sie, als sie bis zur Taille im Wasser stand und schrie. Sie warf ihren Kopf zurück und schrie, als sie das Baby in die Welt stieß. Sie bückte sich, half ihrer Tochter aus ihrem Körper heraus und zog sie aus dem Wasser, das von innen leuchtete.

„Oh Gott, ich weiß nicht, was ich machen muss", keuchte Morgan. Sie steckte sofort ihren Finger in den Mund des Babys und entfernte Schleim.

„Mach ihre Atemwege frei", wies Fiona sie an.

„Das habe ich gerade. Ich weiß nicht warum", sagte Morgan und sah blind auf das Baby, das sie in ihren Armen hielt.

Mit einem kleinen Huster schien das Kind lebendig zu werden und ließ einen herzhaften Schrei los, der von den Wänden der Bucht widerhallte. Wenn es überhaupt möglich war, glühte die Bucht noch intensiver und für einen Moment lachte Morgan über das schreiende Baby. Erleichterung und Glück durchliefen sie.

„Ich werde dich nie verlassen, meine Kleine. Ich werde immer bei dir sein", versprach Morgan und zog ihr Kleid herunter, um ihre Tochter zu stillen. Die Freude der Mutterschaft ging wie ein Messer durch sie, schnitt durch ihre Wut auf Grace, dass sie sie verlassen hatte und begann, den Weg zur Heilung ihres Schmerzes über den Verlust von Grace zu ebnen.

„Musst du noch länger bleiben? Hast du bekommen, was du brauchtest?", fragte Fiona.

Morgan drehte sich um und begann, vorsichtig mit dem Baby in ihren Armen aus dem Wasser zu gehen. Sie blickte auf die Felswände und fragte sich, wie sie hier wieder herauskommen sollte. Geschweige denn, sich um ihre eigenen körperlichen Bedürfnisse zu kümmern.

Aber ein Teil von ihr wusste, dass es Zeit war für sie zu gehen.

„Es ist Zeit." Morgan nickte.

„Dann möchte ich, dass du zurückgehst zu dem Raum, aus dem du gekommen bist, da, wo die Treppe ist."

Morgan drehte sich um und sah die große Öffnung im Felsen, in der die eiserne Wendeltreppe erleuchtet in der Mitte stand. Zögernd ging sie mit ihrem Baby in ihren Armen über den Sand zur Treppe.

„Was passiert mit meinem Baby?", fragte Morgan und blickte auf das Kind in ihren Armen.

„Sie ist in Sicherheit. Ich verspreche es. Geh jetzt zum Fuß der Treppe. Wenn du ankommst, wirst du sehen, dass das Kind nicht länger in deinen Armen ist."

Morgan trat zum Fuß der Treppe, sah herunter und war überrascht, dass Fiona recht hatte. Ihr Baby war weg, genau wie die Kleidung, die sie getragen hatte. Ihre normalen Sachen waren wieder an ihrem Körper. Sie schnellte mit ihrem Kopf herum, sah hinaus zum Strand und erhaschte einen kurzen Blick auf eine braune Robe, die den Sand hinunterging.

„Ich zähle bis zehn. Bei jeder Zahl steigst du ein bisschen die Treppe hoch. Eins." Fiona begann und Morgan fing an, die Treppe hochzugehen. Mit jedem Schritt entfernte sie sich weiter vom Strand und ließ Kummer und Einsamkeit hinter sich.

„Morgan", sagte Fiona sanft an ihrer Seite und Morgan blinzelte und starrte wieder auf die Balken über ihr.

„Ich bin Maeve", stieß Morgan heraus, setzte sich auf und ergriff Fionas Hände. Ein Schwindelgefühl ging durch sie und ihr Kopf verschwamm mit verrückten Gedanken. Vor allem erfüllte Aufregung ihren Körper. „Ich bin Maeve! Ich bin Graces Tochter! Ich weiß, wer ich bin...ich gehöre hierher." Fiona beobachtete sie sorgfältig und strich dann mit ihrer Hand über Morgans Wange.

„Nein, Du bist Morgan McKenzie", sagte Fiona sanft, mit Besorgnis auf ihrem Gesicht.

Morgan lachte sie an.

„Ja, das weiß ich. Aber ich bin auch Maeve. Ein Teil von mir ist Maeve!"

Fiona sah sie eindringlich an und nickte dann.

„Komm, wir trinken etwas. Das brauchen wir jetzt."

KAPITEL VIERZEHN

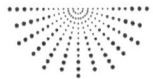

„E rzähl mir alles", sagte Fiona, als sie wieder gemütlich vor dem Feuer in den Schaukelstühlen saßen und Ronan zu ihren Füßen schnarchte.

Morgan trank ihren Whiskey und erzählte alle Details dessen, was sie gerade erlebt hatte. In ihrem Kopf drehte es sich, während sie versuchte, sich an jeden Moment, jede kleinste Winzigkeit zu erinnern, die für sie wichtig sein könnte.

„Also jetzt wissen wir, wie die Lichtschau in der Bucht begann", sinnierte Fiona.

„Ich wusste nicht, dass sie leuchtet", sagte Morgan.

„Ja, das tut sie, wenn Liebe gegenwärtig ist", sagte Fiona und Morgans Herz erwärmte sich, als sie an das wunderschöne blaue Licht dachte, das sie umgeben hatte, als sie das Kind gebar.

„Es war eine beeindruckende Erfahrung", sagte Morgan leise und strich mit ihrem Finger an ihrem Glas herunter.

„Ja, wenn du irgendeinen Moment in der Vergangenheit hättest wählen können, hast du dir jedenfalls einen ziemlichen Hammer ausgesucht", stimmte Fiona zu.

„Es hat sich gut angefühlt, meine Mutter zu sehen. Irgendeine Mutter von mir, denke ich", murmelte Morgan und vergrub ihre Nase wieder in ihrem Glas.

Fiona sah sie mit erhobener Augenbraue an. „Natürlich war es das. Was glaubst du, ist die Lektion hier?"

Morgan zuckte mit den Achseln, dann zwang sie sich, darüber nachzudenken.

„Ich glaube, dass ich hier bin, um zu lernen, wie ich mich allein durchs Leben schlage? Zu wissen, dass ich allein stark genug bin?", fragte Morgan, während die Worte aus ihrem Mund purzelten.

„Fragst du mich oder sagst du es mir?", fragte Fiona.

„Beides?" Morgan lächelte sie schwach an und Fiona lächelte zurück.

„Ich glaube, dass deine Seele lernen muss, dass sie immer geliebt wird, egal, ob deine Mutter hier ist, um es zu sehen oder nicht", sagte Fiona sanft.

„Also ich muss nur wissen, dass ich geliebt werde und dass ich stark genug bin – gut genug –, um es allein zu schaffen", stellte Morgan fest, nahm einen weiteren Schluck von ihrem Whiskey und ließ die Flüssigkeit ihre Kehle erwärmen.

„Das ist leichter gesagt als getan", kommentierte Fiona und Morgan lächelte.

„Weißt du...ich denke, dass ich auf dem besten Weg dahin bin. Das hier hat viel geholfen. Es gibt mir ein Stück von mir selber, das ich wahrscheinlich sonst nie gehabt hätte. Dafür danke ich dir", sagte Morgan.

„Es hat mir auch geholfen. Ich weiß jetzt viel mehr über unsere Geschichte als jemals zuvor", grübelte Fiona.

„Obwohl ich nicht glaube, dass ich diese Geburtserfahrung so schnell wiederholen möchte", sagte Morgan und Fiona kicherte.

„Da bist du wirklich durch die Mangel genommen worden. Ich hätte dich fast herausgezogen, damit du es nicht durchmachen musstest."

„Ich glaube, dass ich es erleben musste. Zu fühlen, was ich tun würde, um das Baby in meinen Armen zu schützen. Um vielleicht einen Schimmer von Verständnis dafür zu bekommen, warum Grace ins Wasser ging. Es war, um mich zu beschützen."

„Ja. Grace war eine starke Frau. Wenn die Leute gewusst hätten, dass sie krank war, hätten sie dich herausgefordert und mit dir um dein Land gekämpft. Stattdessen hat sie ihr Land rechtskräftig überschrieben und einen privaten Tod in deiner Gegenwart gewählt. Es war die gewaltige Entscheidung einer stolzen und mächtigen Frau. Ich bewundere sie", sagte Fiona.

„Ich denke, das tue ich auch", murmelte Morgan, überrascht, dass ihre Augen langsam zufielen.

„Ah, ja, du spürst die Nachwirkungen deiner Erfahrung. Warum gehst du nicht ins Bett? Ich mache dir morgen früh ein gutes Frühstück. Hast du morgen frei?"

„Ich sollte eigentlich mit Flynn zur Bucht fahren."

„Ich rufe ihn an. Er wohnt nicht weit weg und kann dich abholen, wenn er dich braucht."

Nickend stand Morgan auf und drehte sich um, nicht sicher, ob sie Fiona umarmen oder ihr für ihre Hilfe danken sollte. Fiona lächelte sie sanft an und tätschelte ihren Arm leicht.

„Ich weiß. Geh schon, ruh dich aus, meine Liebe."

Morgan war eingeschlafen, bevor ihr Kopf aufs Kissen sank.

KAPITEL FÜNFZEHN

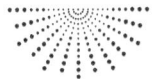

Morgan blinzelte etwas und war augenblicklich hellwach. Sie starrte auf die Balken über dem kleinen Bett und atmete tief ein. Sie fühlte sich fantastisch. Es war das erste Mal in langer Zeit, dass sie friedlich geschlafen hatte, ohne Träume, die sie schockartig aufweckten. Morgan streckte sich und rollte auf die Seite, als sie eine kalte Nase spürte, die sich an ihren Arm drückte.

„Und auch dir einen guten Morgen, Sir Ronan", flüsterte Morgan über die Bettkante, streichelte mit ihrer Hand über seine seidigen Ohren und lächelte, als er mit seiner Zunge über ihre Handfläche leckte. Morgan schwang ihre Füße über die Seite des Betts, stand auf und ging, um das kleine Badezimmer zu benutzen, das zu dem Zimmer gehörte.

Während sie sich ihre Hände wusch, studierte Morgan ihr Gesicht in dem kleinen Holzspiegel, der über dem Waschbecken angebracht war. Das erste Mal seit Ewigkeiten schienen ihre stimmungsvollen blauen Augen zu

glänzen und die Haut unter ihnen war weder aufge-
schwemmt noch von dunklen Ringen gezeichnet.

Die Regression in ein früheres Leben war ein wunder-
bares Geschenk gewesen, dachte sie. Obwohl es furchtbar
überwältigend und unglaublich traurig gewesen war, hatte
es Morgan mit einem Gefühl für ihren Hintergrund – wo
sie herkam – beschenkt, das sie vorher nie gekannt hatte.
Und ein Teil von ihr war stolz darauf, allein ein Kind
gebärt und es irgendwie geschafft zu haben, lebendig aus
der Bucht herauszukommen. Sie fragte sich, wie es Maeve
danach ergangen war und nahm sich vor, mit Fiona daran
zu arbeiten, mehr von Maeves Geschichte zu erforschen.

Morgan spritzte sich klares Wasser ins Gesicht und
trocknete es mit einem weichen Baumwollhandtuch ab,
das neben dem Becken hing. Sie fühlte sich leichter, wenn
nicht sogar ein bisschen weiser. Morgan wanderte in den
offenen Wohnraum, um zu sehen, was Fiona machte.

„Ah, du bist aufgestanden. Wie hast du geschlafen?"
Fiona stellte eine Rührschüssel auf der Arbeitsfläche ab,
ging zu Morgan, nahm ihr Gesicht zwischen ihre verwit-
terten Hände und erforschte Morgans Augen.

Morgan lächelte und bückte sich herunter, um einen
Kuss auf die papierene Wange zu drücken.

„Besser als in Jahren."

„Wirklich? Wie faszinierend", murmelte Fiona und
drehte sich, um zu ihrer Schüssel zurückzugehen. Heute
trug die alte Frau einen langen Rock und eine lockere
Baumwollbluse. Sie plante wohl nicht, in die Felder zu
gehen, dachte Morgan.

„Wirklich. Ich weiß nicht. Ich fühle mich gut. Als ob
ich mich selbst etwas besser kenne. Ich weiß nicht, es ist,

als ob mein Selbstvertrauen größer geworden ist", sagte Morgan, zog einen Stuhl vom Tisch und setzte sich hin, um ihren Kopf in ihre Hände zu legen.

„Weil du weißt, wer du bist?", fragte Fiona.

„Vielleicht. Oder vielleicht, weil ich die Erfahrung einer Kindesgeburt durchgemacht und überlebt habe. Oder möglicherweise einfach die wirkliche Bestätigung, dass unsere Seelen wiederkehren. Es ist beruhigend, weißt du? Dadurch ist alles nicht so ernst." Morgan zuckte mit den Achseln und wünschte, dass sie ihre Gefühle besser in Worte fassen konnte.

„Klar, das verstehe ich. Es ist ein großer Trost zu wissen, dass dies hier nicht alles ist für uns. Deswegen haben Menschen seit tausenden von Jahren Religion gesucht. Wir wüssten alle gern, dass mit uns alles gut sein wird."

„Ja, das stimmt. Ich...ich denke, es wird mir helfen, mich selbst nicht so ernst zu nehmen", sagte Morgan.

Fiona drehte sich um und sah sie mit erhobener Augenbraue an.

„Du meinst mit Patrick?"

Hitze kroch Morgans Wangen hoch und sie nickte. Sie steckte ihr Haar hinter ihr Ohr und dachte weiter darüber nach. „Mit Patrick oder mit allem. Ich versteigere mich so darauf, was andere von mir denken, ob sie mich mögen, ob ich akzeptiert werde. Das ist einer der Gründe, warum ich keine Beziehungen eingehe. Ich habe Angst, dass mich jemand nicht mag oder dass ich sie enttäusche. Ich glaube, dass ich jetzt einiges von dieser Angst loslassen kann. Vielleicht." Morgan zuckte wieder mit den Achseln und lächelte Fiona an, als sie ihr eine Kanne Tee brachte.

„Das ist eine sehr scharfe Beobachtung", sagte Fiona.

„Na ja, Baird hat mir geholfen."

„Er ist ein guter Mann", bemerkte Fiona.

„Das ist er. Ich fühle mich wohl bei ihm und ich liebe ihn und Aislinn als Paar."

„Ja, sie sind ein gutes Team. Er ist bodenständig und logisch, was ein guter Kontrast zu Aislinns träumerischer kreativen Seite ist."

„Ja, sie gleichen sich gut aus." Morgan blies auf ihren Tee, bevor sie Sahne in die Tasse schüttete und beobachtete, wie sich die Wirbel von heller und dunkler Flüssigkeit vermischten.

„Und wie meinst du, wird Patrick dich ausgleichen?"

Morgan fühlte eine Spur von Aufregung durch sie gehen, bevor Panik sie überkam. Sie ergriff den Becher und starrte auf den Inhalt, unsicher, was sie dachte.

„Ich weiß nicht. Ich bin noch nie vorher in einer Beziehung gewesen. Ich weiß nicht wie", gab Morgan zu.

„Warum fängst du nicht damit an, dass du für ihn kochst?", schlug Fiona vor, während sie einen Teller mit einem kompletten irischen Frühstück vor Morgan hinstellte. Morgan starrte bestürzt auf das ganze Essen und sah dann Fiona an, ihr Herz in ihren Augen.

„Ich...ich kann nicht kochen."

Fiona hielt inne und starrte sie mit offenem Mund überrascht an. Sie ballte ihre Hände zu Fäusten und stemmte sie in ihre Hüften.

„Also das ist aber gar nicht irisch. Ich sehe schon, wir haben viel Arbeit vor uns. Kannst du heute hierbleiben? Ich bringe dir ein Gericht bei und einen Trick dafür, deine

Kräfte zu kontrollieren, wenn Patrick dich küsst. Das sollte dich zumindest in die richtige Richtung leiten."

Wärme breitete sich in Morgan aus und sie lächelte Fiona dankbar an, froh darüber, dass Aislinn sie ermutigt hatte hierherzukommen. Es war der richtige Schritt für sie gewesen und Morgan fragte sich, warum sie sich monatelang dagegen gesträubt hatte.

„Ich vermute mal, dass Flynn mich heute nicht braucht, da es schon später Vormittag ist?"

Fiona hob eine Hand und fuchtelte in der Luft.

„Ich habe ihm gesagt, dass ich dich heute stehle. Er war damit einverstanden."

Für einen Moment war Morgan verärgert, dass Fiona diese Entscheidung für sie getroffen hatte. Dann erinnerte sie sich daran, dass sie alles nicht so ernst nehmen sollte und ließ den Ärger los. Flynn würde es verstehen. Sie könnte nächste Woche wieder mit ihm arbeiten. Alles würde gut sein. Sie atmete aus und lächelte Fiona an, bevor sie anfing, ihre Eier zu essen, bevor sie kalt wurden.

„Was isst du eigentlich so?", fragte Fiona. „Du hat eine gute Figur, aber ich frage mich, ob du genug Nährstoffe bekommst."

Morgan rollte mit ihren Augen und lachte, aber es fühlte sich gut an, zu wissen, dass sich jemand über ihre Gesundheit Sorgen machte.

„Ich esse ziemlich einfach. Äpfel, Mohrrüben, Sachen, die gesund und einfach mitzunehmen sind. Brot mit etwas Fleisch. So in der Richtung. Ich esse nicht viel, also habe ich keine hohen Lebenshaltungskosten." Morgan zuckte mit den Achseln.

„Weißt du, wie man Fleisch kocht?", fragte Fiona mit schräg gelegtem Kopf.

„Nicht wirklich. In einer Pfanne?", fragte Morgan und Fiona seufzte.

„Okay, wir fangen mal einfach an. Männer kann man ziemlich einfach zufriedenstellen, also denke ich, Spaghetti mit Hackbällchen und dazu etwas Knoblauchbrot sollten den Zweck erfüllen. Wie sieht deine Küche aus? Hast du einen Herd?"

„Habe ich, aber er ist winzig. Ich war aber überrascht. Ich hatte mit einer Herdplatte oder so etwas gerechnet, aber ich habe sogar einen Ofen. Shane stattet seine Wohnungen gut aus", sagte Morgan.

„Perfekt. Okay, wir fangen mit deinem Unterricht an, wenn du fertig bist."

Morgan sah auf ihren Teller, überrascht, dass sie zwei Drittel davon gegessen hatte. Sie schob ihn von sich, stand auf und trug ihn zur Spüle.

„Ich bin fertig. Normalerweise esse ich nur eine Banane zum Frühstück." Morgan zuckte mit den Achseln und spülte ihren Teller. Ihr Blick wurde zur Bucht hingezogen. „Und dies ist ein toller Platz, um zu kochen. Schau nur auf diese Aussicht."

Fiona stand neben ihr an der Spüle und sah mit ihr aus dem Fenster.

„Das ist es. Ich habe einmal versucht, woanders zu leben und es hat sich nie richtig angefühlt. Nachdem mein Mann starb, war es nicht mehr sinnvoll, in der Stadt zu leben. Hier ist zu Hause. Es macht mein Herz glücklich und das ist alles, was für mich wichtig ist."

„Vermisst du ihn?", fragte Morgan und drehte sich, um Fiona anzusehen.

„Ja, manchmal vermisse ich ihn so sehr, dass ich mich in einen Ball zusammenrollen und sterben möchte. Ich weiß nicht, ob das jemals weggeht. Aber es sind über 30 Jahre, seit er von mir gegangen ist. Du lernst, damit zu leben, auch wenn du es nicht willst."

„Was für ein Mensch war er?"

„Oh, John war einfach...überlebensgroß. Sein Lachen, sein Herz, er machte alles groß. Unser Haus war immer voll mit Freunden; er war berühmt für seine Geschichten. Ich vermisse ihn", sagte Fiona einfach und drehte sich, um das Geschirr auf die Trockenablage zu stellen. „Okay, genug in Erinnerungen geschwelgt. Womit möchtest du anfangen? Kochen oder lernen, wie du deine Kräfte kontrollierst?"

Morgan richtete sich auf. Ihre Handflächen fühlten sich etwas feucht an, während sie versuchte zu entscheiden, welches das kleinere Übel wäre.

„Kräfte", beschloss sie.

Fiona nickte und deutete Morgan an, ihr zu folgen. Sie gingen zur Tür, die nach draußen führte und Fiona schnappte sich das abgegriffene Lederbuch vom Tisch, das sie am Abend vorher gelesen hatte, bevor sie die Tür öffnete und Ronan erlaubte, nach draußen in den Sonnenschein zu schießen. Zusammen gingen sie hinaus und Morgan folgte Fiona um die Ecke, wo ein kleiner Tisch und Stühle neben dem Haus standen. Morgan lächelte, als Ronan über die Felder raste und schnappte dann nach Luft, als ein weiterer Hund über den Kamm hinter ihnen geschossen kam und das Feld hinunterlief, um Ronan zu treffen.

„Das ist Teagan, Flynn und Keelins Hund. Sie und Ronan sind beste Freunde."

Morgan beobachtete, wie sich die beiden umkreisten und dann zusammen über die Felder rannten, die Ohren im Wind flatternd. Es zog ein kleines bisschen an ihrem Herz. Sie wollte diese Freiheit und Leichtigkeit mit jemandem in ihrem Leben haben.

Sie setzten sich auf die Stühle. Morgan schloss für einen Moment ihre Augen und nutzte die Kraft in ihrem Geist, um die Energie der Natur pulsieren zu spüren. Wenn jemand sie gefragt hätte, was sie macht, hätte sie es nicht erklären können. Bestenfalls könnte sie sagen, es wäre so, als würde sie die Energie der natürlichen Welt spüren. Sie machte es manchmal, normalerweise dann, wenn sie wütend oder aufgewühlt war. Da war etwas so roh und schön an der Natur und der Energie, die sie ausstrahlte, dass es sie unweigerlich beruhigte und ihr zeigte, wie kleinlich ihre Wut war.

„Was machst du?", fragte Fiona.

Morgan öffnete ihre Augen, lächelte Fiona an und zuckte mit den Achseln. „Einfach, em, die Energie hier fühlen, glaube ich."

„So wie Aislinn? Du weißt, dass das ist, wie sie malt, oder?"

„Ja, ich denke, das ist dasselbe. Obwohl ich nicht so kreativ bin wie sie." Morgan zuckte mit den Schultern.

„Ich finde es faszinierend, dass du ein bisschen von allem hast, was die anderen Mädchen haben. Außer, dass ich dich nicht nach Heilkräften gefragt habe. Kannst du heilen?"

„Das weiß ich ehrlich gesagt nicht. Ich habe es nie versucht."

„Holst du dir manchmal Kratzer oder blaue Flecken und massierst sie mit deiner Hand? Und danach verschwinden sie?"

Morgan dachte darüber nach. Sie holte sich oft kleine Schrammen auf Flynns Fischerbooten. Es war normal für alle mit einem aktiven Lebensstil und sie kannte nicht viele Fischer, die es nicht gewöhnt waren, sich als Teil ihrer täglichen Routine kleine Verletzungen und Kratzer zu holen. Sie sah auf ihre Arme und sah keine Anzeichen dafür.

„Ich denke, dass ich das tue, obwohl ich nie darüber nachgedacht habe. Eigentlich habe ich nirgends Narben", sagte Morgan, sah sich selbst an und hob ihre Arme, um zu schauen.

Ihr Herz stoppte.

Nur für eine Sekunde ging Panik durch sie. *Atme, Morgan, atme einfach*, sagte sie sich selbst.

„Was ist passiert? Was stimmt nicht?", sagte Fiona. Sie stand über ihr und ließ ihre Hände über Morgans Körper gleiten.

Morgan hielt ihre linke Hand mit der Handfläche nach oben hoch. Eine dünne weiße Linie ging direkt über ihre Handfläche, eine Narbe, die aussah, als wäre sie schon immer da gewesen.

Nur, dass das nicht stimmte.

Fiona ergriff ihre Hand und strich mit ihrem Finger

über die glatte weiße Linie, die die Falten ihrer Handfläche unterbrach.

„Das war gestern noch nicht da, oder?"

Morgan schüttelte ihren Kopf, unfähig zu verstehen, wie eine Narbe zum Vorschein kommen konnte, weil sie eine Erinnerung ihrer Seele aus der Vergangenheit durchlebte.

„Das ist mächtige Magie", flüsterte Fiona und lehnte sich herunter, um einen Kuss in Morgans Handfläche zu drücken. „Es ist auch ein unglaubliches Geschenk. Ich glaube, sie wollte, dass du dich daran erinnerst, dass du nicht allein bist. Immer, wenn du an dir selbst zweifelst oder dich einsam fühlst, kannst du auf diese Narbe schauen und weißt, dass du geliebt wirst."

Morgan schluckte an dem Knoten vorbei, der sich in ihrer Kehle gebildet hatte, unfähig, all die Emotionen, die sie durchschwärmten zu verstehen oder zu verarbeiten. Sie schloss ihre Hand und legte sie in ihren Schoß. Sie strich mit ihren Fingern über die glatte Furche in ihrer Handfläche. Als Erinnerungsstütze war es brilliant.

„Wie konnte das passieren? Ich verstehe es nicht", sagte Morgan.

„Ich weiß es nicht genau. Aber die Macht von Grace O'Malley hört nie auf, mich zu überraschen."

Fiona drehte sich um und zeigte auf die Objekte, die sie auf den Tisch gelegt hatte. Ein paar Steine, ein Kristall, ein Stock und eine Tasse.

„Erstmal möchte ich sehen, wie deine Kraft funktioniert. Du bist die erste, die ich kenne, die leblose Gegenstände bewegen kann. Kannst du es mir zeigen?"

Morgan sah sie mit erhobener Augenbraue an, dann

stellte sie sich bildlich vor, wie die Tasse in die Luft stieg. Die Tasse tat, was sie wollte, schwebte einen halben Meter über dem Tisch und blieb regungslos in der Luft hängen.

„Wow, einfach wow", murmelte Fiona. „Sie zittert noch nicht mal."

„Ich kann sie so halten, während ich rede", sagte Morgan und sah noch nicht mal auf die Tasse; stattdessen folgte ihr Blick den Hunden über die Felder.

„Also du musst es nicht im Auge behalten?"

„Nein." Morgan zuckte mit den Schultern.

„Kannst du mehr als einen Gegenstand zurzeit halten?"

Morgan lächelte und genoss es zum ersten Mal, ihre Kraft vorzuführen. Sie ließ jeden Gegenstand auf dem Tisch hochgehen und um Fiona herumkreisen.

Fionas warme cognacfarbene Augen leuchteten begeistert, als sie zuschaute, wie die Sachen um sie herum tanzten. Sie flogen im Kreis herum und reihten sich dann vor ihnen auf und schwebten etwa einen Meter über dem Rasen.

Wie ein Projektil kam Ronan über den Rasen geschossen und sprang in die Luft, schnappte sich den Stock aus der Reihe der schwebenden Objekte und landete gekonnt, bevor er wieder über das Gras rannte.

„Ronan!" rief Morgan in einem Anfall von Gelächter, in das Fiona mit einfiel und die Gegenstände fielen vor ihnen ins Gras.

„Ich denke, wir sollten keinen Stock mehr benutzen. Das war meine Schuld", lachte Fiona und wischte sich Tränen aus den Augen.

„Obwohl ich damit wirklich Stöckchen holen spielen

könnte." Morgan lachte und lachte. Das erste Mal in ihrem Leben machten ihr ihre Kräfte Spaß.

„Oh, das fände er super. Vielleicht kannst du ein bisschen mit ihm spielen, wenn wir hier fertig sind."

„Ja, das mache ich." Morgan lächelte Fiona an.

„Ich habe gemerkt, dass die Dinge aus der Luft gefallen sind, als du dich erschrocken hast. Warum ist das passiert?"

Morgan dachte darüber nach. „Ich habe aufgehört, sie mir bildlich in der Luft vorzustellen, glaube ich."

„Und trotzdem schweben die Objekte einfach weiter, wenn du abgelenkt bist, so wie während eines Kusses."

„Ja."

„Also ist da irgendwo ein Zusammenhang zwischen konzentrieren und nicht konzentrieren. Ich bin noch nicht ganz sicher, was es ist, weil es fast so scheint, als wäre das verkehrt rum. Aber ich habe darüber nachgedacht, wie du dir bildlich vorstellen kannst, deine Kraft in bestimmten Momenten auszuschalten."

„Ich bin ganz Ohr", sagte Morgan und bedeutete Fiona fortzufahren. Sie streckte ihre Beine vor sich aus und lehnte sich gegen den Tisch. Die Brise kitzelte sie im Gesicht und brachte den Geruch der See mit.

„Ich glaube, du solltest es dir vorstellen wie elektrischen Strom. Du schaltest ihn ein oder aus. Also zum Beispiel, wenn Patrick sich für einen Kuss zu dir lehnt, stell dir einen großen Schalter im Kopf vor, mit dem du den Strom ausmachst. Du musst es ein bisschen üben, aber ich glaube, je besser du das hinbekommst, desto besser kannst du den ungewollten Gebrauch deiner Fähigkeit kontrollieren."

Morgan schürzte ihre Lippen und dachte sorgfältig über Fionas Worte nach. Das Bild eines riesigen Schalters, so wie ein Griff, mit dem man die Lichter in einem Lagerhaus ausschaltete, bildete sich in ihrem Kopf.

„Also als erstes stell dir den Schalter vor."

Morgan nickte und schnalzte mit dem Finger in die Luft, um anzudeuten, dass sie fortfahren sollte.

„Jetzt, wo du den Schalter hast, stell dir die Energieströme vor, die durch dich durchgehen und mit dem Schalter verbunden sind. In diesem Moment ist er in der eingeschalteten Position. Ich möchte, dass du ihn ausstellst."

Morgan lehnte sich zurück, schloss ihre Augen und fühlte, wie etwa tausend Volt Energie durch sie zu dem Schalter in ihrem Kopf gingen. In Gedanken ergriff sie den Schalter, zog ihn herunter und schaltete ihn aus.

„Jetzt heb die Tasse vom Gras hoch."

Morgan konzentrierte sich auf die Tasse im Gras. Sie versuchte, sie vom Boden aufzuheben. Sie blieb verloren im Gras liegen und bewegte sich nicht einen Zentimeter.

„Ich fass es nicht, es hat funktioniert", sagte Morgan erstaunt und drehte sich zu Fiona um. „Es hat echt funktioniert. Ich habe noch nie zuvor etwas nicht bewegen können."

Fiona lächelte, klopfte auf ihren Arm und wies sie an, den Schalter wieder einzuschalten.

Morgan stellte sich in Gedanken wieder den Schalter vor und stellte ihn zurück zur Ein Position. Eine Energiewelle pulsierte durch sie und Sekunden später schwebte die Tasse vor ihren Gesichtern.

„Es sieht aus, als würdest du schnell lernen", stellte Fiona fest.

Morgan starrte mit offenem Mund auf die Tasse, bevor sie von Glück überrannt wurde. Mit einem Schrei legte sie ihre Arme um Fiona und drückte die alte Frau mit aller Kraft.

„Es hat funktioniert! Ich kann es kontrollieren!", rief Morgan aus und fühlte sich glücklicher als seit Jahren.

„Es sieht aus, als wäre es Zeit, zu dem schwierigeren Unterricht überzugehen." Fiona schniefte und erhob sich. „Jetzt gucken wir mal, was du in der Küche draufhast."

Morgan stöhnte und stand auf. Sie wusste, dass das Kochen die härteste Stunde des Tages werden würde. Sie folgte Fiona und tänzelte im Gras.

Endlich hatte sie Kontrolle.

KAPITEL SECHZEHN

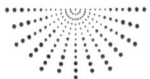

Später an dem Tag stieg Morgan mit ihrem neuen Wissen bewaffnet die Stufen zu ihrer Wohnung hoch. Sie brauchte eine Dusche und musste einkaufen gehen. Aber erst wollte sie ihren Kleiderschrank durchsuchen, um zu sehen, ob sie etwas Hübsches zum Anziehen hatte.

Ihre Nerven summten mit Energie, als sie ihre Oberteile durchging, bis sie sich für ein dunkelrotes Top mit V-Ausschnitt entschied, das ihrer Haut schmeichelte und ihre Augen betonte. Sie schnappte ihre engen Jeans, warf die Kleidung aufs Bett und sprang in die Dusche, alle Gedanken über das, was sie vorhatte, verdrängend.

Er musste wahrscheinlich den ganzen Abend arbeiten, dachte Morgan, als sie ihren Körper mit einem Zitruspeeling abrieb, das Fiona ihr mitgegeben hatte. Sie atmete den Orangenduft ein und fand es toll, wie er sie aufzuwecken und ihre Sinne zu erregen schien. Sie nahm sich vor, Fiona zu sagen, dass sie ein paar Flaschen davon verpacken und in der Galerie verkaufen wollte. Morgan trat aus der Dusche und trocknete sich ab.

Sie begutachtete sich selbst im Spiegel und beschloss, dass sie heute Abend Makeup tragen sollte. Morgan bückte sich und zog eine buntgemusterte Kosmetiktasche unter dem Waschbecken hervor. Sie lehnte sich vor und blinzelte, während sie versuchte, Eyeliner aufzutragen.

„Verdammt", fluchte Morgan, als sie eine krumme Linie über ihr Auge zog. Sie atmete aus, nahm ein Kosmetiktuch und wischte ihn weg. Also dann halt kein Eyeliner.

Stattdessen begann sie, Lidschatten aufzutragen, um die Lidfalte über den Augen zu vertiefen und ihre schräg gestellten Augen zu betonen. Sie sahen fast wie Katzenaugen aus, fand sie. Sie bürstete die Spitzen ihrer Wimpern mit Mascara und vervollständigte alles mit einem Lipgloss. Sie legte ihren Kopf schräg und sah auf ihre lange Mähne. Nur ganz selten machte Morgan etwas mit ihren Haaren, weil sie so gerade herunterhingen. Sie dachte darüber nach, zog ein paar Strähnen aus der Schläfengegend, flocht auf beiden Seiten einen Zopf, zog beide zurück und steckte sie am Hinterkopf fest. Es sah fast aus wie eine Krone, dachte sie, als sie eine lose Strähne wegsteckte. Eine Krone aus Wildblumen, wie bei einem Hippie. Sie schüttelte den Kopf über sich selbst, ging zu ihrer Kommode und besah die Auswahl an Unterwäsche. Morgan seufzte.

„Geht's noch langweiliger?", fragte sie sich laut, als sie auf die Schublade mit weißer Baumwollunterwäsche und weißen BHs sah. Sie zog das Set mit Spitzenbesatz heraus und nahm sich vor, mit ihrem nächsten Gehalt einkaufen zu gehen. Es war Zeit, erwachsen zu werden.

Morgan versuchte sich selbst als eine verwegene Frau von Welt vorzustellen, ganz in schwarz gekleidet mit leuchtend bunter sexy Unterwäsche, die eine Spur von gebrochenen Herzen und schwerem Parfum hinter sich ließ. Sie lachte.

„Das passiert garantiert nicht."

Sie zog sich fertig an und ignorierte bewusst ihre Nerven und alles in ihr, das sich mit einem Buch auf dem Sofa zusammenrollen und nicht die Wohnung verlassen wollte. Morgan sah auf die Narbe an ihrer Hand und erinnerte sich selbst daran, dass es wichtig war, Risiken einzugehen.

„Und los geht's", sagte sie, als sie ihre Einkaufstasche nahm.

Zwanzig Minuten später stand sie vor Gallagher's Pub mit einer Tasche voller Lebensmittel. Es war jetzt oder nie.

Die Türen standen weit offen, um die warme Meeresbrise hereinzulassen. Stimmen und Gelächter klangen aus dem Pub und ließen Morgan innehalten. Wenn sie jetzt da reinging, würde das ganze Dorf wissen, dass sie Patrick zum Essen einlud. Ihre Finger strichen nochmal über die Narbe auf ihrer Handfläche. Bestärkt trat sie durch den Eingang und ließ ihren Blick durch den gemütlichen Raum schweifen, bis er auf Patrick landete. Er stand mit Cait am Eingang zur Küche.

Caits sah sie sofort und ein breites Lächeln ging über ihr Gesicht.

„Komm hier rüber! Ich habe dich ewig nicht gesehen", rief Cait und alle drehten sich, um zu sehen, mit wem sie redete.

Morgan nickte all den Stammgästen zu, die an der Theke standen und eilte zu Patrick herüber. Ihr Herz fiel, als er ihr zunickte und sich dann wieder Cait zudrehte.

„Du wolltest gerade etwas sagen?"

Cait sah ihn böse an und drehte sich mit offenen Armen, um Morgan zu umarmen. Morgan lächelte und erwiderte die Umarmung unbeholfen. Caits großer Bauch drückte gegen sie und war im Weg. Insgeheim wollte sie Caits Unterleib scannen und sehen, was sie trug.

„Wag es ja nicht", flüsterte Cait in ihr Ohr und Morgan lachte.

„Tut mir leid."

„Was tut dir leid?", sagte Patrick, da er ihre Unterhaltung nicht hören konnte.

„Nichts, em, und eigentlich bin ich gekommen, um dich zu sehen", platzte Morgan heraus, bevor sie sich selbst überzeugen konnte, nichts zu sagen.

„Warum?" sagte Patrick steif und Morgan sah, wie Wut über Caits Gesicht zog.

„Ich, eh, wollte sehen, ob du Lust hast, zum Essen zu kommen."

„Das klingt wie ein Date. Ich glaube, dass es besser ist, wenn wir nur Freunde sind. Tut mir leid, Morgan", sagte Patrick in abgehackten Worten, drehte ihr den Rücken zu und ging ins Lager.

Eine Welle von Scham wusch über Morgan und alle Dinge, die sie in den letzten paar Tagen gelernt hatte, flogen aus dem Fenster.

„Der dumme Idiot", zischte Cait, drehte sich sofort um und strich mit ihren Händen über Morgans Arme.

„Nein, nein, ist schon okay, wirklich", sagte Morgan und ging einen Schritt von Cait zurück. Cait ergriff ihren Arm und hielt sie fest.

„Nein, es ist nicht okay. Nur weil sein Stolz verletzt ist, heißt das nicht, dass er dir nicht noch eine Chance geben sollte. Blöder Mann", spuckte Cait aus, so wütend, dass sie kaum sprechen konnte.

„Nein, ich hätte es mir denken sollen. Menschen bleiben nie bei mir, wenn sie erstmal merken, wie schwierig ich bin. Es ist okay." Morgan riss ihren Arm aus Caits Hand und eilte mit ihrem Blick nach unten aus dem Pub. Sie wünschte sich sehnlichst, dass sie auf ihren Instinkt gehört hätte und jetzt mit einem guten Buch zusammengerollt auf dem Sofa wäre.

Sie weigerte sich zu weinen.

Zumindest nicht wegen ihm. Er war es nicht wert. Sie hatten ja noch keine Beziehung aufgebaut.

Und es bewies, dass sie recht hatte.

Beziehungen waren kompliziert, voller Minenfelder und chaotischen Emotionen. Es war besser, dass sie allein blieb.

KAPITEL SIEBZEHN

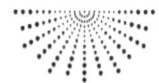

Diese Frau, dachte Patrick. Die Frau war verrückt, wenn sie meinte, dass er nochmal in ihre Falle tappen würde. Sie lockte ihn an und dann wies sie ihn ab, wenn er zu nah kam. Er hatte genug davon, dass ihm der Kopf abgerissen wurde, auch wenn er nichts falsch gemacht hatte. Patrick ging auf und ab und versuchte, die Wut zu kühlen, die in ihm brannte. Er durchsuchte die Regale nach etwas, das er organisieren könnte.

Die Tür flog mit einem Knall auf.

Patrick drehte sich um und zeigte mit dem Finger auf Cait. „Fang jetzt bloß nicht mit mir an. Das geht dich überhaupt nichts an."

„Wenn es in meinem Pub passiert, dann geht es mich sehr wohl etwas an", sagte Cait mit erhobenem Kinn.

„Okay, dann kündige ich", sagte Patrick, wütend auf alle und jeden. Er versuchte, an ihr vorbeizukommen, aber Cait bewegte sich nicht.

Patrick konnte schlecht seine schwangere Chefin

wegschubsen, also trat er zurück, kreuzte seine Arme und sah an die Decke hoch.

„Du wirst absolut nicht kündigen, Patrick, nicht jetzt, wo ich kurz davor bin, das Kind auf die Welt zu bringen. Was bist du für ein Mann?"

Die Wahrheit hinter ihren Worten traf ihn und er ließ den Kopf hängen, weil er wusste, dass sie recht hatte.

„Okay, ich kündige nicht. Aber misch dich nicht in meine Angelegenheiten ein."

„Doch, das werde ich. Was zum Teufel stimmt mit dir nicht?", schrie Cait ihn an, so dass Patrick seinen Kopf herumriss und sie überrascht anstarrte. Caits Wangen waren gerötet und ihre Augen wutentbrannt.

„Ich? Ich!", sagte Patrick mit seinen Händen in den Hüften, während er seine Chefin überragte.

„Ja, du! Sie hat endlich den Mut gefunden, dich zum Essen einzuladen und du sagst nein! Was hast du dir dabei gedacht?"

„Vielleicht habe ich genug davon, jedes Mal angegriffen zu werden, wenn ich versuche, ihr näher zu kommen. Sie ist warm, dann kalt, warm dann kalt. Es macht keinen Sinn. Bei allem, was ich versuche, werde ich abgewiesen", sagte Patrick.

„Hast du jemals darüber nachgedacht, dass ihre Vergangenheit der Grund dafür ist?"

Patrick warf seine Hände hoch und begann, auf- und abzugehen.

„Da mir niemand von ihrer Vergangenheit erzählt, kann ich das nicht wissen, oder?"

„Du weißt, dass sie eine Waise ist", sagte Cait.

„Und was hat das damit zu tun?"

Cait stieß einen hohen Schrei aus, so wie ein Wasser-kessel, der Dampf ablässt, und Patrick stoppte und starrte sie an.

„Denk doch einfach mal darüber nach. Waisen. Sie hatten niemals Liebe. Sie haben nicht viele Beziehungen. Sie hatten nie jemanden, der für sie einstand...oder an ihrer Seite war. Dass sie hierhergezogen ist, war ein großes Risiko für sie und du hast genau das getan, was jeder davor in ihrem Leben gemacht hat – du hast sie abgewiesen. Gut gemacht", sagte Cait vernichtend.

Patricks Herz fiel herunter und er starrte Cait an, während die Gedanken durch seinen Kopf wirbelten.

„Also meine Abweisung hat ihr bewiesen, was sie immer gewusst hat? Dass niemand zu ihr hält?"

„Ziemlich genau das", sagte Cait mit angespanntem Gesichtsausdruck.

„Scheiße, Scheiße, Scheiße", fluchte Patrick und ging auf und ab.

„Und, was machst du noch hier? Geh zu ihr", befahl Cait und Patrick richtete sich auf.

„Meinst du wirklich?"

Cait drehte sich um, als Shane hinter ihr auftauchte und seine Arme um ihren Bauch legte. Sie lehnte sich an ihn und schloss ihre Augen mit einem kleinen Lächeln.

„Shane, wo wohnt Morgan?"

Shane gab ihr die Adresse und dann sah er auf Cait herunter und wieder zurück zu Patrick.

„Warum?"

„Ich muss zu ihr gehen", sagte Patrick.

Cait richtete sich auf und schnappte sich eine Flasche Wein aus dem Regal neben ihr.

„Hier. Nimm das mit. Geht auf mich. Jetzt verkorks es nicht", rief Cait über ihre Schulter, als Patrick sich an ihr vorbeischob.

„Ich nehme den Rest des Abends frei", rief Patrick zurück.

„Das habe ich mir schon gedacht" grummelte Cait und drehte sich dann mit ihren Händen auf ihren Hüften, um ihren Mann zu begutachten.

„Sieht so aus, als würdest du heute Bier zapfen", sagte sie mit einem Lächeln. Er lehnte sich herunter und küsste ihre Lippen.

„Gerne."

KAPITEL ACHTZEHN

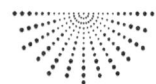

Morgan verfluchte sich selbst auf dem ganzen Heimweg. Als sie den Hügel zu ihrer Wohnung hochstieg, starrte sie jeden an, der es wagte, sie anzulächeln. Was hatte sie sich nur gedacht? Morgan war wie berauscht nach ihrer Zeit mit Fiona und hatte ausnahmsweise hoffnungsfroh an ihre Zukunft gedacht.

Der kalte Schlag der Abweisung war genug, um ihren Kopf aus den Wolken zu holen. Sie hätte damit rechnen sollen. Noch nie in ihrem Leben hatte ihr jemand ihr beigestanden. Das war der Grund, warum sie sich weigerte, Beziehungen einzugehen, erinnerte Morgan sich selbst, während sie die abgetretenen Holzstufen ihres Gebäudes hochstapfte. Es wäre am besten, wenn sie den Kopf einziehen, hart arbeiten und wenig Kontakt suchen würde. Irgendwann hätte sie genug Geld gespart, um zur nächsten Stadt ziehen zu können.

Morgan knallte die Tasche mit Essen auf die Arbeitsplatte und strich mit der Hand über die glatte Oberfläche. Sie drehte sich um und besah ihr kleines Reich. Verdammt, dachte sie. Es würde schwer sein, das aufzugeben. Morgan bekämpfte die Traurigkeit, die sie zu überrollen drohte und räumte systematisch die Lebensmittel auf. Sie weigerte sich, irgendetwas zu verschwenden, nur weil sie Trübsal blies. Sie könnte den Rest der Woche davon essen.

Der Rest der Woche, dachte Morgan. Sie richtete sich auf, kreuzte ihre Arme und ging durch ihre Wohnung. So würde sie damit umgehen. Eine Woche zur Zeit. Sie würde weiterhin sparen, in ein paar Monaten einen neuen Platz finden und weiterziehen. Was blöd war, dachte Morgan, weil sie endlich Wurzeln gefasst hatte.

Ein lautes Summen ließ sie aufschreien und sie drehte sich um, mit einer Hand über ihrem Herzen und der anderen über ihrem Mund. Das Summen ging ununterbrochen weiter und Morgans Blick schweifte durch die Wohnung und versuchte, die Ursache dafür zu finden.

„Eine Gegensprechanlage?", sagte sie und eilte zu einem kleinen Kasten an der Tür, den sie vorher nie beachtet hatte. Sie sollte wohl ihrer Umgebung mehr Aufmerksamkeit schenken, dachte sie.

Das Summen hörte nicht auf und nervte in ihren Ohren, also rannte sie zur Tür und legte ihre Wange dagegen. Sie drückte ihr Ohr daran, um etwas von der anderen Seite zu hören. Sie drückte einmal auf den Knopf.

Das Summen hörte auf.

Morgan wartete und versuchte angestrengt, etwas zu hören.

Das Summer erschreckte sie wieder und sie trat zurück, als sie merkte, dass da noch ein Knopf an der Anlage war. Sie drückte drauf und sprach zögerlich hinein.

„Hallo?"

Morgan hörte die Tür unten knallen und den Klang von Tritten auf der Treppe. Sie sprang zurück, glättete ihr Haare und merkte, dass sie unabsichtlich den Knopf gedrückt hatte, der die Eingangstür zum Gebäude geöffnet hatte.

Morgan kämpfte mit ihrem Atem, während sie wartete, weil sie wusste, dass es Patrick war, aber unsicher war, was sie tun sollte. In ihrer Wohnung war noch nie ein Mann gewesen, ganz zu schweigen von einem großen, ärgerlichen Mann voller Testosteron.

Beim Klopfen an der Tür schrak sie hoch. Morgan stand einfach da und überdachte ihre Möglichkeiten.

„Wenn du die Tür nicht öffnest, schwöre ich zu Gott, dass ich sie eintreten werde", fluchte Patrick auf der anderen Seite der Tür. Morgan fummelte mit dem Schloss und zog die Tür auf.

Ihr Blick ging zu Patricks Gesicht und sie war sofort verloren. Er sah wunderbar aus, dachte sie überrascht. Seine Augen leuchteten vor Wut, seine Wangen waren rot und seine Haare waren auf eine Art verwuschelt, dass sie ihr Hände durchschieben wollte. Nervös leckte sie ihre Unterlippe, während sie ihn beobachtete, unsicher, was sie sagen sollte.

„Ich habe Wein mitgebracht", sagte Patrick und Morgan sah auf seine Hand, die eine Flache umklammerte.

„Em", sagte Morgan und dann wollte sie sich selbst treten, weil ihr nichts Lässigeres eingefallen war. Es ging ihr durch den Kopf, dass sie ihn wegschicken sollte für die Art, wie er sie im Pub behandelt hatte.

„Ach, zum Teufel damit", sagte Patrick. Er schob sich

an Morgan vorbei und stellte die Flasche auf die Arbeitsfläche. Er drehte sich, trat die Tür zu und ergriff Morgan um die Taille.

Innerhalb von Sekunden fand sich Morgan von einem sehr wütenden, sehr leidenschaftlichen Mann gegen die Tür gedrückt. Alle ihre Sinne standen auf Alarm und sie erstarrte, gelähmt davon, ihn zu wollen und gleichzeitig verängstigt, den nächsten Schritt zu machen.

Patrick kam mit seinem Mund bis auf wenige Zentimeter zu ihrem und nagelte sie mit seinem Blick fest.

„Ich werde dich jetzt küssen. Und ich werde nicht aufhören", sagte er.

Hitze ging durch Morgan und sie hatte Mühe, sich an Fionas Lektion zu erinnern. *Der Schalter, stell dir den Schalter vor*, schrie sie sich selbst an. Augenblicke, bevor Patricks Lippen ihre berührten, knallte sie den Schalter in ihrem Kopf auf aus.

Und die Welt tat sich vor ihr auf.

Zum ersten Mal in ihrem Leben fühlte sich Morgan frei. Sie legte ihre Arme um Patrick, grub ihre Hände in sein dichtes Haar und küsste ihn voller Überschwang und Unerfahrenheit zurück. Patrick stöhnte in ihren Mund, schob seine Hände herunter zu ihren Beinen und umfasste ihren Hintern. Er hob sie hoch, bis ihre Beine um ihn gewickelt waren, und sie wurde gegen ein sehr hartes und sehr männliches Teil von ihm gedrückt.

Morgan konnte nicht anders, sie wand sich gegen ihn und genoss diese neuen Gefühle, die er in ihrem Körper verursachte. Seine Lippen liebkosten ihre und seine Zunge tauchte gekonnt in ihren Mund, um mit ihrer zu spielen.

Morgan unterbrach den Kuss und nahm sein Gesicht in ihre Hände. Sie starrten sich an, nur Zentimeter voneinander entfernt und ihr Atem kam stoßweise.

„Ich dachte, dass du nur befreundet sein wolltest", keuchte Morgan.

„Ich wollte nie mit dir befreundet sein, Morgan", sagte Patrick und sah tief in ihre Augen.

„Was willst du?", flüsterte Morgan und strich ihre Hände über seine Arme, erstaunt, wie stark er war. Er hob sie hoch, als ob sie nichts wiegen würde und hielt sie zwischen seinen Armen gefangen.

„Ich will dich seit dem Moment, als ich dich bei Keelins Hochzeit gesehen habe. Der erste Tanz...alles. Ich habe seitdem kein anderes Mädchen angesehen. Es hat mich wahnsinnig gemacht, weil ich nicht näher an dich herankam", keuchte Patrick, seine Erregung und sein Verlangen nach ihr offensichtlich in seinen Worten und seiner harten Länge zwischen ihren Beinen.

„Oh Gott, Patrick ich wollte dich auch, ich..." Morgans Worte wurden von Patricks Mund abgeschnitten und er verführte sie langsam mit seinen Lippen, mit seinen Händen, die ihre Wangen streichelten, sein Körper eng an ihren gedrückt.

Keuchend brach Morgan den Kuss ab aus Angst, dass sie zu weit heruntergezogen wurde und nicht wusste, wie sie jemals etwas stoppen könnte, das sich so gut anfühlte. Ein Teil von ihr wollte ihr Gesicht in seinem Hals vergraben und dass er sie einfach festhielt.

„Du willst mich", sagte Patrick, seine Stimme tief mit Bedürfnis und Wut.

„Das tue ich. Aber, ich... Patrick, ich habe das noch nie vorher gemacht", stieß Morgan aus und Patricks Augen flogen zu ihren.

„Noch nie was gemacht, um genau zu sein?", fragte Patrick vorsichtig.

„Das hier, Beziehungen, küssen, Sex, alles", platzte Morgan heraus und dann schloss sie ihre Augen. Hitze kroch in ihre Wangen.

„Du bist Jungfrau?", fragt Patrick ungläubig.

„Ja, und du bist auch mein erster Kuss", flüsterte Morgan mit geschlossenen Augen. Sie weigerte sich, ihn anzusehen.

„Okay, das erklärt einiges", grübelte Patrick und Morgans Augen flogen auf.

„Was meinst du damit?"

„Deswegen warst du so unberechenbar. Ich war überzeugt, dass du mich nicht magst", sagte Patrick mit einem breiter werdenden Lächeln. Er sah aus wie eine Katze, die gerade eine Schale Sahne aufgeleckt hatte.

„Warum ist das so witzig?", sagte Morgan mit einem bösen Blick.

„Es ist nicht witzig. Es ist erstaunlich und wunderbar und du gehörst mir, nur mir", rief Patrick stolz aus, als er sie von der Tür wegzog und sich mit ihr in seinen Armen drehte. Morgan wurde etwas schwindlig, als er sie wieder absetzte und ihr Körper an seinem herunterglitt. Sie stemmte ihre Hände in ihre Hüften und starrte an ihn.

„Wer sagt, dass ich dir gehöre? Du maßt dir da ganz schön was an", sagte Morgan und fühlte sich aus irgendeinem Grund verärgert.

„Oh ja. Aber jetzt, wo ich es weiß, werde ich es langsam angehen lassen mit dir. Es wird Spaß machen, dich in alle möglichen...Freuden einzuführen", sagte Patrick. Sein Finger strich an Morgans Hals herunter und über ihre Brustwarze. Morgan zuckte und schluckte.

„Patrick, ich weiß nicht, wie man das macht und ich rede nicht nur über Sex." Sie schlug seine Hand von ihrer Brust weg. Hitze ging durch ihren Körper und ihre Brustwarzen waren steif und wollten berührt werden.

Patrick trat mit erhobenen Händen und einem lüsternen Lächeln auf seinem Gesicht zurück.

„Okay, also du weißt nicht, wie es ist, in einer Beziehung zu sein? Lass uns darüber reden. Beim Essen. Ich glaube, du wolltest für mich kochen?"

Morgan atmete heftig aus und war nicht sicher, was sie tun sollte. Aus irgendeinem Grund verärgerte er sie und gleichzeitig zog er sie an. So fühlte sich wohl Liebe an, dachte sie.

„Vielleicht werde ich für dich kochen, vielleicht auch nicht", sagte Morgan mit der Nase in der Luft.

„Das wirst du. Weil ich den ganzen Tag schon auf den Beinen bin und nichts gegessen habe. Du möchtest doch nicht, dass ich verhungere, oder?", fragte Patrick bettelnd und charmant zur gleichen Zeit.

Morgan atmete tief aus und drehte sich mit einem Lächeln auf ihrem Gesicht um, als sie im Inhalt ihres Kühlschranks grub.

„Also nur als Vorwarnung, es ist auch das erste Mal, dass ich koche. Kann sein, dass ich dich umbringe", sagte Morgan, während sie das Paket mit Hackfleisch und die anderen Zutaten für eine Tomatensoße herauszog.

Patrick kam näher und sah auf die Zutaten.

„Spaghetti und Hackbällchen? Perfekt. Das kann ich gut, wir können es zusammen kochen", sagte er und fühlte sich so warm und einfach so männlich neben ihr an.

Zusammen, dachte Morgan.

Es gab für alles ein erstes Mal.

KAPITEL NEUNZEHN

S tunden später fühlte sich Morgan, als ob sich ihr Gesicht ausgedehnt hätte, weil sie so viel gelächelt hatte. Patrick saß eng neben ihr auf dem Sofa und hatte ihre Beine auf seinen Schoß gezogen. Die Wirkung des Weins hatte ihre Aufregung gemildert und sie konnte sich nicht erinnern, wann sie je einen besseren Abend gehabt hatte.

„Gottseidank war ich hier, um zu kochen, sonst hättest du das ganze Gebäude in Brand gesteckt", kommentierte Patrick und lockte ein Lachen aus Morgan heraus.

„Das hätte ich nicht", sagte Morgan und haute ihm sanft auf den Arm.

„Ach, und deswegen weiß ich jetzt, wie verbranntes Fleisch riecht, oder?", sagte Patrick mit erhobener Augenbraue und Morgan kicherte und biss auf ihre Lippe.

„Die Hackbällchen waren völlig in Ordnung", sagte sie bestimmt.

Patrick strich mit seinen Fingern über ihren Knöchel

und schickte Hitze an ihrem Bein hoch. Sie versuchte, sich darauf zu konzentrieren, was er sagte.

„Ich muss dir beibringen, wie man einen guten irischen Eintopf macht", grübelte Patrick und rieb weiter hypnotisierend ihre Füße. „Du kannst einen großen Topf machen und dann die ganze Woche davon essen."

„Das wäre gut. Ich bin allein, also wenn ich an Lebensmitteln Geld sparen kann, ist das sinnvoll", sagte Morgan.

„Ist Geld knapp?", fragte Patrick und legte seinen Kopf schräg, um sie anzusehen. Morgan verlor sich für einen Moment in seinen Augen. Er sah einfach so gut aus, dachte sie.

„Es ist besser als jemals zuvor." Morgan wedelte die Frage weg.

„War es hart, wie du aufgewachsen bist?"

Und sofort fühlte Morgan, wie ihre Wände hochgingen. Verdammt, verfluchte sie sich selbst. *Das ist das, was Leute in Beziehungen machen*, erinnerte sie sich selbst. *Sie erzählen sich über ihre Vergangenheit.*

Achselzuckend zog Morgan ihre Füße aus Patricks Händen heraus.

„Ich habe ständig die Pflegefamilien gewechselt. Geld war schwer zu bekommen und ich hatte nie wirklich etwas übrig oder ein eigenes Zuhause. Dies", zeigte sie auf das Studio, „ist das erste, das wirklich meins ist. Abgesehen von meinem Lieferwagen natürlich."

Das Thema war ihr unangenehm und sie wünschte, dass sie wieder über einfache Dinge lachen könnten. Morgan stand auf und ging in ihre kleine Küche. Sie stützte sich mit ihren Händen am Rand der Spüle ab, während sie wartete, dass das Wasser warm wurde.

„Da habe ich dich jetzt gerade verloren, oder?"

Patricks Stimme erklang direkt hinter ihr und Morgan erschrak ein bisschen. Sie warf ein kurzes Lächeln über ihre Schulter und fing an, den Kochtopf zu schrubben.

„Das ist okay. Es ist kein Thema, über das ich gerne rede, das ist alles."

„Tut mir leid", sagte Patrick einfach.

Morgan zuckte wieder mit den Achseln und schalt sich selbst, weil sie so ein Drama daraus machte.

„Macht nichts. Ich kann die Vergangenheit nicht ändern." Sie spülte den Topf und griff nach einem Teller. „Hattest du eine große Familie?" Obwohl sie die Antwort wusste, dachte Morgan, dass es besser wäre, die Unterhaltung von ihr zu ihm zu lenken.

Eine kurze Stille entgegnete ihr und dann ein Seufzer.

„Ja, eine große liebende Familie. Wir sind insgesamt neun ohne meine Eltern", sagte Patrick hinter ihr und Morgan erstarrte. Sie drehte sich um und sah ihn mit offenem Mund an.

„Neun? Neun Geschwister? Ich hatte schon den Eindruck, dass du aus einer großen Familie kommst, aber das ist der Hammer", sagte Morgan und versuchte, sich vorzustellen, dass sie elf Mitglieder seiner Familie treffen und sich merken müsste.

„Naja, jetzt sind es noch mehr, da die meisten verheiratet sind und Kinder haben. Ich bin das Baby." Patrick grinste sie an und Morgan stöhnte.

„Klasse, einfach klasse", murmelte sie und drehte sich, um energisch den Teller zu schrubben.

„Du wirst sie irgendwann kennenlernen müssen", sagte Patrick.

Morgan grummelte weiter in die Spüle.

Sie fuhr hoch, als Patricks Arme sich von hinten um ihre Taille legten.

„Sie werden dich lieben", sagte Patrick, seine Lippen heiß an ihrem Hals.

„Vielleicht", sagte Morgan unverbindlich. Sie zweifelte stark daran, dass sie sie lieben würden, aber den Gedanken schob sie erstmal in den Hintergrund, bis sie sie wirklich treffen musste.

„Warum stellst du das Geschirr nicht ab, damit ich dich für das Essen bezahlen kann?" Patricks Mund war an ihrem Hals und sie zitterte bei der Bedeutung seiner Worte.

Morgan legte den Teller vorsichtig wieder in die Spüle und führte ihre mentale Routine mit dem Schalter durch, bevor sie sich zu Patrick umdrehte. Sie öffnete ihre Sinne und durchsuchte seine Gedanken, während sie sich in seinen Augen verlor. Trotz all seiner Fehler und Sturheit hatte Patrick ein gutes Herz. Und sein Verlangen nach ihr grenzte an Verzweiflung.

Morgan strich ihre Hände an Patricks Armen hoch, bevor sie sie um seinen Nacken legte und ihren Körper eng gegen seinen drückte. Sie wünschte, dass sie eine dreiste Verführerin sein könnte, aber stattdessen musste sie sich damit zufriedengeben, ihre Lippen über seine zu legen und hoffen, dass er sie führen würde.

Und das tat er. Morgan stöhnte gegen Patricks Mund, als er sie wieder hochhob. Seine Arme glitten unter ihre Oberschenkel, so dass er sie eng an seinen Körper halten konnte. Langsam ging er rückwärts aus der Küche, bis seine Knie das Bett trafen, mit seinen Lippen ununterbrochen auf ihren. Morgan keuchte gegen seinen Mund, hungrig nach mehr. Ein Bedürfnis, mit dem sie nicht umzugehen wusste, raste durch sie.

„Ich will...ich will", sagte Morgan gegen seine Lippen und wusste nicht, was sie wollte, nur, dass er nicht aufhörte.

Patrick legte sich aufs Bett mit Morgan rittlings über ihm. Die Position gab ihr intimes Wissen seiner Lust und sie rieb sich selbst gegen seine harte Länge und sehnte sich nach seiner Nähe.

„Sch", lachte Patrick sie an und rollte sich dann so, dass Morgan auf ihrem Rücken auf dem Bett lag und stützte sich mit seinen Armen neben ihrem Kopf ab.

„Patrick", sagte Morgan und kämpfte mit ihrem Atem.

„Lass mich machen", sagte Patrick und ging mit seiner Hand an ihrer Seite herunter, bis er den Saum ihres Oberteils erreichte. Er zog ein bisschen daran und Morgan verstand, was er fragte. Nervös, aber gleichzeitig auch erregt hob Morgan sich hoch, zog das Top über ihren Kopf und folgte dann mit ihrer Hose. Sie stützte sich auf ihren Armen ab und fühlte sich plötzlich, als wollte sie sich verstecken. Sie zog ihre langen Haare nach vorn, um den einfachen weißen BH zu verstecken, der ihre Brüste bedeckte.

„Wunderschön", flüsterte Patrick und ergriff ihre Hände, um sie still zu halten. Er schob ihr Haar hinter ihre Schultern und fuhr mit seinem Finger am Träger ihres BHs entlang. „Du hat keine Ahnung, was du mit mir machst."

„Wirklich?", sagte Morgan. Lust und ein neugefundenes Selbstvertrauen gingen durch sie. „Ich wünschte, dass ich sexy Unterwäsche hätte oder so."

Patrick lachte und schloss für eine Sekunde seine Augen.

„Glaub mir, rein weiß kann richtig heiß sein. Es ist wirklich sexy an dir. Ich kann mich kaum noch zurückhalten", sagte Patrick und spielte weiter mit dem Träger ihres BHs, während er sie ansah.

Morgan griff nach dem Haken an ihrem BH.

„Zeig mir...zeig mir, was du fühlst", flüsterte sie, machte den Haken am BH auf und zog ihn von ihrem Körper.

„Oh Gott", sagte Patrick und streckte beide Hände aus, um ihre Brüste zu umfassen. Morgan zuckte, als seine Daumen über ihre empfindlichen Warzen strichen und mit einem Fluch drückte Patrick seinen Mund auf ihren.

Sie war verloren, so verloren, dachte Morgan, als sie in einen Sog aus Hitze und Emotion gezogen wurde. Ihr Körper schien flüssig und warm unter seiner Berührung, ihre Gedanken so konzentriert auf die Gefühle, die er ihr entlockte, dass sie sich nicht einmal Sorgen machte, ob irgendetwas in ihrer Wohnung schwebte. Eine heiße Spirale schien sich tief in ihrem Bauch zu formen und sie bewegte ihre Hüften gegen Patricks, damit er sie mehr anfasste.

„Du bist so schön", murmelte Patrick gegen ihre Lippen, während er ihre Brüste langsamer streichelte und sich zurücklehnte, um sie anzusehen.

„Danke, du siehst auch nicht schlecht aus", sagte Morgan ungelenk und errötete dann.

Patrick lachte und spielte mit dem Bund ihrer Unterwäsche. Seine Augen gingen über ihren Körper, bevor sie zurück zu ihren kamen.

„Ich will dich überall anfassen", sagte Patrick sanft mit Hitze in seinen Worten.

Morgan schluckte, als ihr Mund trocken wurde. Sie nickte und die Nerven an ihrem Rücken kitzelten.

„Leg dich zurück", sagte Patrick und drückte Morgan sanft aufs Bett. Er stützte sich auf einen Arm und starrte sie an.

„Ich werde langsam machen und wenn du aufhören willst, sag es mir", sagte Patrick, liebkosten ihren Hals und knabberte an einem empfindlichen Fleck, der ein Zittern ihren Rücken herunterschickte.

„Okay", sagte Morgan.

„Mach deine Augen zu", sagte Patrick und Morgan sah ihn besorgt an.

„Warum?", stotterte sie.

„Weil ich möchte, dass du fühlst. Einfach fühlst", sagte Patrick sanft, kam ihrem Gesicht mit seinen Lippen näher und küsste ihre Augen zu.

Morgan schloss ihre Augen und versuchte zu tun, was er gesagt hatte. Gedanken schwirrten durch ihren Kopf. Wo würde er sie als nächstes anfassen? Sollte sie ihn auch anfassen?

„Morgan."

Ihre Augen flogen auf und sie blinzelte ihn an.

„Was?"

„Entspann dich. Du kneifst dein Gesicht zusammen, um deine Augen geschlossen zu halten." Er lachte sie an und Morgan begann, sich zu entspannen.

„Oh, tut mir leid." Sie lächelte, machte ihre Augen wieder zu und ließ die Spannung von ihrem Gesicht weichen. Mit geschlossenen Augen waren ihre Sinne erhöht und als Patrick seine Hand über ihre Brustwarze strich, stöhnte sie.

Und zuckte, als er seine Hand mit seinem Mund ersetzte.

„Oh, oh", sagte Morgan, als ein neues und köstliches Gefühl durch sie ging, als er ihre Brüste küsste und sanft an ihren Brustwarzen leckte.

Morgan konnte nicht anders, sie krümmte ihren Rücken und liebte die Gefühle, die Patrick durch ihren Körper schickte. Er fuhr fort, ihre Brüste zu küssen, während er eine Hand unter den Bund ihrer Unterwäsche schob. Morgan erstarrte unfreiwillig und entspannte sich dann, als Patrick seine Hand stillhielt und nur leicht mit ihrem Bund spielte. Morgan fragte sich, warum er nicht weitermachte. Sie sehnte sich fast verzweifelt danach herauszufinden, was diese Gefühle in ihr verlangten und hob ihre Hüften, damit Patricks Hand weiter nach unten rutschte.

Patrick lachte gegen ihre Brüste und Morgan wollte schreien. Sie brauchte irgendetwas, um diesen Knoten der Anspannung zu lösen, der sich tief in ihrem Bauch geformt hatte.

„Bitte", keuchte Morgan. Sie konnte nicht klarmachen, was genau sie wollte, aber wusste, dass es wahrscheinlich der schwer erreichbare Orgasmus war, von dem alle immer redeten. Es war nicht so, als ob sie sich all die Jahre in der Schule im Gebüsch versteckt hatte. Sie hatte nur noch nie Gelegenheit gehabt, es zu erleben.

Nicht, dass sie jemals jemandem genug vertraut hatte, sie so zu berühren.

Morgan stöhnte, als Patrick seine Hand tiefer schob

und sie feucht vor Leidenschaft fand. Die Lust in ihrem Bauch ging etwa eine Oktave hoch und Morgan wand sich verzweifelt und ersehnte Erlösung, bevor Patrick endlich seinen Finger in sie schob und mit einer Bewegung über den Rand brachte.

Eine wunderbare Welle der Hitze und Erlösung wusch durch sie und drückte ihren Rücken auf das Bett, als pure Freude durch sie schoss. Es fühlte sich an, als ob alle Nervenenden gleichzeitig zündeten und Morgan schrie auf, da sie ihre Freude in dem Moment nicht mehr in sich halten konnte. Es war so kristallklar und perfekt, dass sie es in Flaschen abfüllen und im Geschäft verkaufen wollte.

Morgan öffnete ihre Augen und sah, wie Patrick sie mit einem sehr zufriedenen Gesichtsausdruck anlächelte.

„Danke", sagte Morgan und lächelte zu ihm hoch.

„Ich glaube, das hast du gebraucht", sagte Patrick und bückte sich, um seine Lippen auf ihre zu legen, bevor er seine Hand aus ihrer Unterhose zog. Er setzte sich auf und sah auf die Uhr.

„Ich sollte gehen", sagte Patrick.

Morgan setzte sich auf, kreuzte ihre Arme über ihren Brüsten und sah ihn verwirrt an.

„Das war's? Was ist mit dir? Was ist...mit dem Rest?" Morgan bewegte ihre Hand, unsicher, ob sie wieder abgewiesen wurde.

Patrick lehnte sich vor, seine Schultern stark und breit über ihr, als er sanft an ihrer Unterlippe knabberte.

„Ich will den Rest. Aber ich habe dir versprochen, dass ich langsam machen würde. Also gehen wir es langsam an", sagte er gegen ihre Lippen.

Morgan legte ihre Arme um seinen Hals. Ihre nackten

Brüste drückten in seine Brust und ihre empfindlichen Brustwarzen genossen den Kontakt.

„Aber was ist, na ja, mit dir?", sagte Morgan gegen seinen Mund.

„Das ist nicht die erste kalte Dusche, die ich nehme, seit ich dich kenne", sagte Patrick und zog ihre Arme von seinem Hals, um aufzustehen.

„Wirklich?" sagte Morgan, fasziniert von dem Gedanken, dass er sich nach ihr sehnte. Ein neues Selbstvertrauen ging durch sie.

„Du musst nicht so glücklich darüber aussehen. Ich weiß, dass es spät ist und du morgen früh arbeiten musst. Kann ich dich zum Essen einladen..." Patrick hielt inne und dachte nach. „Sonntag? Passt Sonntag? Ich habe den Rest der Woche Spätschicht. Du kannst aber gern kommen und mir im Pub Gesellschaft leisten."

Morgan legte ihren Kopf schräg und dachte darüber nach.

„Das gibt Dorftratsch."

Patrick strich einen Finger über ihre Nase.

„Den gibt's jetzt schon."

KAPITEL ZWANZIG

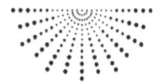

Morgan summte am nächsten Morgen leise vor sich hin und bestückte die Auslage neben der Kasse mit neuen Drucken, die gerade angekommen waren.

„Da hat aber jemand gute Laune heute morgen", kommentierte Aislinn, als sie mit ihren Armen voller Leinwände aus dem Hinterzimmer kam.

„Komm, ich helfe dir", sagte Morgan, ihrer Bemerkung ausweichend.

Sie eilte herbei, um ein paar Leinwände aus Aislinns Armen zu ziehen, folgte ihr in den Lagerraum und legte sie in die Regale.

„Du bist meiner Frage ausgewichen." Aislinn drehte sich zu ihr, als sie das Lager verließen.

Morgan errötete und Aislinn stoppte und ergriff ihren Arm.

„Du hattest Sex!"

„Oh mein Gott", stöhnte Morgan und bedeckte kopfschüttelnd ihr Gesicht mit ihren Händen.

„War es schlimm? Oh, wenn er das vermasselt hat,

ich schwöre, dann ziehe ich ihm bei lebendigem Leib die Haut ab", murmelte Aislinn und ging vor Morgan auf und ab. Morgan hob schwach ihre Hand und wusste nicht, ob sie mit Aislinn lachen oder sie anschreien sollte.

„Ich hatte keinen Sex. Was ich hatte, war ein erstes richtiges Date mit einem sehr netten und sexy Mann", sagte Morgan zimperlich.

Aislinn sah Morgan mit verengten Augen an.

„Wir reden über Patrick, oder?"

„Ja!", rief Morgan aus und schlug mit ihrer Hand nach Aislinn. „Ja, oh, er ist einfach so...ich..." Sie wurde erneut rot.

„Na schau mal an, du bist vernarrt in ihn", sagte Aislinn.

„Das bin ich ganz sicher nicht", sagte Morgan steif und ging mit erhobener Nase von Aislinn weg.

„Ist schon klar, aber ich weiß, wie vernarrt aussieht, und von hier aus sieht es aus...als wärst du vernarrt." Aislinns stählerne Stimme folgte Morgan in den Ausstellungsraum.

Morgan wirbelte herum und stemmte ihre Hände in ihre Hüften.

„Und wenn schon? Was, wenn ich es bin?"

„Na, das ist doch toll. Ich befürworte es", sagte Aislinn mit einem freundlichen Lächeln und Morgan lachte, während die Spannung von ihr wich.

„Wir haben nicht miteinander geschlafen. Wir haben nur..." Morgan überlegte, wie sie am besten ausdrücken könnte, was sie gemacht hatten.

„Herumgemacht?", bot Aislinn an.

Morgan zeigte mit ihrem Finger auf ihre Chefin und nickte.

„Ja, genau. Und es war schön. Und er war ein Gentleman und hat nicht versucht, mehr zu erzwingen. Ich...ich habe mich noch nie so gefühlt. Nervös, aufgeregt, ängstlich", gab Morgan zu.

Aislinn schob ihre Lockenmasse über ihre Schultern und lächelte Morgan an, aber sie konnte die Besorgnis in den Augen ihrer Chefin sehen.

„Was?"

„Nichts, ich mache mir nur Sorgen über dich, weil ich weiß, wie mächtig erste Liebe sein kann. Jeder muss da einmal durch. Es ist gut für dich", sagte Aislinn lächelnd.

„Erste Liebe? Ich bin nicht verliebt", protestierte Morgan mit erhobener Augenbraue.

Aislinn hob verteidigend ihre Hände.

„Entschuldigung, das war wohl das falsche Wort", sagte sie mit einem Schmunzeln. „Abgesehen davon ist Patrick ein solider Typ. Dir könnte Schlimmeres passieren."

Morgan knabberte an ihrer Lippe, während sie über Aislinns Worte nachdachte.

„Er weiß nichts von mir...von meinen Fähigkeiten", platzte sie heraus.

„Ah", sagte Aislinn.

„Was soll ich machen?", fragte Morgan und rückte nervös ein Bild der Bucht gerade.

„Na ja, ich bin ein bisschen anders als Cait und Keelin. Ich habe Baird sofort von mir erzählt. Es hat eine Weile gebraucht, bevor er es geglaubt hat, aber ich akzeptiere diesen Teil von mir. Das habe ich schon immer. Letztendlich kommt es darauf an, wie wohl du dich fühlst dabei, deine Gabe zu teilen."

„Ich weiß nicht, ob ich das kann", sagte Morgan nervös.

„Dann tue es nicht. Aber ich vermute, dass er es früher oder später herausfinden wird, wenn du eine Zeitlang mit ihm zusammen bist. Das würde ich im Kopf behalten", warnte Aislinn sie.

„Er weiß von Caits Fähigkeiten. Ich bin nicht sicher, wessen noch."

„Patrick lebt schon lange hier. Wahrscheinlich überrascht ihn sehr wenig, wenn es zu diesen Dingen kommt", sagte Aislinn.

„Also du meinst, er wäre aufgeschlossen?"

„Ich kann mir nicht anmaßen, die Antwort darauf zu wissen, Morgan. Ich denke, die wirkliche Frage ist, ob du dich selbst genug akzeptieren kannst, um nicht zu verstecken, wer du bist?"

Mit diesen Worten ging Aislinn aus dem Zimmer und ließ Morgan mit ihren tiefgründigen Grübeleien allein.

„Es kann scheinbar nie einfach sein", murmelte sie zu sich selbst, als sie ihre Tasse Tee fand und trank. Ihre Gedanken gingen zurück zum gestrigen Abend mit Patrick. Es *war* einfach gewesen zwischen ihnen, dachte sie.

Und vielleicht hatte Aislinn recht. Wenn die Wahrheit darüber, wer sie war, die Grundlage für ihre Beziehung formen sollte, dann erschien es ihr ziemlich gefährlich, es vor ihm zu verstecken.

Morgan dachte an all die kurzen Beziehungen zurück, die sie gehabt hatte, als sie aufwuchs. Sie wollte nicht mehr diese Person sein, stellte sie fest, die von einer Beziehung zur nächsten flatterte und niemals eine Bindung mit jemandem einging. Zugegeben, sie hatte keine Wahl gehabt, wenn die Pflegefamilien sie zu den Nonnen zurückgebracht hatten, aber seit sie weggelaufen und auf sich selbst gestellt war, hatte Morgan sich geweigert, wirkliche Bindungen mit jemandem einzugehen.

Bis Grace's Cove.

Sie hatte jetzt Freunde, vielleicht sogar Aussicht auf eine Familie, dachte Morgan, als ihr Fiona durch den Kopf schoss.

Patrick von ihren Fähigkeiten zu erzählen wäre nicht das schlimmste, das sie in ihrem Leben durchgemacht hatte, dachte sie. Aislinn hatte recht. Sie wusste endlich, wer sie selbst war. Morgan fasste einen Entschluss und lächelte grimmig. Jetzt musste sie nur noch die richtige Zeit finden, um es ihm zu sagen.

ETWAS SPÄTER AN DEM Tag zog Morgan eine Grimasse.

Sie hatte nicht erwartet, dass sich die Gelegenheit so schnell ergeben würde, dachte sie, als sie schockiert Patrick anstarrte, der auf dem Treppenabsatz ihres Wohngebäudes saß.

„Ich hatte nicht erwartet, dich zu sehen", sagte Morgan und ein Lächeln ging über ihr Gesicht.

Er sah wunderbar aus. Ein Hemd mit Knopfleiste betonte seine breite Brust und seine Haare waren so verwuschelt, dass sie mit ihren Händen durchfahren wollte. Sie konnte sich nicht sattsehen an ihm.

Sie lächelte noch breiter, als er seine Hand hinter

seinem Rücken hervorzog und ihr eine Einkaufstasche hinhielt.

„Was ist das?" Sie legte ihren Kopf schräg und sah ihn fragend an.

„Lass mich rein und ich zeige es dir", sagte Patrick mit einem Lächeln.

„Oh, okay", sagte Morgan und ihr Herz schlug einen Takt schneller. Ein Lächeln kreuzte Patricks Gesicht und er beugte sich herunter, um seine Lippen auf ihre zu legen. Morgan lehnte sich an ihn und sehnte sich nach der Hitze und Sicherheit, die er mitbrachte.

„Ich nehme an, du machst dir über das Dorf keine Sorgen mehr, oder?", sagte Patrick und winkte einem Vorbeigehenden zu.

Morgan stöhnte, als Hitze über ihre Wangen lief und sie zog die Tür zu ihrem Gebäude auf.

„Geh nach oben, bevor du einen Skandal auslöst", befahl Morgan und Patrick lachte sie an und hielt die Tür für sie offen.

Sie gingen schnell die Treppe hoch und Momente später war Morgans Rücken wie am Abend vorher gegen ihre Tür gedrückt, während Patrick sie besinnungslos küsste.

Er lehnte sich zurück und strich mit seinem Daumen über ihre Lippen.

„Ich muss aufhören, bevor ich zu abgelenkt bin. Hier, mach dein Geschenk auf", sagte Patrick.

Morgan lächelte ihn schüchtern an und ging zur Arbeitsfläche, wo die Einkaufstasche stand. Sie schielte hinein und entdeckte einen Kochtopf. Sie drehte sich mit erhobener Augenbraue zu ihm um.

„Ein Topf?"

„Mach den Deckel auf."

Morgan hob den Deckel und starrte auf den irischen Eintopf.

„Eintopf? Du hast mir Eintopf mitgebracht?"

„Ich habe ihn selbst gekocht. Wenn du magst, bringe ich dir bei, wie man ihn macht. Ich habe sogar meine Mutter gebeten, braunes Brot für dich zu backen."

Bei der Erwähnung seiner Mutter fühlte Morgan wieder, wie ihre Nerven anfingen zu reagieren. Sie atmete aus und drehte sich zu ihm um.

„Das ist total lieb von dir. Das hättest du nicht machen müssen", fing sie an.

Patrick zuckte mit den Achseln.

„Ich habe gemerkt, dass dein Kühlschrank gestern Abend leer war. Jetzt musst du für ein paar Tage nicht übers Abendessen nachdenken, bis ich dich am Sonntag ausführen kann", sagte er mit einem Lächeln und Morgans Herz ging einen Spalt auf.

„Das ist wirklich unglaublich nett von dir. Ernsthaft, danke. Em, hast du eine Minute Zeit?", stieß Morgan hastig heraus. Sie befürchtete, dass er ihr den Rücken zukehren würde, wenn sie erst seine Familie kennenlernen und enge Bindungen eingehen würde, bevor sie ihm von ihren Geheimnissen erzählen konnte. Es war jetzt oder nie.

„Klar, ich habe ein paar Minuten, bevor ich zur Arbeit muss."

Morgan ergriff seine Hand zog ihn zu ihrem Sofa, so dass er nah bei ihr saß. Sie brauchte ihn direkt neben sich, um jede Reaktion lesen konnte. Sollte er sie anlügen...ja, sie war ziemlich sicher, dann würde ein Stück von ihr sterben.

„Was stimmt nicht?", fragte Patrick und strich mit seiner Hand über ihre Wange.

„Okay, ich...ich werde es einfach sagen und dann musst du mir erzählen, wie du dich fühlst", sagte Morgan, atmete tief ein und sah ihm in die Augen.

„Du machst mir Angst."

„Ich, es ist einfach...okay, also." Morgan atmete aus. „Ich habe Fähigkeiten...so wie Cait und Fiona."

Da, sie hatte es getan. Man könnte sie nicht des Lügens bezichtigen. Morgan setzte sich zurück und beobachtete ihn, auf ein Zeichen wartend.

„Wart mal...wie Cait? Du kannst Gedanken lesen? Du kannst heilen? Bist du...eine Nachfahrin?", fragte Patrick und starrte ihr in die Augen.

Morgan schluckte und nickte langsam, während ihre Augen nicht von seinen abließen. Die Stille dehnte sich zwischen ihnen.

„Toll", sagte Patrick endlich und Morgan hatte das Gefühl, ihr Herz würde in ihrer Brust explodieren.

„Toll?", rief Morgan aus.

„Klar, das ist ziemlich cool. Also was ist deine Superkraft?", fragte Patrick und strich mit seiner Hand an ihrem Arm herunter. Morgan spürte, wie ihr ungewollte Tränen in die Augen stiegen.

„Hey, nicht weinen", sagte Patrick und lehnte sich vor, um ihre Lippen sanft zu küssen.

„Es ist nur, noch nie zuvor hat mich jemand einfach so akzeptiert", schniefte Morgan in seinen Mund. Die Tränen liefen schneller und sie konnte die Emotion, die in ihr hochkam, nicht aufhalten.

„Sch, es ist okay. Solange du nicht so eine verrückte Teufelsanbeterin mit schwarzer Magie bist, bin ich ziemlich sicher, dass ich mit allem umgehen kann, was du mir zuwirfst."

Morgan fragte sich, wie er reagieren würde, wenn sie das Sofa hochheben würde, auf dem sie saßen. Ihre Nervosität kam wieder durch und sie beschloss, dass dies ein Geheimnis war, von dem er nichts wissen musste. Jetzt, wo wie wusste, wie sie diese Seite von ihr kontrollieren konnte, hatte sie nicht vor, sie je wieder zu benutzen. Morgan fühlte sich gut mit dieser Entscheidung, lehnte sich zurück und nahm Patricks Gesicht in ihre Hände.

„Du bist ein guter Mann", flüsterte sie.

„Also was kannst du?", fragte Patrick.

„Ein bisschen hiervon...ein bisschen davon. Ich kann etwas Gedanken lesen, ich bin eine Art Empath und ich kann heilen helfen. Ich bin eigentlich mehr oder weniger ein Straßenköter", sagte Morgan.

„Cool, und woran denke ich jetzt gerade?", sagte Patrick und schielte auf den Ausschnitt in ihrer Bluse. Sie lachte und haute ihn leicht.

„Ich glaube, das könnte ich dir so sagen, ohne deine Gedanken lesen zu müssen."

Impulsiv umarmte sie ihn. Sie drückte ihr Gesicht an seinen Hals und murmelte: „Danke."

„Was?"

„Danke. Danke, dass du bei mir bleibst. Dass du nicht ausflippst deswegen, danke", sagte Morgan und atmete seinen Geruch ein, als sie ihre Tränen wegwischte.

„Ich gehe nirgendwo hin, Morgan", sagte Patrick.

Morgan lehnte sich zurück und sah in seine Augen.

„Ich fange an, das zu erkennen", sagte sie leise.

„Gut, dann vergiss es nicht. Jetzt muss ich zur Arbeit, sonst feuert mich Cait und ich kann dir keine schönen Dinge kaufen und dich nett zum Essen ausführen", sagte Patrick mit einem Lächeln und küsste sie noch einmal, bevor er aufstand.

Morgan hob ihr Kinn.

„Ich brauche das alles nicht, Patrick", sagte sie, da sie wusste, dass er wahrscheinlich auch ein Budget hatte.

„Ja, das tust du", sagte Patrick, hielt an der Tür an und winkte. „Und ich bin der Mann, der es dir geben wird."

Nachdem die Tür zu war, starrte Morgan eine Zeitlang darauf, wissend, dass sie wahrscheinlich ein blödes Grinsen auf dem Gesicht hatte.

„Oh, zum Teufel damit. Vernarrt stimmt schon", grummelte sie und stand auf, um die Suppe in den Kühlschrank zu stellen.

Aislinn lag nie falsch.

KAPITEL EINUNDZWANZIG

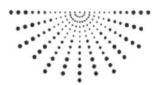

Die Tage bis Sonntag gingen wie im Flug an Morgan vorbei. Mit dem Frühlingswetter kamen Touristen und in der Galerie ging es lebhaft zu. Zwischen extra Stunden für Aislinn und Flynn zu helfen, wenn sie konnte, war es Sonntag, bevor sie es merkte.

Morgan stand vor ihrem Schrank und grübelte darüber nach was sie anziehen sollte. Sie sah herunter auf die tiefrote Seide ihres BHs und Slips. Sie hatte am Freitag ihr Gehalt bekommen und war kurz in die nächste Stadt gefahren, um in ein paar Dinge für sich selbst zu investieren.

Es hatte Spaß gemacht, Kleidung zu kaufen, die sie für jemanden anders tragen würde, dachte sie.

Sie befühlte eine Seidenbluse, die sie spontan mitgenommen hatte. Das lebhafte Lila und Rot des Musters hatten sie angesprochen und reflektierten ihre aktuelle Laune. Morgan zog sie heraus, zusammen mit ihrer grauen engen Jeans und ihren schwarzen Lieblingspumps. Einfach und doch sexy und rausgeputzt genug für überall, wohin er

sie ausführen würde. Sie hatte ihre Haare halb zurückge-
flochten und musste jetzt nur noch warten.

Patrick war gestern in der Galerie vorbeigekommen,
um ihr zu sagen, dass er sie um sechs abholen würde, aber
keine Hinweise gegeben, wohin er sie bringen würde. Er
hatte sogar mit Absicht über ihren Körper nachgedacht, als
sie seine Gedanken kurz durchsuchte hatte, um zu sehen,
ob sie einen Anhaltspunkt finden könnte.

Und hatte er sie dabei nicht erwischt? Morgan lachte
leise, als sie sich daran erinnerte, wie Patrick mit dem
Finger auf sie gezeigt und sie unartig genannt hatte. Er
musste gewusst haben, dass sie versuchen würde, seine
Gedanken zu lesen.

Der Summer an der Tür erschreckte sie und Morgan
ergriff ihre kleine Handtasche, bevor sie schnell die Holz-
treppe herunterklapperte.

„Hi", sagte sie und strahlte ihn an. Patrick lächelte sie
an. Er sah sehr gut aus in einem karierten Hemd mit
Knopfleiste und grauen Khakis. Seine Schuhe glänzten
und sein Haar sah etwas gebändigter aus als sonst. Morgan
wollte hineingreifen und es für ihn verwuscheln.

„Du siehst toll aus", sagte Patrick und lehnte sich
herunter, um sie zu küssen.

„Danke, ich hoffe, es ist okay für das, wohin wir
gehen", sagte sie schüchtern und folgte ihm zu seinem
Kompaktwagen, der vor ihrem Gebäude parkte. Das Auto
war rostbraun und hatte schon bessere Zeiten gesehen.
Patrick zuckte verlegen mit den Schultern.

„Entschuldige das Auto. Das ist alles, was ich mir im
Moment leisten kann."

Morgan lächelte ihn an, als sie sich auf den Sitz setzte.

„Hey, du sprichst mit jemandem, der einen 30 Jahre alten Lieferwagen fährt. Ich verstehe das."

Patrick schloss die Tür. Die Scharniere protestierten quietschend und Morgan atmete aus und fühlte sich erleichtert. Sie war nicht sicher, ob sie mit einem reichen Typen umgehen könnte, der sie im Sturm erobern würde. Es war schön, dass sie und Patrick auf der gleichen Ebene waren.

„Es wird keine lange Fahrt. Wir gehen zum besten Platz der Stadt zum Essen", sagte Patrick, während er vom Bordstein wegfuhr. „Wie war die Arbeit?"

Morgan fragte sich, ob er das Thema wechselte, aber lächelte ihn trotzdem an und begann, ihm von ihren geschäftigen Tagen zu erzählen.

„Ja, der Pub war auch ganz schön voll. Es hat viel Spaß gemacht, weil wir tolle Musik hatten. Die Touristen-saison hat angefangen", sagte er, als er vor einem Haus anhielt.

„Patrick, wo sind wir?", fragte Morgan, als sie auf das Haus starrte. Es war ein hübsches Ziegelhaus mit fröhli-chen grünen Einfassungen und hellblauen Blumenkästen.

„Sonntagsessen mit der Familie", sagte Patrick und drehte sich, um sie anzulächeln.

Morgans Mund stand offen und sie versuchte zu atmen, während sie von Panik überwältigt wurde.

„Patrick, ich kann nicht, ich kann nicht mit Familien-dingen umgehen...", fing Morgan an.

„Natürlich kannst du. Sie sind ganz locker. Vertrau mir, es wird alles gut", sagte Patrick leichthin, stieg aus dem Auto und kam herum, um ihre Tür zu öffnen.

Morgan zwang sich, normal zu atmen und versuchte

die Beklemmung zu unterdrücken, die sie zu überrollen drohte. Familien waren einfach nicht ihr Ding, dachte sie.

Patrick öffnete die Tür und sah sie erwartungsvoll an.

„Patrick. Ich kann das nicht gut", flüsterte sie ihm zu und versuchte ein letztes Mal, ihn aufzuhalten.

„Das ist okay. Du wirst es lernen", sagte er lässig, ergriff ihre Hand und zog sie aus dem Auto. Sie stand wie erstarrt neben ihm, nicht sicher, was sie tun sollte. Sie wusste nur, dass sie sich wie ein Außenseiter fühlen würde.

„Sie werden mich hassen", flüsterte sie ihm zu.

„Nein, das werden sie nicht. Sie lieben jeden. Außerdem werden sie viel zu beschäftigt damit sein, hinter den Kindern herzulaufen, um dich richtig wahrzunehmen."

Morgan schluckte und stand neben ihm an der Tür. Sie wünschte sich ganz weit weg.

„Na, es wird aber auch Zeit, dass er dich mitbringt." Eine runde Frau, die vor Fröhlichkeit zu vibrieren schien, hielt die Tür offen. Trotz ihrer Nervosität konnte Morgan nicht anders als zu lächeln. An ihren dunklen Locken und lachenden grauen Augen konnte Morgan erkennen, woher Patrick sein gutes Aussehen hatte.

„Mrs Kearney, es ist so nett, Sie kennenzulernen", sagte Morgan und hielt automatisch ihre Hand hin.

Morgan zuckte, als sie in eine Umarmung gezogen wurde und sie klopfte der Frau nervös auf den Rücken.

„Nenn mich einfach Agatha", sagte Mrs Kearney und trat zurück, um sie anzulächeln. „Und siehst du nicht wunderbar aus. Ich wollte schon lange mal zur Galerie kommen und dich kennenlernen, aber ich habe in letzter Zeit so viel Arbeit gehabt."

„Was arbeitest du?", sagte Morgan höflich.

„Sie produziert eine der feinsten Spitzen in diesem Teil Irlands", sagte Patrick stolz und lehnte sich hinüber, um die Wange seiner Mutter zu küssen.

„Ach, hör auf", sagte Agatha, haute ihren Sohn spielerisch und hängte sich in Morgans Arm ein. „Komm, du musst alle kennenlernen."

Morgan versteifte sich, als Agatha begann, sie durch das Haus zu führen, in dem es klang, als wäre da eine kleine Menschenmenge, die redete und lachte. Morgan erblickte einen Berg von Spitze auf einem langen Arbeitstisch und hielt inne.

„Ist das deins?"

„Ja, ich hänge ein bisschen hinterher."

„Hast du etwas dagegen, wenn ich es mir ansehe?"

„Natürlich nicht", sagte Agatha warm und ging zu ihrer Arbeit. Morgan stand neben dem Tisch, erstaunt über die meisterliche Arbeit, die von dieser mütterlichen Frau kam. Tischsets, Tischläufer und Zierdeckchen waren in kleinen Mengen in durchsichtiges Zellophan eingepackt. Die Spitze war sehr fein und Morgan stellte sich vor, dass es sehr mühsame Arbeit war.

„Die sind wunderbar. Wo verkaufst du die denn? Ich würde sie total gern in der Galerie haben", sagte Morgan und strich mit ihren Fingern über eine Serviette.

„Wirklich? Ich schicke sie normalerweise nach Dublin, aber es würde mir viel Mühe ersparen, wenn ich sie hier verkaufen könnte", sagte Agatha und strahlte Morgan an.

Morgan merkte, dass sie Agatha mochte und wollte ihr helfen.

„Natürlich. Ich kann mir nicht vorstellen, dass Aislinn

damit ein Problem hätte. Wir müssen den Preis diskutieren und wieviel du bereit wärst zu verkaufen, aber ich denke wirklich, dass sie sich schnell verkaufen lassen. Eigentlich könnten wir vielleicht noch andere Dinge aus der Stadt anbieten." Morgan klopfte sich auf ihre Lippen, als sie den Tisch überblickte. „Es könnte fast ein Sammelpunkt für ortsansässige Handwerksarbeiten sein", grübelte sie.

Agatha wurde rot. „Hör auf, ich bin doch keine tolle Künstlerin wie Aislinn."

Morgan nahm die feine Spitzenserviette und hielt sie vor Agatha in die Höhe.

„Das hier ist Kunst. Du bist blind, wenn du das nicht sehen kannst. Ich habe den Verdacht, dass du wahrscheinlich auch zu wenig dafür verlangst. Die Geschäfte in Dublin verkaufen sie wahrscheinlich für dreimal so viel wie das, was sie dir zahlen."

Agathas Kinnlade fiel herunter.

„Darüber habe ich nie nachgedacht."

„Keine Sorge. Ich stelle sicher, dass du bekommst, was du wert bist", sagte Morgan entschlossen.

„Wow, Patrick, dieses Mal hast du dich selbst übertroffen."

Eine laute Stimme aus dem Hinterzimmer ließ Morgan hochschauen und sie errötete, als sie sah, wie etwa 30 Leute mit überkreuzten Armen dastanden und sie offen abschätzten. Ihre Handflächen wurden feucht und sie wischte sie an ihrer Hose ab.

„Okay, das ist genug. Geht zurück und macht das Essen fertig. Ihr werdet sie einer nach dem anderen kennenlernen", befahl Patrick und legte seinen Arm um Morgans Taille.

„Sie ist schüchtern, Mama", sagte Patrick und lächelte Agatha an.

„Natürlich, Schatz. Lass dich nicht von der Meute verunsichern. Die hören alle auf mich", sagte Agatha mit einem Schnaufen, bevor sie zurück in die Küche fegte. Morgan konnte hören, wie sie Befehle an alle erteilte und musste trotz allem grinsen.

„Patrick, da sind so viele Leute. Wie werde ich mich an ihre Namen erinnern?"

„Keine Sorge. Die lernst du mit der Zeit. Jetzt entspann dich einfach und genieß eins der besten selbstgemachten Essen, das du jemals haben wirst", sagte Patrick und führte sie in das Hinterzimmer.

Als Morgan von Leuten umringt wurde, fühlte sie sich, als würde das Zimmer um sie herum kleiner werden. Hitze ging ihre Wirbelsäule hoch und sie versuchte, all die Gesichter, die sie angrinsten, höflich anzulächeln.

Das wird ein Albtraum werden, dachte sie.

KAPITEL ZWEIUNDZWANZIG

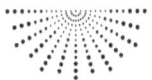

Und sie lag gar nicht so falsch, dachte Morgan eine Stunde später, als sie aneinandergedrängt am langen Esstisch saßen. Patricks Vater gab ihr eine gute Vorstellung, wie ein älterer Patrick aussehen würde, unterhielt mit Geschichten aus seinem Job im Verkauf. Morgan hatte sich nicht mal die Mühe gemacht, sich alle Geschwister und deren Partner zu merken, die sie neugierig über Agathas Schinkenbraten ansahen.

Morgan seufzte leise und nahm noch einen Schluck von ihrem Wein. Seine Familie war nichts als gastfreundlich, aber es war einfach sehr viel auf einmal zu bewältigen. Die Fragen, die Namen, die Art, wie sie sich gegenseitig unterbrachen und übereinander hinwegredeten. Sie tat ihr Bestes, ruhig zu bleiben und der Unterhaltung zu folgen und betete, dass das Essen schnell beendet war.

„Erzähl uns von deiner Familie, Morgan", sagte eine der Schwestern, Aileen, dachte Morgan, über den Tisch mit einer hochgehobenen Augenbraue. Sie war eine der jüngeren und etwas bissiger. Morgan hatte sie während des Essens im Auge behalten, das Schlimmste erwartend.

„Ich habe keine Familie", sagte Morgan leise und wand sich innerlich, als der ganze Tisch verstummte. Patrick legte sofort seinen Arm unterstützend um Morgans Taille.

„Was hast du gesagt?", sagte Patricks Vater und sah sie über seine Brille hinweg an.

„Ich, em, ich habe keine Familie. Ich bin Waise." Morgan zuckte mit den Achseln, nahm einen Schluck von ihrem Wein und betete, dass die kühle Flüssigkeit ihre heiße Kehle beruhigen würde.

„Wie...interessant. Ich habe gehört, dass du viel herumgezogen bist. Was bist du – eine Zigeunerin oder so?" Aileen feixte sie an und Morgan fühlte eine Welle der Wut über sie kommen. Jemanden einen Zigeuner zu nennen war eine grobe Beleidigung und der Rest des Tisches starrte Aileen an.

„Bin ich nicht, danke, entschuldigt mich, ich muss gehen." Morgan schob sich vom Tisch weg. Sie hasste es, dass sie Aileen die Reaktion gab, die sie wollte, aber sie fühlte, als würde sie ersticken. Sie war nicht in der Lage, ihre Gedanken zu ordnen und brauchte Luft. Sie drehte sich zu Agatha.

„Vielen Dank für das wunderbare Essen. Es tut mir leid, dass ich es nicht mit euch beenden werde." Mit einem steifen Rücken drehte sie sich um und marschierte durchs Haus. Sie konzentrierte sich nur auf die Freiheit, die der Vordergarten ihr versprach. Ein schrilles Lachen folgte ihr und sie hörte gerade noch Aileens Worte..."Habe ich was Falsches gesagt?", bevor sie nach draußen ging. Sie schnappte nach Luft und versuchte verzweifelt, ihren

Impuls zu kontrollieren, Aileens Teller mit Essen über ihrem Kopf auszuleeren.

Morgan ging im Garten auf und ab, rieb ihre Hände über ihre Arme und zwang sich selbst, sich zu beruhigen. Es war nicht das erste Mal, dass jemand sie zum Narren gemacht hatte, dachte sie. Sie konnte damit umgehen. Also warum tat es dann so weh, dachte Morgan, seufzte und begann, ins Dorf zurückzugehen. Sie wünschte sich, dass sie flache Schuhe gewählt hätte statt der Pumps.

„Morgan, warte bitte." Eine Stimme erklang hinter ihr.

Morgan drehte sich überrascht um und sah, dass Agatha ihr nach draußen gefolgt war und nicht Patrick. Patrick war es wahrscheinlich peinlich wegen ihr, dachte sie mit einem Schniefen und zwang sich selbst, ihre Wut einzudämmen.

„Es tut mir leid. Ich weiß, es war unhöflich von mir, einfach so zu gehen", sagte Morgan steif und sah über Agathas Schulter.

Agatha hielt vor ihr an und tätschelte Morgans Arm sanft. Morgan drehte sich um, sah hinunter auf die runde Frau und wünschte sich verzweifelt irgendwo anders zu sein, nur nicht hier.

„Dir muss nichts leidtun. Aileen ist diejenige, die sich entschuldigen muss, und ich möchte es an ihrer Stelle tun. Ich habe meine Kinder eigentlich besser erzogen. Patrick war immer ihr Lieblingsbruder und ihr Beschützerinstinkt ist vielleicht ein bisschen zu groß, das ist alles. Aber heute hat sie ihre Grenze überschritten und einen Gast in unserem Haus beleidigt, das tut mir leid."

Morgan starrte auf diese nette Frau, überrascht, dass sie Morgans Partei ergriff.

„Ich...es ist okay. Wirklich, ich werde es überleben", sagte Morgan schnell.

„Du bist jederzeit in meinem Haus willkommen, mit oder ohne Patrick. Ich denke, dass du es in deinem Leben gebrauchen könntest, ein bisschen bemuttert zu werden, und für mich ist das ganz natürlich. Ich hoffe, du kommst mal auf eine Tasse Tee vorbei."

Morgans Herz wurde bei ihren Worten warm und sie bückte sich spontan und umarmte Agatha.

„Ich weiß das wirklich zu schätzen. Ich würde wirklich gern mit dir darüber reden, deine Spitze im Geschäft zum Verkauf anzubieten."

„Komm die Woche vorbei. Wir unterhalten uns. Ich stelle sicher, dass wir allein sind. Oder vielleicht kann ich zur Galerie kommen? Ich war noch nicht wieder da, seit du das Management übernommen hast."

„Das fände ich schön", sagte Morgan mit einem Lächeln und sah dann auf beim Klang der Tür, die sich hinter ihr schloss.

„Patrick, du musst Morgan nach Hause bringen. Oder einen netten Spaziergang machen, wenn die Sonne untergeht", rief Agatha, wissend, wer hinter ihnen stand, ohne hinzusehen.

„Das mache ich, Mama. Ich musste nur noch Aileen eine Standpauke halten."

Wutentbrannt stampfte Patrick zu ihnen herüber. Morgan fühlte, wie ihr Rücken steif wurde und war nicht sicher, was sie tun sollte.

„Sie darf sonntags nicht mehr zum Essen kommen", sagte Patrick wütend zu seiner Mutter.

„Ich rede mit ihr, Patrick. Ich habe Morgan schon gesagt, wie leid es mir tut."

Patrick drehte sich endlich um und sah den Tränenschleier in Morgans Augen. Er fluchte und schüttelte seinen Kopf, bevor er sich bückte, um die Wange seiner Mutter zu küssen.

„Wir sprechen die Woche", sagte er und lehnte sich an seiner Mutter vorbei, um Morgans Arm zu nehmen und sie zum Auto zu ziehen. Morgan ging mit, hauptsächlich, weil sie keine Lust hatte, in ihren hohen Schuhen in die Stadt zu gehen. Sie war nicht sicher, ob sie die unschöne emotionale Szene umgehen könnte, die sich anbahnte und sie errichtete ihre Mauern, um sich vorab zu schützen.

Patrick sagte kein Wort, als er das Auto anließ und vom Haus wegfuhr, während Morgan aus dem Fenster starrte, ihr Körper von ihm weggedreht.

„Du musst nicht so tun, als hätte ich dich geschlagen!", schrie Patrick nach ein paar Momenten Stille und Morgan erschrak. Ihre Hand zitterte vor Überraschung.

„Das tue ich nicht", sagte Morgan und starrte ihn an.

„Natürlich tust du das! Du hast dich mehr oder weniger in einen Ball zusammengerollt und von mir weggedreht. Was ist los?"

Morgan fühlte, wie ihre Augen größer wurden, als sie ihn anstarrte. Er hielt vor ihrer Wohnung an.

„Danke für ein tolles Essen. Das machen wir nie wieder", fauchte Morgan ihn an, knallte die Autotür zu und rannte fast zu ihrer Haustür.

„Oh nein, das machst du nicht", rief Patrick und folgte ihr durch die Tür. Er stapfte die Treppe hinter ihr her hoch zu ihrer Wohnung.

„Ich habe dich nicht eingeladen", sagte Morgan und stand an ihrer Tür mit dem Schlüssel im Schloss. Ihre Brust hob und senkte sich und Wut hämmerte durch sie.

„Du schiebst mich nicht wieder weg, diesmal nicht ", fluchte Patrick, ergriff ihre Hand, drehte den Schlüssel und schob sie hinein. Morgan fiel fast über ihre Füße, als sie durch die Tür geschubst wurde. Dann drehte sie sich um und starrte ihn mit offenem Mund an, als Patrick die Tür zuknallte und abschloss und somit ihren Ausweg blockierte.

„Entschuldige mal, aber wer glaubst du denn, wer du bist? Das hier ist mein Platz. Meiner! Du bestimmst nicht, wer hier hereinkommt. Ich bestimme das. Mein Platz. Lass mich einfach allein!", schrie Morgan und überraschte sogar sich selbst mit der Schärfe ihrer Worte.

„Also so ist das? Jedes Mal, wenn du dich verletzt fühlst, schiebst du mich weg? Du läufst weg und versteckst dich an deinem Platz?", schrie Patrick zurück, genauso wütend.

„Du verstehst es nicht! Du verstehst nicht, wie es für mich ist, Patrick!", schrie Morgan ihn an und dann drehte sie sich um. Sie hasste, dass es passierte, hasste, dass es genauso ablief, wie sie es sich vorgestellt hatte.

„Dann erzähl es mir, verdammt nochmal. Mach es mir begreiflich!", rief Patrick mit Verzweiflung in seiner Stimme. Morgan schloss ihre Augen und hörte unter der Wut und Verletztheit seine Güte und Liebe. Er wollte es wirklich wissen.

Und es war ihr Fehler, dass sie ihn nicht hineingelassen hatte.

Morgan atmete ein paarmal tief ein und versuchte, ihre

Wut einzudämmen, so dass sie sprechen konnte. Sie ging weiter in ihre Wohnung hinein und setzte sich auf das Bett. Endlich hob sie ihren Blick, um Patrick anzusehen.

Er stand mit verschränkten Armen an der Tür, seine Haut gerötet und sein Blick auf ihr. Und in dem Moment fühlte Morgan, wie sich ihr Herz komplett öffnete. Sie wusste in dem Moment, dass sie ihn liebte. Es wusch über sie auf eine Art wie nichts zuvor und sie fühlte sich warm und verängstigt und sah Patrick das erste Mal mit neuen Augen. Dies war ein Mann, mit dem sie zusammen sein könnte. Nicht nur für ein Date oder Spaß, sondern wirklich zusammen sein, dachte sie.

„Also ich weiß, dass du das heute gut gemeint hast...welches Mädchen mag es nicht, dass man sie nach Hause zur Familie mitbringt? Aber es war zu viel für mich. Alle zusammen, alle auf einmal...es war, Gott, es hat sich angefühlt wie damals, wenn ich das erste Mal zu einer Pflegefamilie kam. Die Familie hat mich angestarrt, Fragen gestellt und ein Urteil über mich gefällt. Es war nie eine gute Erfahrung für mich und ich denke, dass ich so voreingenommen bin, dass ich automatisch reagiere." Morgan zuckte mit den Achseln und warf Patrick einen Blick zu, der ihn bat, sie zu verstehen.

„Ach, Scheiße", fluchte Patrick und kam, um neben ihr auf dem Bett zu sitzen. „Daran habe ich überhaupt nicht gedacht. Du redest nie darüber. Ich habe nicht erwartet, dass es ein großes Problem wäre."

Morgan drehte sich und sah ihn mit einem kleinen Lächeln auf ihrem Gesicht an.

„Und es wäre auch kein großes Ding für die meisten Leute. Aber für mich war es das. Es...es war schwer für mich, als ich aufgewachsen bin. Bis ich 16 war, waren da so viele verschiedene Pflegeplätze und dann war ich wieder zurück bei den Nonnen. Ich war nie länger als neun Monate bei einer Familie. Sobald sie herausfanden...na ja, du weißt schon", Morgan zeigte auf ihren Kopf, „dann haben sie mich weggeschickt. Ich habe mich daran gewöhnt, meine Mauern zu errichten, niemals Bindungen einzugehen und zu erwarten, dass ich abgewiesen wurde. Nicht gut genug zu sein war ziemlich normal für mich. Ich war nie gut genug, witzig genug, clever genug...für keine Familie. Niemand wollte mich."

Morgan blinzelte die Tränen zurück, die ihr in die Augen stiegen und versuchte, die Scham und Furcht, die bei diesen Gedanken hochkamen zu unterdrücken. Sie rieb ihren Finger über die Narbe in ihrer Handfläche, um Kraft zu schöpfen.

„Na ja...", begann Patrick und Morgan hob ihre Hand, um ihn zu stoppen.

„Und ich wurde misshandelt."

„Was?", sagte Patrick und eine dunkle Wolke der Wut ging über sein attraktives Gesicht.

„Nicht so, wie du denkst. Aber es war eine Art Misshandlung. Baird hilft mir, es so zu sehen", sagte Morgan mit einem bedauernden Lächeln. „Die Nonnen und der Priester, na ja, sie vollzogen ziemlich regelmäßig einen Exorzismus an mir. Sie banden mich an ein Bett und..." Morgan verstummte beim Anblick von Patricks beängstigendem Gesichtsausdruck.

„Sie haben dich exorziert? Du warst doch nur ein kleines Mädchen!", sagte Patrick aus zusammengepressten Lippen.

„Es ist okay, wirklich. Sie haben gedacht, dass sie ihr Bestes taten", sagte Morgan automatisch und dann hielt sie inne und hob wieder ihre Hand, um Patrick vom Reden abzuhalten. „Eigentlich ist es nicht okay. Ich verstehe das jetzt. Sie hatten unrecht. An mir ist nichts sündhaft oder falsch. Ich arbeite daran, das zu akzeptieren", sagte sie leise.

Patrick drehte sich und strich mit seiner Hand über ihre Wange, seine Berührung so sanft wie das Streicheln eines Schmetterlingsflügels.

„Danke, dass du es mir erzählt hast. Ich verstehe jetzt mehr. Ich hoffe, dass du sehen kannst, dass du bei mir im Herzen ein Zuhause hast. Dass ich glaube, dass du schön bist und brilliant und ich will dich fliegen sehen. Ich werde dich beschützen, und solange du mir vertraust und mir treu bist, bin ich an deiner Seite", sagte Patrick leidenschaftlich. Liebe und Licht leuchteten in seinen Augen.

Morgans Herz drehte sich ein bisschen in ihrer Brust, dann fiel sie in seine Arme. Tränen liefen an ihrem Hals herunter, als sie sich an ihn kuschelte.

„Niemand ist jemals für mich da gewesen", sagte Morgan und drückte ihr Gesicht an seine Schulter. Sie liebte es, als seine starken Arme sich um sie legten und sie hochhoben, bis sie eng gegen seinen harten Körper gepresst war.

„Ich bin es. Das verspreche ich", sagte Patrick und dann fanden seine Lippen ihre und küssten die Tränen fort, die über ihr Gesicht liefen und seine Liebe überwältigte sie.

Morgan zog sich zurück, ergriff seine Hand und brachte sie zu ihrer Brust. Sie sah tief in seine Augen.

„Ich will, dass du mich liebst. Bitte, Patrick. Zeig mir, was Liebe ist", flüsterte sie.

Patrick schluckte.

„Bist du sicher? Ich kann es langsam angehen, wir müssen das nicht jetzt tun", sagte er sanft, seine hellen Augen voller Besorgnis.

„Ich weiß", sagte Morgan einfach und lächelte ihn sanft an. Sie war noch nie in ihrem Leben so sicher gewesen.

„Es wäre mir eine Ehre", sagte Patrick und Morgan grinste über die Förmlichkeit seiner Worte.

„Dann würde ich gern dir gehören", sagte Morgan und Patrick stöhnte und lehnte sich vor, um an ihrer Lippe zu knabbern.

Sie keuchte, als er sie hochhob und aufs Bett legte. Das warme Licht der untergehenden Sonne kam durch ihr Fenster und warf ein goldenes Leuchten auf das Bett, das den Moment hervorzuheben schien. Morgan beobachtete Patrick, wie er aufstand und sich schnell auszog. Sie starrte auf die Linie der Muskeln, wie sie an seinem Bauch herunterliefen, bevor sie in seinen Boxershorts verschwanden. Sie schluckte beim Anblick der harten Länge, die zu sehen war und fragte sich, wie es sich anfühlen würde. Würde er ihr wehtun?

„Es wird alles gut", sagte Patrick. Er folgte ihrem Blick und dann warf er ihr ein neckisches Lächeln voller Versprechen zu, das ihr Inneres erhitzte.

„Ich...ich habe etwas für dich", sagte Morgan schüchtern, als er zum Bett zurückkam. Patrick stützte seine Hände in seine Taille und sah sie mit schräggelegtem Kopf an.

„Oh?"

Morgan lächelte ihn an, setzte sich dann auf, zog ihre lose Bluse über den Kopf und ihre engen Jeans aus. Sie kniete auf dem Bett und sah ihn hoffnungsvoll an.

„Mein Gott", sagte Patrick beim Anblick der roten Seidenunterwäsche.

„Gefällt es dir?"

„Ja. Oh, du meinst die Unterwäsche? Ja, die ist auch nett." Morgan kicherte und schlug ihm spielerisch auf die Schulter, als er sich auf das Bett legte und sie mit seinem Arm packte, um sie unter sich zu rollen.

„He, ich habe lange gebraucht, um sie auszusuchen", sagte sie und keuchte lachend, als sich seine Lippen auf ihre legten.

„Und ich werde lange brauchen, sie dir auszuziehen", murmelte er und küsste sich einen Weg an ihrer Kehle herunter. Er hinterließ Spuren von Hitze, bis sein Mund durch die Seide hindurch ihre Brustwarze fand. Morgan stöhnte und krümmte sich in ihn, entzückt über dieses neue Gefühl von nasser Seide auf ihrer Haut.

Patrick arbeitete weiter an ihren Brüsten, während seine Hand an ihrer Seite herunterglitt und ihr Gänsehaut gab. Morgan wusste nicht, was sie mit ihren Händen tun sollte; sie wollte ihn anfassen, ihn spüren, ein Teil von ihm sein. Sie hob ihre Arme und strich mit ihren Händen über seine Schultern und bewunderte seine ausgeprägten Muskeln. Sie streichelte seinen Rücken, zog ihn zu sich hinunter und genoss sein Gewicht auf ihr, die überwältigende Männlichkeit seines Körpers über ihrem.

Morgan schnappte nach Luft, als er sich zurückzog und über ihren Spitzenslip strich.

„Das fühlt sich gut an", sagte sie leise und knabberte mit ihrem Mund an seiner Schulter.

„Ich werde dich für mich vorbereiten; leg dich einfach zurück und genieß es", sagte Patrick mit einem Lächeln und streichelte sie weiter durch die Seide. Morgan stöhnte, als Hitze durch sie ging und sich in einer engen Spirale in ihrem Magen aufbaute. Sie keuchte, sie wollte mehr.

„Lass los, Liebling", wies Patrick sie an und Morgan tat genau das. Sie glitt in einen Wirbel der Lust, der sie einsog, als Patrick ihre Unterhose herunterzog und sich zwischen ihren Beinen positionierte.

„Machst du es jetzt?", fragte Morgan und rüstete sich.

Patrick lachte sie an und krümmte sich, um in das weiche Fleisch ihres inneren Schenkels zu beißen.

„Noch nicht, aber bald", sagte er und Morgan zuckte, als er sie an ihrem Oberschenkel entlang nach oben küsste, bevor er sie mit seinem Mund fand.

„Oh, oh Mann." Morgan stöhnte und krümmte sich in ihn, völlig ohne Kontrolle als die Empfindungen, die er mit seiner Zunge in ihr erweckte, durch sie schossen und sie über die Klippe brachten.

Morgan setzte sich auf und griff nach ihm. Sie zog ihn zu sich, so dass sie ihn küssen konnte. Sie konnte sich selbst in seinem Mund schmecken, was ihre Lust nur erhöhte. Patrick beendete den Kuss und Morgan sah ihn verwirrt an. Er setzte sich zurück auf seine Fersen und griff nach einem Metallpäckchen, das er für sie hochhielt.

„Verhütung. Es sei denn, du nimmst die Pille?", fragte er.

„Nein, Gott, nein. Daran habe ich überhaupt nicht gedacht. Danke", sagte Morgan und lächelte ihn an. Sie wusste, dass sie es nicht geschafft hätte aufzuhören, selbst wenn sie keinen Schutz gehabt hätten und war dankbar, dass sie diese Wahl nicht hatten treffen müssen.

Patrick legte sich wieder zwischen ihre Beine und sie sah in seine Augen.

„Du gehörst mir", flüsterte er und beugte sich vor, um seine Lippen auf ihre zu legen. Morgan keuchte, als sie ihn fühlte und dann küsste er sie heftig, so dass sie sich auf ihn konzentrierte und nicht auf das plötzliche Eindringen in ihren Körper. Schmerz gab schnell den Weg frei für Leidenschaft und Morgan lachte in seinen Mund, als Patrick sie zur Frau machte und sie für immer für sich beanspruchte.

EINE WEILE später erfreute sich Morgan an dem neuen Gefühl, ihr Bett mit einem Mann zu teilen. Sie lagen zusammengerollt gemeinsam unter ihrer Bettdecke, ihr Kopf lag auf seiner Brust.

„Das war wunderbar. Sollen wir es nochmal machen?", fragte Morgan hoffnungsvoll und sie fühlte sein Lachen durch seine Brust rumpeln.

„Ich vermute, du bist ein bisschen wund. Wir haben viel Zeit zum Üben", sagte Patrick und drückte seine Lippen auf ihre Haare.

„Das ist schön", sagte Morgan schläfrig gegen seine Brust.

„Ich weiß. Ich sollte aber wahrscheinlich gehen", sagte Patrick.

Morgan stützte sich auf ihre Hände auf und blickte suchend in seine Augen.

„Bleib", sagte sie. Das ist das erste Mal in ihrem Leben, dass sie jemanden gebeten hatte zu bleiben, dachte sie.

Patrick schien die Dringlichkeit hinter ihren Worten zu spüren und nickte.

„Das würde ich gerne."

KAPITEL DREIUNDZWANZIG

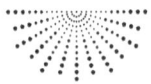

P atrick pfiff vor sich hin, während er Getränkelieferungen auspackte und die Regale füllte. Er war sehr viel früher im Pub als sonst und dafür hatte er Morgan zu danken. Er nahm an, dass sie sich daran gewöhnen mussten, unterschiedliche Tagesabläufe und Arbeitszeiten zu haben, aber es war nichts, was man nicht mit einer Tasse Kaffee richten könnte.

Er hatte noch nie zuvor jemanden wie Morgan getroffen. Sie war atemberaubend schön, sich aber dessen völlig unbewusst und überraschend verletzlich. Seiner Erfahrung nach waren sich die meisten gutaussehenden Frauen im Klaren darüber und nutzten es zu ihrem Vorteil. Es war wie ein frischer Wind, mit einer Frau zusammen zu sein, die keine Ahnung von ihrer Macht hatte.

Macht, dachte Patrick, als er eine Flasche Jameson's ins Regal stellte. Obwohl es ihn überrascht hatte, als sie ihm von ihren besonderen Fähigkeiten erzählte hatte, war es für ihn nichts Ungewohntes. Er wusste bereits von Caits Fähigkeit und war ziemlich sicher, dass Aislinn auch eine hatte. Und man konnte die Gerüchte über Fionas große Heilungsfähigkeiten nicht verleugnen. Es war einfach ein fester Bestandteil des Dorflebens. Morgan würde problemlos hineinpassen, wenn sie es sich selbst erlauben würde.

Er wünschte, dass sie öfter in den Pub käme. Die meisten der Frauen, die eifersüchtig auf ihr gutes Aussehen waren, würden erkennen, dass Morgan einfach schüchtern war. Wenn sie sich nur ein bisschen mehr öffnen würde, war Patrick sicher, dass Morgan von den Dörflern akzeptiert werden und sich hier zu Hause fühlen würde.

Und war das nicht seine größte Angst?

Patrick hielt inne und dachte darüber nach. Morgan war es gewohnt zu fliehen und war lange allein gewesen. Er war froh, dass sie hier Wurzeln fasste.

Er musste einfach sein Bestes tun, um sie zum Bleiben zu überzeugen.

Lächelnd machte er sich wieder an seine Arbeit und plante die nächste Überraschung für Morgan.

„Du hattest Sex." Caits anschuldigende Stimme ließ ihn aufschrecken und er drehte sich, um sie anzustarren.

„Würdest du das lassen?", sagte Patrick. Er fluchte verhalten und versuchte, seinen Herzschlag wieder zu beruhigen.

Cait watschelte in den Raum. Ihre Hand rieb unbewusst den großen Hügel ihres Bauchs, bis sie nah genug war, um Patrick in den Arm zu stochern.

„Es stimmt. Ich weiß es."

„Würdest du aufhören, meine Gedanken zu lesen?"

„Ich bitte dich. Du bist Stunden eher hier, als du müsstest und du pfeifst wie ein Kanarienvogel, der seinem Käfig entflogen ist. Ich kenne die Anzeichen."

Patrick seufzte und wischte sich mit seiner Hand über sein Gesicht.

„Ja, ich hatte Sex. Und es war wunderbar und sie ist wunderbar und ich werde alles in meiner Macht tun, um sie glücklich zu machen. Okay?", sagte Patrick.

Cait musterte ihn mit einem langen Blick.

„Okay."

„Das war's? Kein Verhör?"

„Nein. Du weißt, dass ich dich finden und umbringen würde, solltest du sie verletzen, also für mich ist alles gut."

Patrick rollte hinter dem Rücken seiner Chefin seine Augen.

„Solltest du dich nicht mehr darauf konzentrieren, dieses Baby zu bekommen?"

„Das dauert noch ein paar Tage."

„Samstag wäre gut für mich", rief Patrick hinter ihr her und lachte, als sie ihren Mittelfinger in die Luft streckte, bevor sie ihn im Lagerraum einschloss.

KAPITEL VIERUNDZWANZIG

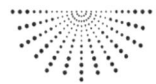

Morgan summte vor sich hin, während sie die Zahlen der vergangenen Woche durchging. Wenn sie noch so eine Woche hätten, würde sie Aislinn vorschlagen, auf einigen Tourismusseiten Werbung zu machen. Morgan machte sich eine Notiz, die Preise von ein paar Seiten herauszufinden, und blickte auf, als die Glocke über der Tür klingelte.

Na wunderbar, dachte sie, und dann legte sie ein höfliches Lächeln auf ihr Gesicht, als Aileen und Agatha zu ihr durch die Galerie kamen.

Aileens Wangen waren leicht gerötet und sie lächelte Morgan an. Agatha stupste sie in den Rücken.

„Ich weiß, Mama, ich wäre sowieso hergekommen", sagte Aileen und warf einen bösen Blick über ihre Schulter zu Agatha, bevor sie sich zu Morgan zurückdrehte.

„Kann ich euch helfen?", fragte Morgan höflich und wünschte, dass sie damit jetzt nicht umgehen müsste.

„Also, es tut mir leid. Ich weiß, dass ich unhöflich war und das hätte ich nicht sein sollen. Ich möchte Patrick einfach beschützen. Und, na ja", Aileen hob ihre Hände, ließ sie fallen und deutete auf Morgan „Du siehst total gut aus und niemand kennt deine Vergangenheit. Ich wollte wissen, woran wir mit dir sind. Es tut mir echt leid."

Morgan fühlte, wie die Anspannung aus ihren Schultern verschwand und sie lächelte Aileen vorsichtig an.

„Danke für die Entschuldigung und das Kompliment. Ich bin einfach total schüchtern", sagte Morgan.

„Das hat Mama erwähnt. Ich hätte nicht in deinen Familienangelegenheiten herumstochern sollen. Es war bestimmt nicht leicht, ohne Familie aufzuwachsen."

„Nein, das war es nicht. Es waren die härtesten Jahre meines Lebens. Oder zumindest hoffe ich das. Es ist schon okay für mich, über meine Vergangenheit zu reden, aber ich versuche halt, nach vorn zu sehen, und ein Leben für mich aufzubauen." Morgan zuckte mit einer Schulter und war nicht sicher, wie sie es sonst erklären sollte.

„Und das bewundere ich. Ich hoffe, dass wir Freundinnen werden können und dass du mal mit mir im Pub etwas trinken gehst", sagte Aileen, und diesmal strahlte richtige Wärme von ihr aus. Morgan konnte sehen, dass ihre Absicht rein war, also erwiderte sie ihr Lächeln.

„Das würde mir auch gefallen."

„Na gut, nachdem das geklärt ist, habe ich etwas von meiner Spitze mitgebracht", sagte Agatha und hob eine Ledertasche hoch.

Morgan klatschte in die Hände und lächelte.

„Wunderbar, ich würde gern sehen, was wir machen können. Bring sie hier rüber."

„Ich schaue mich ein bisschen um", sagte Aileen und wanderte zu einem Stapel Schwarzweißfotos.

Morgan nickte und wandte sich Agatha zu, die ihre Spitze in mehreren Haufen ausgelegt hatte.

„Zierdeckchen, Tischsets, Servietten und diese...sind die nicht süß?", sagte Agatha und hielt ein schneeweißes Tauf-häubchen mit Spitzenrand hoch. Morgan fühlte, wie sich ihr Herz ein bisschen drehte bei dem Gedanken, dass ein Baby das tragen würde, sowie in Bewunderung der feinen Arbeit.

„Die sind wunderschön. Was für ein schönes Geschenk. Ich würde gern eines für Cait kaufen", sagte Morgan spontan und dann stoppte sie sich selbst davor zu sagen: „und Keelin." Keelins Schwangerschaft wurde immer noch geheim gehalten und Morgan wollte nicht diejenige sein, die die Katze aus dem Sack ließ.

„Wenn du wartest, bis das Baby geboren ist, kann ich seinen oder ihren Namen oder die Initialen aufsticken", bot Agatha an.

„Das wäre wunderbar, danke."

„Also du meinst wirklich, dass sich das hier in einer Kunstgalerie verkaufen wird?"

Morgan sah über die Waren, die vor ihr lagen, und nickte.

„Meine einzige Sorge ist, wie schnell du sie produzieren kannst? Ich vermute, dass sie schnell verkauft werden."

Agatha errötete und lächelte mit einem entschlossenen Blick in den Augen.

„So schnell, wie du sie brauchst. Ich kann meine Mädchen bezahlen, damit sie helfen."

Morgan fasste die Plastikverpackung von einem der Tischsets an.

„Ich bin froh, dass du sie in Plastik verpackt hast, aber ich glaube, wir könnten die Präsentation etwas verbessern", sagte sie und knabberte an ihrer Lippe.

„Den Gedanken hatte ich auch schon und habe ein paar Ideen mitgebracht", sagte Agatha eifrig und zog mehrere Rollen Band aus ihrer Tasche. „Was hältst du davon, wenn wir diese Bänder herumwickeln und eine handgeschriebene Karte dazulegen?"

Morgan besah sich die Bänder und zog eins heraus. Es war ein breites, cremefarbenes Band mit einem schönen Glanz, der es luxuriös aussehen ließ. Sie legte es um das Tischset, band eine Schleife und betrachtete es.

„Und eine getrocknete Blume kommt dazu", beschloss sie.

„Oh! Perfekt", sagte Agatha begeistert.

„Ja, das Band ist gut. Dazu eine Karte und eine kleine Blume oder Zweig und es ist schön und einzigartig. Ich nehme sie alle. Was willst du dafür haben? Ich habe gedacht, 50 Prozent Anteil, aber weil du von hier bist, würde ich 60 Prozent anbieten. Wir behalten 40 Prozent des Profits und du bekommst den Rest. Ist das okay für dich?"

Agathas Kinnlade fiel herunter und sie sah aus wie ein Fisch auf dem Trockenen, der nach Luft schnappt, bevor sie Morgans Arm ergriff.

„60 Prozent? Die Geschäfte in Dublin kaufen sie einfach zu einem Festpreis. Ich habe keine Ahnung, für wieviel sie sie verkaufen."

„Aber das ist verkehrt. Du verlierst wahrscheinlich Geld. Was bekommst du für, sagen wir mal, vier Servietten?"", fragte Morgan mit erhobener Augenbraue. Sie war ziemlich sicher, dass Agatha übers Ohr gehauen wurde.

„Hmm, vier Euro für eine Serviette. Zwölf für das Set?"

Jetzt war Morgan dran auszusehen wie ein Fisch auf dem Trockenen.

„Du gibst mir gerade einen Herzinfarkt. Die sind handgemacht! Du musst Spitzenpreise dafür verlangen", sagte Morgan.

„Was sollte ich denn verlangen? Oh, ich weiß es nicht", sagte Agatha mit Besorgnis in den Augen.

„Ich habe ja gesagt, dass du abgezockt wirst", rief Aileen durch die Galerie.

„Ich glaube, wenn wir sie schön verpacken und eine kleine Geschichte darüber haben, wie sie im Dorf gemacht werden, können wir ein Set dieser Servietten leicht für 34 bis 40 Euro verkaufen", grübelte Morgan.

„Du nimmst mich auf den Arm. Für Servietten?"

„Du würdest staunen, wofür Touristen Geld ausgeben. Und ein handgefertigtes Geschenk aus dem Ort...die gehen weg wie warme Semmeln."

„Na, dann könnten wir einen schönen Urlaub machen. Ich könnte meine Töchter dafür bezahlen, dass sie helfen. Das könnte so wunderbar sein", sagte Agatha begeistert.

„Ich glaube, dass es perfekt sein wird. Wir stellen ein schönes Regal auf, um deine Arbeit auszustellen", stimmte Morgan zu und erschrak, als Agatha sie spontan umarmte. Sie erstarrte für einen Moment und erwiderte dann die Umarmung. Sie versuchte nicht daran zu denken, was sie mit dem Sohn dieser Frau in der vorherigen Nacht gemacht hatte.

„Ich danke dir. Ich weiß nicht, warum ich nicht früher schon versucht habe, meine Sachen hier vor Ort zu verkaufen. Ich habe wohl einfach gedacht, dass ich nicht gut genug war", flüsterte Agatha.

Morgan zog sich zurück und lächelte sie an.

„Deine Arbeit ist reine Kunst. Es ist eine Ehre, sie hier im Geschäft zu haben."

„Aileen, ich hoffe, du bist bereit zu arbeiten", rief Agatha Aileen zu, als sie sich drehte, um zu gehen. „Komm jetzt, wir müssen mit den Schleifen und Etiketten anfangen. Lass uns im Blumenladen vorbeigehen für ein paar von ihren getrockneten Blüten. Das wäre ein schöner Zusatz zum Etikett. Vielen Dank, Morgan!", rief Agatha über ihre Schulter und Aileen winkte, als sie aus der Tür gingen, ihre Köpfe zusammengesteckt, während sie angeregt schwatzten, Mutter und Tochter im Gleichklang.

Ein Teil von Morgan wünschte sich die gleiche Zusammengehörigkeit.

Sie wischte den kurzen Moment der Melancholie weg und drehte sich zurück zu dem Berg Spitze. Und einfach so hatte sie zwei weitere Menschen zu der Gruppe hinzugefügt, die sie Freunde nennen konnte in diesem Dorf.

Es fühlte sich gut an, fand sie. Sie fasste langsam Wurzeln, schloss Freundschaften und baute sich sogar ein kleines Netzwerk auf, falls sie Unterstützung brauchte.

Sie hatte nicht gewusst, wie sehr sie das wollte, bis sie es hatte, dachte Morgan, während sie die Spitze in einem Regal verstaute, bis die Etiketten fertig waren, um sie zu verkaufen.

Nach Grace's Cove zu kommen war das Beste für sie gewesen. Sie wünschte nur, dass sie das Gefühl von bevorstehender Gefahr abschütteln könnte, das an ihrem Nacken hochstieg. War es einfach, weil sie so lange gekämpft hatte, dass sie nicht in der Lage war, Freude in ihrem Leben zu akzeptieren? Morgan hielt inne, um den Gedanken abzuwägen. Das war eine Frage für ihre Sitzung mit Baird. Warum fühlte sie sich, als würde sie immer auf die nächste Hiobsbotschaft warten? Als ob sie es nicht verdiente, glücklich zu sein, sinnierte Morgan.

Aber das tue ich, dachte Morgan. *Jetzt bin ich dran. Ich werde alles festhalten, mit allem, was ich habe.*

Die Glocke läutete wieder und Morgan drehte sich, um den nächsten Kunden zu begrüßen und schob ihre Beklommenheit beiseite. Es gab Arbeit zu tun.

„Ist das Spitze? Oh, wie schön", sagte die Kundin und sah auf die Spitzendeckchen in Morgans Hand.

„Das sind sie. Und sie wurden von einer sehr talentierten ortsansässigen Künstlerin hergestellt." Morgan lächelte und berechnete den Verkauf in ihrem Kopf. Sie konnte es nicht abwarten, Agatha davon zu erzählen.

KAPITEL FÜNFUNDZWANZIG

Der Rest der Woche verflog in einem Gewirr von spätabendlichen Besuchen und frühen Morgen. Morgan hatte sich auch dazu durchgerungen, eines Abends nach der Arbeit zum Pub zu gehen und ein Cider zu trinken. Die Einheimischen hatten sie mit ihren Geschichten unterhalten und sie hatte sogar mit dem alten Mr Murphy getanzt. Er hatte sie auf Trab gehalten und sie musste lachen, als er rot wurde, weil sie einen Kuss auf seine Wangen drückte.

Langsam schien das Dorf sie zu akzeptieren und sie lebte sich ein. Sie war begierig, Fiona von ihrer Woche zu erzählen, dachte Morgan und legte ein kleines Päckchen auf den Sitz ihres Autos, bevor sie sich zum Fahrersitz begab.

„Komm schon, Baby." Morgan redete dem Wagen gut zu, als der Motor kämpfte und dann jubelte sie, als er ins Leben röhrte. Sie nahm sich vor, ihn demnächst zu einem Mechaniker zu bringen.

Während Morgan den spuckenden Wagen aus dem Dorf leitete, ließ sie ihre Gedanken wandern und träumte.

Diese Woche mit Patrick war für sie wie ein Erwachen gewesen, körperlich und geistig. Sie merkte, dass sie mehr lachte, sich nach seiner Berührung sehnte und ihm tagsüber Dinge erzählen wollte.

Also warum konnte sie dieses Gefühl eines bevorstehenden Unheils nicht abschütteln? Morgan seufzte, als sie auf die Sonnenstrahlen blickte, die über das meeresgrüne Wasser fielen. Ihr Leben war in jeder Hinsicht perfekt.

Morgan bog scharf rechts auf den ungepflasterten Weg ein, der zu Fionas Haus führte. Der Wagen kam zu einem stotternden Halt und Morgan lächelte, als Ronan mit freudigem Bellen um die Ecke gerannt kam.

„Hey, Kleiner", sagte Morgan, als sie mit dem Päckchen in einer Hand ausstieg. Sie kratzte hinter Ronans Ohren und der Hund rollte sich sofort herum und legte seinen Bauch bloß.

„Du hast keine Scham, hm, Junge?", lachte Morgan und kraulte gehorsam seinen Bauch, während er sich im Gras wand.

„Du kommst gerade richtig, ich habe einen schönen Auflauf, der so gut wie fertig ist", rief Fiona aus der offenen Tür. Morgan kam näher und roch den Knoblauch in der Luft.

„Das riecht wunderbar", sagte sie und lächelte Fiona an. Die Wangen der alten Frau waren von der Hitze des Ofens gerötet und sie kam näher, um Morgan zu umarmen. Morgan versteifte sich automatisch, aber entspannte sich gleich wieder. Sie kam inzwischen besser damit zurecht, angefasst zu werden und Leute zu umarmen. Es schien normal zu sein für die Menschen im Dorf. Sie küssten sich ständig gegenseitig und umarmten sich beim Verabschieden ganz selbstverständlich. Morgan hoffte, dass sie sich in ein paar Monaten damit auch wohlfühlen würde.

„Es ist Hausmannskost. Mir war danach", sagte Fiona und zuckte mit den Achseln. Morgan legte ihren Kopf schräg und sah Fiona genauer an. Obwohl sie freundlich lächelte, konnte sie um ihre Augen herum etwas Anspannung sehen.

„Stimmt etwas nicht? Geht es dir nicht gut?"

Fiona lachte und deutet ihr an, sich hinzusetzen.

„Ich bin fit wie ein Turnschuh. Ich habe nur das Gefühl, irgendwas stimmt nicht oder ist falsch." Fiona winkte wieder mit der Hand. „Es ist wahrscheinlich nur Einbildung."

„So wie ein bevorstehendes Unheil?", fragte Morgan mit ihrem Blick auf Fiona gerichtet, während die alte Frau einen dampfenden Topf aus dem Ofen zog.

„Ja, so könnte man das ausdrücken", sagte Fiona und schnitt in die dichte Masse von Käse und Nudeln.

„Ich auch. Ich habe das Gefühl auch!", rief Morgan aus.

„Du auch? Oh, oh nein. Jetzt mache ich mir wirklich Sorgen", murmelte Fiona, als sie große Portionen Lasagne auf die bereitgestellten Teller legte. Fiona ging zum Tisch, stellte das kochendheiße Essen vor Morgan und ging dann zurück für das Knoblauchbrot. Sie setzte sich Morgan gegenüber hin und sah sie mit erhobener Augenbraue an.

„Okay. Erklär es mir."

Morgan nahm sofort ein Stück von dem dampfenden

Knoblauchbrot, da ihr der Geruch das Wasser im Mund zusammenlaufen ließ.

„Ich weiß nicht. Ich habe wirklich gedacht, das bin nur ich, weil für mich alles gerade so richtig gut läuft. Und, na ja, das hatte ich vorher noch nie. Ich warte darauf, dass alles schiefgeht, glaube ich", sagte Morgan.

„Du und Patrick?", fragte Fiona, während sie einen Bissen nahm.

„Ja, er ist einfach...oh, er ist einfach toll. Er ist nett und witzig, aber er scheut sich nicht, seine männliche Seite zu zeigen. Ich habe das Gefühl, dass er wirklich mit mir zusammen sein und sich um mich kümmern will. Trotz all meiner Unsicherheiten und dem Haufen Problemen", lachte Morgan verlegen.

„Du hast ihm also von deinen Fähigkeiten erzählt?", sagte Fiona und sah ihr in die Augen.

„Na ja, von den meisten. Nicht darüber, dass ich Dinge schweben lassen kann. Da ich diese Fähigkeit nicht mehr nutzen werde, habe ich gedacht, das müsste er nicht wissen."

Fionas Hände wurden still und sie beobachtete Morgan sorgfältig.

„Was meinst du damit, dass du sie nicht mehr nutzen wirst?"

„Seit du mir beigebracht hast, sie auszuschalten...kann ich es. Das ist super", sagte Morgan begeistert.

„Und was passiert, wenn es nicht funktioniert, während eines Traums oder wenn du neben ihm schläfst?", fragte Fiona vorsichtig.

„Ich...daran habe ich nicht gedacht. Ich habe gedacht, dass ich sie einfach ausgeschaltet lassen kann."

„Das kannst du vielleicht auch. Aber meinst du nicht, dass er es wissen sollte, damit du dem armen Mann keinen Herzinfarkt gibst?"

„Aber...was ist, wenn er mich hasst?", fragte Morgan mit Angst in der Stimme.

„Was hat er über deine anderen Fähigkeiten gesagt?"

„Nichts eigentlich. Er hat gesagt, dass er es von Cait gewöhnt ist und es nicht wichtig ist."

Fiona strahlte.

„Ich habe immer gesagt, dass Patrick ein guter Junge ist", sagte sie und nahm einen Schluck von ihrem Whiskey.

„Das ist er. Ich denke, ich werde ihm den Rest auch noch erzählen. Es ist ja nicht wirklich ein großes Drama."

„Doch, ich finde, das ist es. Es ist eine sehr einzigartige Kraft. Ich schlage vor, dass du ihm all die positiven Arten aufzählst, wie du sie nutzen kannst", sagte Fiona.

Morgan dachte darüber nach, während sie einen weiteren Bissen von der Lasagne nahm und den Geschmack in ihrem Mund genoss.

„Okay. Ich werde es ihm sagen. Heute Abend oder morgen, wann immer ich ihn das nächste Mal sehe."

„Gut. Vielleicht ist es das, was uns dieses Gefühl von Unheil gibt, weil du ihm gegenüber nicht komplett ehrlich gewesen bist", bemerkte Fiona.

Morgan dachte darüber nach. Fühlte sie sich besser, nachdem sie entschieden hatte, nichts mehr vor Patrick zu verstecken? Vielleicht.

„Vielleicht. Ich denke, es ist nicht so wichtig. Es schien mir einfach sehr viel, um es jemandem auf einmal aufzubürden."

Fiona zeigte mit dem Finger auf sie.

„Ehrlichkeit ist immer der beste Weg. In der Magie, beim Heilen, wenn du deine Fähigkeiten nutzt im Leben..."

„Wie meinst du das, wenn ich meine Fähigkeiten nutze?", fragte Morgan verwirrt.

„Wenn du zum Beispiel deine Fähigkeiten für böse Absichten nutzt, würde der Schaden, den du verursachst, doppelt zu dir zurückkommen. Wenn du sie für gute Zwecke nutzt, gibt es keinen Boomerangeffekt", sagte Fiona einfach.

Morgan bedeckte ihr Gesicht mit ihren Händen und fluchte leise.

„Gott, kein Wunder, dass du versuchst, uns alle zu finden. Wenn wir diese Dinge nicht wissen, könnte etwas wirklich Schlimmes passieren. Ich bin froh, dass ich zu beschäftigt war, meine Kräfte zu verstecken, um wirklich herauszufinden, was ich mit ihnen tun kann."

Fiona sah sie ernst an.

„Ich bin nur dankbar, dass du nicht noch mehr Schaden abbekommen hast. Aber jetzt bist du an einem guten Platz. Und du bist eins von meinen Mädchen. Was ist eigentlich in dem Paket?", sagte Fiona leichthin und zeigte auf das Päckchen, das Morgan mitgebracht hatte.

„Eins von meinen Mädchen" genannt zu werden erfüllte Morgan mit Freude, als sie nach dem Päckchen griff.

„Ich habe gedacht, dass dir das gefällt", sagte sie leise.

„Ein Geschenk! Wie schön", sagte Fiona und packte es gierig aus. Sie gab sich keine Mühe, ihre Freude über ein Geschenk zu verstecken.

„Oh, das ist einfach wunderbar", sagte Fiona und faltete ein Stück Spitze auseinander.

„Es ist ein Tischläufer. Oder Du kannst es auf ein Regal legen und Kerzen draufstellen oder so", sagte Morgan.

„Ich liebe es", sagte Fiona mit leuchtenden Augen.

„Patricks Mutter macht sie. Ich werde sie im Geschäft verkaufen."

Fionas Lächeln wurde breiter. „Noch besser. Ich habe Agatha auch immer gemocht. Es ist eine gute Familie."

Morgan beschloss, ihr nichts von Aileens Angriff auf sie zu erzählen. Da sie alles bereinigt hatten, war es wahrscheinlich besser, in einem so kleinen Dorf nicht zu tratschen.

„Ja, ich mag sie auch ziemlich gern. Obwohl ihre Familie groß ist. Daran werde ich mich erst gewöhnen müssen."

„Das wirst du wohl. Du machst das schon, Morgan. Ich habe da keinerlei Bedenken." Fiona lächelte und stand auf.

„Und jetzt erzähl mir den Klatsch, den du in der Galerie gehört hast."

STUNDEN später öffnete Morgan lächelnd die knarrende Tür ihres Lieferwagens und kletterte auf den Sitz.

„Na komm schon, Mädel, du schaffst das", murmelte sie dem Wagen zu, als der Motor tuckerte. Ihr Abend mit Fiona war genau das Richtige gewesen. Gutes Essen, gute Gesellschaft und ein Hund, der sich zu ihren Füßen zusammenrollte. Das könnte sie gerne jeden Freitagabend haben, dachte Morgan. Obwohl sie wusste, dass sie damit anders war als andere Mädchen ihres Alters, war es für sie, als ob sie verlorene Zeit nachholte.

„Danke schön!", rief Morgan aus, als der Motor ansprang und setzte knarzend in der Einfahrt zurück, bevor sie auf die dunkle Straße einbog. Ihre alten Scheinwerfer waren das einzige Licht auf der Straße und sie blinzelte ins Dunkle, während sie langsam den Weg an der Küste entlangfuhr.

Irland war nicht gerade für gute Straßen bekannt und diese hier passte dazu. Sie hatte nur eine Spur und war kurvig und schwer zu navigieren. Morgan begann zu wünschen, dass sie früher losgefahren wäre, bevor die Sonne unterging.

„Na gut. Einfach langsam machen", murmelte Morgan und schlich die Straße entlang. Sie trat leicht mit ihrem Fuß aufs Gaspedal, als sie dem Hügel näherkam.

Nichts passierte.

„Was?", fragte Morgan und trat stärker auf das Pedal.

Nichts passierte und der Wagen begann langsamer zu werden.

„Scheiße", fluchte Morgan und lenkte den Wagen so weit an den Straßenrand, wie sie konnte. Die Zweige der Büsche kratzten quietschend an der Seite des Wagens entlang. Morgan drehte den Zündschlüssel, machte das Auto und dann die Lichter aus, nicht sicher, wie sparsam sie mit der Batterie umgehen sollte.

„Scheiße", sagte Morgan nochmal und dachte darüber nach, was sie tun sollte.

Es waren ungefähr zehn Kilometer zu Fionas Haus und bestimmt gut zwanzig vom Dorf. Während sich die Dunkelheit um sie legte, versuchte Morgan, nicht in Panik zu geraten. Tief einatmend öffnete sie die Tür und stieg aus. Der Klang der Wellen, die gegen die Felsen brachen, erinnerte sie an ihre heikle Lage.

Es war wirklich dunkel da draußen, dachte sie, als sie ein bisschen weiter ging, um zu sehen, was hinter der nächsten Kurve lag. Der Mond war eine schmale Sichel am Himmel und warf ein blasses Licht, damit sie sehen konnte. Oben auf dem Hügel sah sich Morgan verzweifelt nach irgendeinem Licht oder näherkommenden Autos um.

Ihr entgegnete nur Dunkelheit.

Panik schlich ihr Rückgrat hoch. Sie begann langsam zu atmen und zwang sich, sich selbst zu beruhigen. Wenn es zum Schlimmsten käme, würde sie die zehn Kilometer oder so zu Fiona zurückgehen. Es würde nur im Dunkeln ein bisschen länger dauern, den Weg zu finden, dachte sie. Morgan drehte sich um, ging den Hügel wieder herunter und war gerade an ihrem Wagen angekommen, als sie sich an ihr Handy erinnerte.

„Mein Telefon!" Morgan schüttelte ihren Kopf über sich selbst, öffnete die Fahrertür und grub in ihrer Handtasche herum, um ihr Handy zu finden.

„Bitte sei aufgeladen", betete sie, wissend, dass sie dazu neigte zu vergessen, es aufzuladen, da sie es selten benutzte.

Sie fand ihr Telefon, öffnete es und sah, dass die Batterie noch 20 % Energie hatte.

„Ja!"

Sie durchsuchte ihre Kontakte und dachte über die Zeit nach. Patrick wäre jetzt in der Arbeit, also war es sinnlos, ihn anzurufen. Morgans Blick landete auf Flynns Namen. Sein Haus war auf der anderen Seite des Kamms von

Fionas und Morgan dachte, dass er vielleicht die nötige Ausrüstung hatte, um ihr Fahrzeug abzuschleppen.

Sie betete noch einmal, wählte Flynns Nummer und machte eine Siegesgeste, als sie das Klingeln durch den kleinen Lautsprecher hörte.

„Hallo? Morgan?" Keelins Stimme kam durch das Handy. Morgans Herz sank. Sie konnte eine schwangere Frau nicht bitten, ihren Wagen abzuschleppen.

„Hey, Keelin, wie geht es dir?", fragte Morgan höflich.

„Morgan, was stimmt nicht?", fragte Keelin.

„Em, also, es ist kein Drama, ich kann jemanden anders anrufen", begann Morgan.

„Spuck es aus, Morgan", sagte Keelin.

„Mein Auto ist stehengeblieben. Ich bin ungefähr zehn oder elf Kilometer von Fionas Haus kommend auf der Küstenstraße. Ich habe mich gefragt, ob Flynn vielleicht in der Läge wäre zu..." Morgan nahm das Telefon vom Ohr weg. Keelin hatte sie mit einem einzigen: „Wir sind unterwegs", abgeschnitten.

„Okay. Okay." Morgan atmete aus und wischte ihre verschwitzten Handflächen an ihrer Jeans ab. Jetzt musste sie nur noch warten.

Morgan dachte, dass sie im Wagen sicherer wäre, kletterte auf die Sitzbank in der Mitte und schnallte sich an. Sollte jemand um die Kurve kommen, könnten sie aus beiden Richtungen in ihr Auto fahren. Die Mitte war relativ sicher, fand sie.

Morgan sah wieder auf ihr Telefon und ihr Finger schwebte über Patricks Namen. Sie hatte diese Woche ein paar SMS geschickt und es überraschte sie immer, wenn sie etwas Nettes von ihm auf ihrem Telefon sah. Morgan beschloss, ihn nicht zu bemühen, machte ihr Handy aus, um Batterie zu sparen und steckte es zurück in ihre Handtasche.

Die Zeit schlich unglaublich langsam voran, während sie allein im Dunkeln am Rand des Kliffs saß und wartete. Sie gratulierte sich selbst dazu, nicht ausgeflippt zu sein und den Wagen so schnell an die Straßenseite manövriert zu haben. Sie konnte nur hoffen, dass die Werkstattrechnung nicht zu hoch wurde.

Morgan seufzte und erschrak, als ein Licht über ihren Rückspiegel ging. Sie betete, dass es Flynn war und verrenkte ihren Hals, um den Scheinwerferstrahl zu beobachten, der hinter ihr an der kurvigen Straße entlangging.

„Mann, das war aber schnell", sagte Morgan laut. Innerhalb von Momenten hatte Flynns riesiger Wagen ihr Auto erreicht. Glücklicherweise ließ Flynn seine Lichter an, als er aus dem Wagen stieg. Morgan sprang aus ihrem heraus.

„Oh, danke! Es tut mir so leid, euch Mühe zu machen."

Die Beifahrertür ging auf und Keelin glitt heraus. Morgan lächelte sie an, glücklich, dass sie da war, obwohl sie sich schlecht darüber fühlte, dass sie ihr Umstände bereitete. Keelin sah gut aus in ihrem weinroten Pullover, der die winzigen Kurven in ihrer Taille zeigte.

Flynn und Keelin standen vor ihr. Flynns Arm legte sich automatisch um Keelin.

„Was ist passiert?"

„Ich weiß nicht. Ich hatte ein paar Probleme, ihn anzulassen. Und als ich dann dem Hügel näherkam, hat das Gaspedal versagt. Ich habe den Wagen so weit wie möglich an die Straßenseite gelenkt und dann ist er ganz ausgegangen."

„Warst du bei Fiona?", fragte Keelin und zog Morgan in eine kurze Umarmung.

„Das war ich. Ich bin noch nie vorher so spät abends auf diesen Straßen gefahren; wahrscheinlich hätte ich eher losfahren sollen."

„Ich bezweifle, dass das einen Unterschied gemacht hätte mit deinen Autoproblemen", sagte Flynn. Er ging herum, um sich die Vorderseite des Wagens anzusehen und herauszufinden, wie er die Haube aufmachen konnte.

„Ich werde es abschleppen müssen. Ich brauche ein paar Minuten, um herauszufinden wie", rief er, zog eine Taschenlampe aus seiner Gesäßtasche und legte sich auf das Pflaster, um unter die Vorderseite des Wagens zu schauen.

„Wie will er das machen, es auf dieser engen Straße abzuschleppen?", wunderte sich Morgan.

„Flynn hört nie auf, mich zu erstaunen. Er ist einer der fähigsten Männer, die ich je getroffen habe", sagte Keelin mit Liebe und Zuneigung in ihrer Stimme.

Morgan drehte sich zu ihr um.

„Wie geht es dir?"

„Aha, du weißt es also schon", sagte Keelin und lächelte sie an.

Morgan zuckte mit den Achseln und nickte. „Es tut mir leid, wenn du noch nicht darüber redest."

„Das ist okay. Ich habe mir schon gedacht, dass du das irgendwann spitzkriegen würdest. Ich werde es den Leuten früh genug erzählen. Es hat nur Spaß gemacht, das kleine Geheimnis ein bisschen für uns zu behalten, weißt du?"

Morgan nickte, obwohl sie es ganz offensichtlich nicht wusste.

Morgan sah aus dem Augenwinkel ein Licht über den Hügel kommen.

„Flynn! Auto!", rief Morgan, besorgt, dass er angefahren wurde.

Flynn rollte sich schnell zur Seite und drückte sich an die Seite des Wagens neben den Hügel.

Ein Auto kam über den Hügel und Morgan hielt ihre Hände hoch, um das Licht zu blockieren, während sie gleichzeitig mit ihrem anderen Arm winkte, um den Fahrer zu warnen.

Der Wagen kam zu einem Halt, bevor es sie erreichte.

Morgan kannte das Auto.

Sie stöhnte, als Patrick mit einem mörderischen Gesichtsausdruck ausstieg.

„Auweia", flüsterte Keelin.

„Wie hat er es gewusst?", sagte Morgan.

„Flynn muss ihn angerufen haben, während ich auf der Toilette war", murmelte Keelin. Sie sahen zu, als Patrick zu Flynn ging und sie für einen Moment redeten. Dann drehte er sich um und kam über den Asphalt, bis er vor Keelin und Morgan stand.

„Keelin", sagte er leise, ohne sie anzusehen.

„Hey Patrick, oh, ich glaube, Flynn braucht..." Ihre Stimme wurde leiser, als sie wegging und Morgan in der Schusslinie ließ.

„Steig in mein Auto ein", befahl Patrick.

„Aber ich muss..."

„Ich habe gesagt, steig. In. Mein. Auto. Ein", sagte Patrick bissig und Morgan wurde wütend. Sie schob sich an ihm vorbei und ging zum Wagen, um ihre Handtasche vom Fahrersitz zu nehmen. Flynn stand an der Vorderseite des Wagens.

„Brauchst du Hilfe?"

„Nein, ich mache das schon. Je weniger Autos hier sind, desto besser. Ich rufe dich morgen früh an", sagte Flynn mit einem kleinen Lächeln auf seinem Gesicht.

„Danke. Der Schlüssel steckt. Ich schulde dir was", sagte Morgan. Ihre Wangen brannten vor Scham über die Szene, die Patrick vor ihrem Teilzeitarbeitgeber machte. Sie stampfte über den Asphalt und glitt auf den Passagiersitz. Wut baute sich in ihrem Magen auf.

Patrick glitt hinter das Steuer und manövrierte sein Auto vorsichtig an ihrem und Flynns Auto vorbei.

„Du fährst den falschen Weg", sagte Morgan mit erhobener Nase.

„Ich nehme den Weg durchs Landesinnere, damit Flynn anfangen kann, deinen Lieferwagen aufzuhaken, falls du es wissen musst", sagte Patrick und starrte in die Dunkelheit.

Morgan überkreuzte ihre Arme über ihrer Brust. Sie war wütend auf Patrick, verärgert über ihr Auto und wusste noch nicht mal, warum sie so wütend war.

„Du hättest keine Szene machen sollen vor Flynn; er ist schließlich mein Arbeitgeber." Morgan drehte sich zu Patrick und starrte ihn an.

Sie konnte sein Gesicht im Dunkeln kaum sehen, aber sie merkte, dass sein Kiefer eng zusammengepresst war.

Stille hing zwischen ihnen.

„Oh, jetzt werde ich mit Schweigen bestraft? Wunderbar, einfach wunderbar. Sehr erwachsen", spuckte Morgan aus und drehte ihren Körper von ihm weg. Sie betete, dass die Fahrt schnell vorbei wäre. Sie wusste nicht, was das Problem war oder warum er den ganzen Weg herge-kommen war, um jetzt wütend auf sie zu sein.

Sie verbrachten den Rest der Fahrt wortlos. Morgans Wut wurde immer größer, je näher sie dem Dorf kamen.

„Was ist dein Problem? Es ist nicht meine Schuld, dass mein Wagen zusammengebrochen ist!", schrie Morgan endlich. Patrick fuhr an den Straßenrand und trat so auf die Bremse, dass Morgan gegen ihren Gurt knallte.

„Du sollst mich anrufen. Mich! Ich bin dein Freund. Ich bin derjenige, der dich rettet!", schrie Patrick sie an. Eine Ader stand an seinem Kopf hervor.

„Du hast gearbeitet!", schrie Morgan zurück.

„Dann verlasse ich eben meine Arbeit!", schrie Patrick.

„Du kannst nicht einfach von der Arbeit weggehen", sagte Morgan schockiert.

„Ich kann. Wenn meine Freundin einen Notfall hat, kann ich das definitiv. Du stehst verlassen auf einer gefähr-lichen Straße im Dunkeln und du rufst Flynn an. Nicht mich. Flynn", sagte Patrick bissig.

„Mir war nicht klar, dass ich deine Freundin bin", sagte Morgan gehässig und klammerte sich an alles, was sie finden konnte, um zurückzuschlagen.

Patrick starrte sie mit offenem Mund an. Er schloss ihn, ließ das Auto an, fuhr stumm wieder zurück auf die Straße und direkt zu ihrer Wohnung. Morgan saß schwei-gend da und fühlte sich schuldig, aber gleichzeitig auch im Recht. Sie hatten nie darüber gesprochen, was sie fürein-ander waren. Es gab keinen Vertrag, in dem stand, dass das

Mädchen den Jungen anrufen musste, wenn sie ein Problem hatte, sagte sie sich wütend.

Patrick hielt das Auto an. Seine Augen waren wie Dolche, als er ihr bedeutete auszusteigen.

„Wenn dir diese Woche nichts bedeutet hat, dann ist das okay und wir können einfach Freunde sein."

Morgans Kinnlade fiel nach unten.

„Ich habe nie gesagt, dass mir diese Woche nichts bedeutet hat. Mir war nur nicht klar, dass ich dich als erstes anrufen müsste", fing sie an.

„Spar dir die Spucke, Morgan. Du bist zu stark, um nach Hilfe zu fragen, ist es das? Du machst alles allein? Du brauchst niemanden? Das ist absolut okay. Ich sehe dich dann irgendwann", sagte Patrick.

Eiseskälte umklammerte ihr Herz. Morgan stolperte aus dem Auto, unfähig zu sprechen, unsicher darüber, was gerade passiert war, aber sie wusste, dass ihr gleich übel werden würde.

Sie steckte den Schlüssel ins Schloss und rannte die Treppe zu ihrer Wohnung hoch. Tränen verschleierten ihren Blick. Mit einem Schluchzen ging sie zum Bett und fiel mit dem Gesicht nach unten darauf. Ihr Herz brach auf.

Sie hätte ihr Herz nie weggeben sollen, dachte Morgan. Hatte sie das immer noch nicht gelernt? Ihr Körper bebte, während sie sich die Decke über ihren Kopf zog und den Schmerz verdrängte. Vielleicht war es ein Fehler gewesen, Patrick nicht anzurufen. Aber es war ja nicht so, als ob sie seine Ehre verletzt hätte. Sie hatte sich um ihn und seine Arbeit gesorgt, dachte Morgan wütend, während sie in das Kissen unter ihrem Gesicht boxte. Und er hatte sie nie gefragt, seine Freundin zu sein, oder?

Morgan fühlte sich schuldig, als sie darüber nachdachte, was sie zu ihm gesagt hatte. Patrick hatte sie mitgenommen, um seine Familie kennenzulernen. Als sie ausgeflippt war, hatte er geduldig zugehört. Er hatte ihr zudem sehr sanft und sehr liebevoll gezeigt, was Intimität ist.

Morgan stöhnte noch einmal und sah auf ihre Uhr. Im Pub wäre jetzt Vollbetrieb wegen des alljährlichen Bootsrennens morgen. Patrick würde keine Zeit zum Reden haben und es war besser, dass sie bis zum Morgen wartete. Er würde seine Wut etwas abgearbeitet haben und dann könnte sie sich entschuldigen.

Mit dem Entschluss drehte sich Morgan um, starrte an die Decke und wartete, dass sie vom Schlaf übermannt würde.

KAPITEL SECHSUNDZWANZIG

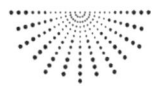

Am nächsten Morgen ging Morgan vor ihrer langsam tropfenden Kaffeemaschine auf und ab. Sie hatte eine unruhige Nacht gehabt und war ständig aufgestanden, um zu sehen, ob Patrick ihr eine Nachricht geschickt hatte. Am Ende hatte sie ihm morgens um drei eine SMS geschickt, um sich zu entschuldigen.

Morgan schniefte und hob ihre Nase in die Luft. Er hatte sich noch nicht mal die Mühe gemacht zu antworten. Wahrscheinlich war er gerade mit irgendeinem Mädchen zusammen, dachte Morgan und dann schob sie den Gedanken von sich. Patrick hatte vielleicht ein irisches Temperament, aber sie glaubte nicht, dass er ihr so etwas antun würde.

Wenigstens hoffte sie das.

Seufzend hob Morgan ihre Kaffeetasse und atmete das Aroma ein. Sie trank die Flüssigkeit schnell, obwohl es ihr den Gaumen verbrannte. Sie hatte gerade noch genug Zeit, um in die Dusche zu springen und sich fertigzumachen, bevor sie sich mit Aislinn traf.

Der heutige Tag würde bestimmt Spaß machen, dachte Morgan, als sie ihren Kopf unter den warmen Wasserstrahl hielt und die Entspannung genoss, die sie immer beim Duschen empfand. Sie fragte sich, wann sie Patrick sehen würde und ob er immer noch wütend auf sie war.

Morgan schnappt sich ihre Kaffeetasse vom Waschbecken und trank den Rest in der Dusche. Akzeptierend, dass es Zeit war, sich fertigzumachen, kam sie aus der Dusche heraus und trocknete sich ab. In ein Handtuch eingewickelt ging Morgan zu ihrem Fenster, um nach dem Wetter zu sehen.

Sonnenschein begrüßte sie und Morgan lächelte über die Reihe von Wimpeln, die kreuz und quer über die Straße bis herunter zum Hafen gespannt waren. Die Stadt wusste, wie man ein Fest organisierte. Sie fühlte sich etwas besser, ging zu ihrem Kleiderschrank und zog Jeans und ein leuchtend pinkfarbenes Oberteil an. Zum Schluss wickelte sie ein türkisfarbenes Tuch um ihren Hals. Sie ließ ihr Haar an der Luft trocknen, bis es in lockeren Wellen ihren Rücken herunterfiel.

Natürlich hatte sie die schlimmsten dunklen Ringe unter ihren Augen, dachte Morgan, als sie ihr Gesicht im Spiegel betrachtete. Sie zog ihren Abdeckstift heraus und begann, an ihrem Gesicht zu arbeiten. Sie trug ein bisschen Farbe auf ihre Wangen und ein etwas Lidschatten auf ihre Augen auf. Sie würde wahrscheinlich einfach den ganzen Tag ihre Sonnenbrille tragen, dachte Morgan und ging zu der Plastikeinkaufstasche vom letzten Wochenende, die auf ihrem kleinen Seitentisch stand. Darin war eine neue schwarze Sonnenbrille, die ihr ins Auge gefallen war. Sie setzte sie auf und schaute sich nochmal im Spiegel an.

Ihrer Meinung nach sah sie nicht aus wie ein Mädchen, das die ganze Nacht wach gelegen und über ihren Freund geweint hatte.

Freund. Morgan drehte das Wort in ihrem Kopf herum, als sie die Treppe herunterrannte und ihre Wohnungstür aufzog, um in die Sonne zu treten. Sie nahm an, dass Patrick ihr Freund war. Sie hatten nur nie darüber geredet. Wusste er nicht, dass sie über alles reden musste? Sie hatte so was noch nie vorher gemacht. Warum konnte Patrick nicht sehen, dass sie diese Schritte in ihrer Beziehung brauchte? Morgan merkte, wie ihre Unruhe größer wurde und schob Patrick aus ihrem Kopf, als sie zur Galerie ging, wo sie Aislinn treffen wollte.

Fröhliche Wimpel kreuzten die Straße und die farbenfrohe Stadt sah noch festlicher aus als sonst. Die Bürgersteige waren voller Leute, die lachten und schon das erste Pint des Tages zusammen tranken. Morgan schüttelte ihren Kopf über sie und wusste, dass sie morgen dafür büßen würden, wenn sie den ganzen Tag tranken.

Morgan konnte sehen, wie sich der Hafen mit Leuten füllte, während sie an der Uferpromenade an Straßenständen vorbeiging, und rief den Leuten auf ihren Booten zu. Es war der offizielle Start des Frühlings und die Leute waren froh, draußen in der Sonne zu sein.

Sie ging die Seitenstraße herunter, die zur Passage hinter der Galerie Wilde Seele führte. Morgan holte ihr Handy aus ihrer Tasche, um zu sehen, ob sie Nachrichten hatte. Ihr Herz hüpfte, als sie das blinkende Licht sah und wischte über den Bildschirm, um die SMS zu lesen.

Sie war von Flynn.

Morgan seufzte und las, dass ihr Auto etwas Arbeit benötigte und dass er es am Montag in die Werkstatt bringen würde. Sie antwortete mit ein paar dankbaren Worten und unterdrückte die Sorge darüber, dass sie noch nichts von Patrick gehört hatte. Gelächter schwebte über den Zaun des Innenhofs hinter der Galerie Wilde Seele, als Morgan das Tor aufstieß.

„Morgan!"

Morgan stoppte. Ihr Herz füllte sich mit Licht, als sie die Gruppe Frauen sah, die um den Tisch im Hof herumsaßen. Es war fast, als wären sie umringt von einem Leuchten der Liebe. Aislinn sah aus wie eine typische Künstlerin mit ihren wilden Locken, die sie aus dem Gesicht gebunden hatte, in einem langen Rock in lebhaftem Meeresgrün, der ihr bis zu den Füßen ging, die in glitzernden Sandalen steckten. Cait strahlte in Umstandsjeans und einem leuchtend weißen Umstandstop, das dünne Streifen in einem Kreuzmuster hatte. Keelin grinste sie an, das jagdgrüne Top, das sie trug, hob ihre hübschen braunen Augen hervor.

„Fiona!", sagte Morgan, als sie die alte Frau sah, die hinter Keelin versteckt saß. Sie trug einen farbigen Schal in einer Mischung aus Grün- und Blautönen.

„Niemals würde ich die Bootsrennen verpassen", sagte Fiona mit einem Lächeln.

„Wir sind alle hier", sagte Keelin und die Frauen sahen auf, als Keelin sich Tränen aus ihren Augen wischte. „'tschuldigung, es sind nur die Hormone."

Fiona tätschelte Keelins Hand sanft.

„Es ist gut, bei diesen Dingen emotional zu werden.

Meine Mädchen sind alle zusammen. Und jede einzelne von euch sieht toll aus", sagte Fiona und drehte sich, um alle anzulächeln. Morgan konnte nicht anders als zurücklächeln, sie fühlte, wie sich ihr Herz mit Liebe und Licht füllte in dieser fantastischen Gruppe Frauen vor ihr. Aislinn zog sie mit ihrer Hand zu sich und legte einen Arm um sie.

„Wie ist es mit Patrick gelaufen?", fragte Keelin und die anderen Frauen rissen ihre Köpfe herum, um Morgan anzusehen.

„Was ist passiert?"

Keelin erzählte es schnell, während Morgan versuchte, die richtigen Worte zu finden.

„Wir haben gestritten. Es war schlimm. Ich habe unschöne Dinge gesagt. Er ist davongestürmt. Ich habe ihm letzte Nacht eine Entschuldigung geschickt, aber er hat nie geantwortet." Morgan zuckte mit den Schultern und versuchte, das Ganze abzutun.

„Na, das war aber blöd von ihm", sagte Cait wütend.

„Nein, es ist okay. Lass uns das machen, Cait", bat Morgan.

„Okay, aber ich kann trotzdem denken, dass er blöd ist", grummelte Cait.

„Worüber war er denn wirklich wütend, Morgan?", fragte Aislinn.

Morgan seufzte und setzte sich an den Tisch. Sie stützte ihre Arme auf und legte ihren Kopf in ihre Hände.

„Dass ich ihn nicht angerufen habe, als mein Auto zusammengebrochen war. Als ob ich ihn brauchte, um mich zu retten", spöttelte sie.

Die Frauen rollten alle gleichzeitig mit ihren Augen.

„Ich habe Flynn gesagt, er soll ihn nicht anrufen", sagte Keelin mit einem Seufzer.

Sie schüttelten alle zusammen entrüstet ihre Köpfe über die Männer.

„Und das war es, worum es bei dem Streit ging?", bohrte Aislinn.

„Ja. Das und dass er mich seine Freundin genannt hat. Er hat gesagt, dass eine Freundin ihn angerufen hätte. Ich habe ihm gesagt, dass mir nicht klar war, dass er mein Freund war und er ist ausgeflippt!", sagte Morgan empört und sah die anderen Frauen an. Sie wartete, dass sie ihr zustimmten.

„Ohhhh, hmm. Vielleicht ist er doch nicht so blöd", korrigierte Cait sich und warf Morgan einen Blick zu.

„Was?", sagte Morgan und drehte sich mit offenem Mund zu Aislinn."Naja, schau mal, es ist nur, dass du dich benommen hast, als wärst du in einer Beziehung. Und Patrick schwärmt seit Monaten für dich. Es hat ihn wahrscheinlich ganz schön verletzt zu hören, wie du ihn so abgewiesen hast", sagte Aislinn besänftigend und strich ihre Hand über ihren Arm.

„Er hat es nie gesagt! Er hat mir nie gesagt, dass wir das waren!", verteidigte sich Morgan verzweifelt.

„Okay, Ladies, das ist genug", sagte Fiona. „Dies ist Morgans erste Beziehung. Darf ich euch vielleicht an eure ersten Freunde erinnern, Cait und Aislinn?" Ihr stählerner Blick durchbohrte beide Frauen. Sie wurden rot, blickten auf den Boden und murmelten.

„Tut mir leid, Morgan. Ich verstehe es. Erste Liebe ist kompliziert. Ihr bekommt das schon hin", sagte Cait freundlich.

„Alle sagen immer erste Liebe. Woher weiß ich denn überhaupt, ob es wirklich Liebe ist?", fragte sie.

„Hat er dich so wütend gemacht, dass du schreien wolltest, aber dann wolltest du dich übergeben, als er weggegangen ist?", fragte Keelin.

„Ja", flüsterte Morgan.

„Leuchtest du auf, wenn du ihn siehst, und freust du dich darauf, ihm Dinge zu erzählen?", fragte Cait.

„Ja", flüsterte Morgan.

„Fühlt es sich richtig an...hier drin?", fragte Keelin und legte ihre Hände auf ihr Herz.

„Ja", flüsterte Morgan wieder.

„Dann Glückwunsch, meine Gute, willkommen zu deiner ersten Liebe", sagte Cait trocken.

„Bei deiner warst du das totale Chaos", sagte Aislinn zu Cait.

Cait hob sofort ihre Nase in die Luft.

„Das war ich absolut nicht."

„Machst du Witze? Du hast ihm Kassetten bespielt, auf denen Für Immer Liebe stand." Aislinn brach in Gelächter aus, als Cait rot wurde.

„Okay, Mädchen, das ist genug. Lasst uns runtergehen zu den Rennen", sagte Fiona und die Frauen standen auf.

Fiona kam und schob ihren Arm durch Morgans. Sie sah sie mit freundlichen allwissenden Augen an.

„Das ist alles okay, meine Liebe. Schieb es für heute beiseite und hab Spaß."

„Ich glaube, dass ich das jetzt kann. Danke", sagte Morgan erleichtert. Es hatte geholfen, mit Freunden über ihre Probleme zu reden. Das war eine neue Erfahrung für sie und es fühlte sich normal an. Ausnahmsweise fühlte sie sich normal.

„Wartet auf mich", rief sie den Frauen hinterher. Sie hielten inne, lachten und bedeuteten ihr und Fiona, sich zu beeilen.

KAPITEL SIEBENUNDZWANZIG

„E s ist so festlich!", rief Morgan aus, als sie zum Hafen kamen.

Musiker saßen auf Stühlen direkt an der Promenade und spielten ein lebhaftes Musikstück, zu dem Morgan mit den Füßen mitwippen wollte. Kinder rannten in Rudeln herum und stachelten sich gegenseitig an, schneller auf der Promenade zu laufen. Es war ein kunterbuntes Durcheinander aus Farbe und Bewegung und Morgan genoss es, statt der Menschenmenge auszuweichen, wie sie es in der Vergangenheit getan hätte. Teil einer Gruppe zu sein war nie ihr Ding gewesen, aber mit den Frauen an ihrer Seite in diesem wunderbaren Chaos herumzuwandern fühlte sich gut an.

„Möchte jemand Cider?", fragte Keelin.

„Ich nehme eins", sagte Morgan spontan. Sie konnte sehen, wie Cait darüber nachdachte.

Fiona nickte Cait zu.

„Das Baby kommt jeden Moment. Ein Cider wird ihm keinen Schaden zufügen."

Cait grinste und nickte Keelin zu.

„Für dich gibt es keins, Keelin", sagte Fiona und Keelin schaute betrübt.

„Ich weiß, ich weiß", grummelte sie.

„Ich gehe mit ihr mit", sagte Aislinn.

Morgan sah durch die Menge und versuchte, einen Blick auf Patricks große Figur zu erhaschen.

„Er ist auf Flynns Boot", sagte Cait trocken und Morgan zuckte zusammen.

„Ich habe ihn nicht gesucht", protestierte sie und dann erinnerte sie sich daran, mit wem sie redete.

„Natürlich nicht", sagte Cait mit einem Lächeln, um die Schärfe aus ihren Worten zu nehmen.

Morgan war hypnotisiert beim Anblick von Patrick, der daran arbeitete, Fahnen an Flynns Rennboot anzubringen. Seine Armmuskeln waren deutlich zu sehen, während er sich bewegte und sie seufzte, als sie ihn beobachtete.

„Ihr bekommt das schon hin", murmelte Fiona an ihrer Seite und Morgan riss sich von seinem Anblick los.

„Cider!", rief Keelin, als sie mit einer Flache Bulmer's für Morgan zurückkam.

„Danke", sagte Morgan, hob die Flasche und nahm einen großen Schluck davon. Sie hielt inne und sah die Frauen an. „Em, ich muss was essen."

„Frische Scones gibt's gleich hier", sagte Aislinn und zeigte auf einen Stand.

„Ich komme mit, ich habe immer Hunger", grummelte Cait und wanderte mit ihr zum Stand, an dem sie Zimt-Rosinen-Scones mit süßer Sahne kauften. Sie setzten sich auf eine niedrige Mauer zum Essen.

„Es ist schön hier", sagte Morgan und zeigte auf die Festlichkeiten um sie herum.

„Das ist es. Der Pub ist nachher brechend voll, also ist es auch gut fürs Geschäft."

„Wo ist Shane?", fragte Morgan.

„Die Männer fahren alle auf Flynns Boot mit. Sie werden an der schnellen Fahrt über das Wasser ihren Spaß haben ", sagte Cait mit einem Seufzer.

„Beneidest du sie?"

„Ja, ich liebe es. Wenn du über das Wasser rast mit dem Wind in deinen Haaren und die Sonne scheint auf dich...das ist das Beste. Du kannst nicht am Wasser aufwachsen und es nicht instinktiv in dir spüren", sagte Cait und biss in ihren Scone.

„Glaubst du, dass Patrick und ich uns wieder zusammenraufen werden?", fragte Morgan. Ihr Magen war immer noch ein Knoten bei dem Gedanken, ihn zu verlieren.

„Ja, du bist ihm wirklich wichtig. Ihr bekommt das schon hin. Die meisten Paare, die ich kenne, haben immer mal wieder einen guten Streit. Es macht reinen Tisch. Und sich wieder vertragen macht Spaß." Cait zwinkerte ihr zu und zuckte dann zusammen.

„Was war das?", fragte Morgan beunruhigt.

„Nur ein Ziepen, nichts Dramatisches. Ich denke, es kommt heute oder morgen", sagte Cait nüchtern.

„Oh Gott! Was soll ich machen?", fragte Morgan, sprang hoch und gluckte über Cait. Cait lachte sie an und winkte sie herunter.

„Nichts. Shane weiß Bescheid. Und sitze ich nicht

neben einer der größten Heilerinnen, die es auf dieser Welt gibt?" Cait zeigte auf Fiona.

Die Nerven in ihrem Magen beruhigten sich sofort.

„Ich habe sie noch nie arbeiten sehen. Wie ist das?"

„Es ist eine Erfahrung. Ich war nur einmal dabei und das war zufällig. Es ist fast wie Magie. Du kannst sehen, wie die Krankheit verschwindet...fast wie ein verschwommenes Grau oder ein blitzendes Licht. Danach glaubst du an so ziemlich alles", grübelte Cait und blinzelte zum Hafen. „Ah, gleich geht es los."

„Kommt schon", rief Aislinn und Morgan drehte sich um und zog Cait an ihrer Hand hoch.

„Versprich mir, dass du mir sagst, wenn du Hilfe brauchst", flüsterte Morgan.

Cait winkte ab.

„Es ist alles in Ordnung."

KAPITEL ACHTUNDZWANZIG

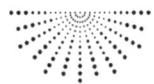

Die Frauen suchten sich ihren Weg durch die Menge zu Flynns Dock, dessen Zugang abgesperrt war. Einer von Flynns Crew, mit dem Morgan schon gearbeitet hatte, nickte ihnen zu und hielt das Seil hoch, damit sie das Bootsrennen aus erster Reihe sehen konnten.

„Oh, schaut nur!", rief Morgan und zeigte auf Flynns Boot. Es war mit Fahnen und Luftschlangen dekoriert und stand mit zehn anderen Booten am Start. Ihre Männer waren auf verschiedenen Positionen auf dem Boot verteilt. Morgan erschrak, als Cait einen lauten Pfiff ausstieß, bei dem sich alle Männer umdrehten. Sie winkten, während ihre Damen sie anfeuerten.

Morgan fühlte, wie sich ihr Herz hob, als Patrick winkte. Sie winkte zurück und hoffte, dass er das Lächeln auf ihrem Gesicht sehen konnte.

Hoffte, dass er wusste, wieviel er ihr bedeutete.

Die Frauen hakten sich unter, als der Ansager über den Lautsprecher rief.

„Fünf, vier, drei, zwei, eins!", schrien sie alle zusammen und begannen, am Ende des Docks wie Furien zu kreischen. Die Boote fuhren von der Startlinie zu einem Boot, das so weit draußen auf dem Meer war, dass Morgan es kaum sehen konnte. Flynns Boot war am einfachsten zu erkennen durch die farbenfrohen Luftschlangen, die im Wind flatterten.

„Wie weit fahren sie raus?", fragte Morgan.

„Es sind jeweils anderthalb Kilometer hin und zurück", sagte Fiona. „Nicht zu schlimm. Sie holen das Ziel später näher heran, so dass die kleineren Boote und Segelboote auch teilnehmen können."

Morgan blinzelte, während die Boote am Horizont winzige Punkte wurden und die Menge hinter ihnen schrie und jubelte.

„Was gewinnen sie?"

„Hauptsächlich das Recht zu prahlen. Und einen schönen Meisterschaftspokal, aus dem Flynn wahrscheinlich später im Pub trinken wird", sagte Aislinn.

Morgan beobachtete die winzigen Punkte, die das Boot am Horizont umrundeten.

„Sie kommen zurück."

Der Jubel wurde stärker und Morgan wurde von der Energie der Menge mitgerissen, als sie alle Flynns Boot anfeuerten, um die Ziellinie als erstes zu überqueren.

„Er ist vorn!", schrie Keelin und sprang auf und ab und fuchtelte mit den Händen in der Luft.

„Ja! Ja!", schrie Morgan, als Flynn als erster über die Ziellinie ging und die Männer auf dem Boot aufsprangen und jubelten. Die Frauen explodierten auf dem Dock, sie schrien und lachten, als sie sich gegenseitig umarmten und auf und ab hüpften.

„Oh, oh, ich bin so froh, dass wir gewonnen haben." Morgan lachte und hielt eine Hand an ihr klopfendes Herz.

„Das war das beste Rennen, da die Boote alle Nebenwetten abgeschlossen haben. Sie reden jedes Jahr im Pub monatelang vor dem Rennen darüber, bedrohen sich gegenseitig und schließen gegeneinander Wetten ab. Es ist ein Riesenspaß für alle", sagte Cait, lachte und winkte zum Boot.

„Auf wen hast du gesetzt?", fragte Morgan. Sie kannte Cait.

„Auf Flynn natürlich."

Morgan lachte und sah zu, als Flynn sein Boot zu den anderen Booten im Wasser steuerte.

„Kommt, Ladies, sie werden eine Weile quatschen. Ich muss zur Toilette", sagte Cait und zeigte auf ihren Bauch. Fiona sah sie aufmerksam an und signalisierte den Frauen, dass sie alle zusammen gehen sollten.

Morgan warf einen letzten Blick über ihre Schulter und suchte Patrick. Er stand mit seinem Rücken zu ihr und redete mit einem Mann auf einem der anderen Boote. Seufzend folgte Morgan den anderen das Dock herunter. Sie wollte nah bei Cait bleiben.

Nicht, dass sie wirklich heilen könnte, spottete Morgan über sich selbst. Aber sie würde helfen, soweit sie konnte, falls bei Cait plötzlich die Wehen anfingen.

Morgan beeilte sich, um die anderen Frauen einzuholen, die die Promenade entlanggingen, die zurück in die Stadt führte. Sie verspannte sich kurz, als sie sah, wie sie anhielten, um mit Agatha und dem Rest von Patricks Familie zu reden. Aileen winkte ihr zu und Morgan zwang sich selbst, sich zu entspannen.

„Hi", sagte Morgan und stellte sich neben Fiona.

„Morgan! Hallo", sagte Agatha und drückte Morgan kurz.

„Morgan hat mir einen deiner Tischläufer gegeben; ich habe nie gewusst, dass du so ausgezeichnete Arbeit machst", sagte Fiona zu Agatha.

„Dein erster Verkauf", sagte Morgan schüchtern zu Agatha.

„Morgan! Das hättest du nicht tun müssen. Und danke Fiona, ich bin so froh, dass er dir gefällt."

„Ich denke, dass du einen Riesenerfolg haben wirst, wenn du deine Arbeiten in Aislinns Galerie verkaufst", stellte Fiona fest.

„Das hoffe ich doch. Ich muss zugeben, dass ich aufgeregt bin! Es ist Jahre her, dass ich das gemacht habe. Es war so nebenbei, während ich mich um die Kinder gekümmert habe. Ich wäre sehr froh, wenn es ein Erfolg wird, jetzt wo ich so viel freie Zeit habe."

„Hier kommen die Jungs", sagte Aileen und sie drehten sich alle um und sahen, wie Flynn die Gruppe Männer das Dock herunter führte.

Morgan fühlte ein Ziepen im Bauch. Das war eine gutaussehende Bande.

„Mann, ist das nicht eine attraktive Gruppe Männer", bemerkte Fiona.

„Mmmhmmm", sagten die Frauen alle gleichzeitig und brachen dann in Gelächter aus.

„Ich brauche jetzt wirklich die Toilette", sagte Cait mit einem schmerzhaften Gesichtsausdruck.

„Ja, lasst uns zum Pub gehen. Wir sehen die Männer ja gleich dort", sagte Fiona entschlossen und die drei begannen, Cait zu folgen, die angefangen hatte, die Straße hochzueilen.

„Ich bin gleich da, einen Augenblick", rief Morgan und blickte zurück zu den Männern, die von Dörflern umgeben waren, die ihnen gratulierten. Patricks Familie kam noch dazu, so dass sie alle einen großen Menschenring um die Männer bildeten. Sie hatte gehofft, dass sie einen Moment mit Patrick hätte, um ihm zu gratulieren und den dumpfen Schmerz in ihrem Magen zu erleichtern.

Das Gefühl eines bevorstehenden Unheils traf Morgan so schwer, dass sie sich fast krümmte und vor Schmerz röchelte. Sie stöhnte und riss ihren Kopf herum.

Weiter oben auf dem Hügel kam ein Auto auf der falschen Fahrbahnseite herunter, es war viel zu schnell für eine Stadt voller Festbesucher.

Ein Tourist, dachte Morgan erstarrt und öffnete ihren Mund, um zu schreien.

Der Kompaktwagen traf die Vorderseite eines Lastwagens und Morgan sah voller Schrecken, wie die Kombination aus Geschwindigkeit und Hebelwirkung des Lastwagens das Auto in die Luft fliegen ließ.

Alles wurde langsamer um Morgan herum, während sie die Schreie um sich hörte, von ihr, von überall, und das Klopfen ihres Herzens sich tausendfach in ihren Ohren verstärkte.

Das Auto schien für einen Augenblick in der Luft zu

hängen, bevor es auf Cait herunterfiel, die der Gruppe vorausgeeilt war, um zur Toilette zu kommen.

„Cait!", sagte Morgan mit zugeschnürter Kehle.

Fiona und Aislinn drehten sich sofort zu ihr und schrien: „Morgan!"

Und alles erstarrte.

KAPITEL NEUNUNDZWANZIG

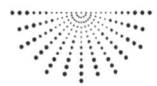

Morgan war schluchzend auf ihre Knie gefallen und verstand nicht, was um sie herum passierte.

Fiona stand wie angewurzelt mit ausgestrecktem Arm, als würde sie Morgan bitten, etwas zu tun. Keelin kniete neben dem Auto, von dem Caits Oberkörper unter der Stoßstange heraussteckte. Eine Blutlache glänzte nass um Caits Schultern herum, die roten Blutflecken leuchteten gegen das Weiß ihres Oberteils. Aislinns Gesicht war vor Schreck erstarrt, während sie zu Cait ging und sich gleichzeitig zu Morgan umdrehte.

„Was ist hier los?", schrie Morgan in die Stille und den regungslosen Körpern zu. Sie konnte ihren Blick nicht von Caits eingequetschtem Leib abwenden.

Morgan stand auf und wirbelte herum. Sie sah die Gesichter der Dorfbewohner und der Männer. Shanes Gesicht war von tiefem Schmerz gezeichnet. Es tat ihr weh, ihn nur anzusehen. Und Patrick...ihr Herz drehte sich und sie versuchte, vorwärtszugehen, aber stieß gegen eine Art Mauer.

„Hilfe! Irgendjemand muss ihr helfen. Was passiert hier?", schrie Morgan und schlug mit ihren Fäusten gegen die unsichtbare Wand, die ihre Bewegung stoppte. Tränen liefen ihr das Gesicht herunter. Ihr Atem kam in zerrissenen Stößen und sie versuchte nachzudenken. Wenn sie nur einfach denken könnte, dann würde sie es herausfinden.

„Was wirst du tun, Morgan?" Eine Stimme wie Whiskey legte sich um sie und Morgan richtete sich auf. Ein Zittern lief ihr den Rücken herunter.

„Mutter?", fragte Morgan. Ein Teil von ihr wusste, dass es nicht ihre Mutter aus dieser Zeit war, sondern ihre Mutter aus der Vergangenheit. Sie drehte sich um.

Grace O'Malley stand vor ihr. Sie sah wunderbar aus in einem königlichen Kleid aus Rot und Gold, ihre Haare lockten sich wild um ihren Kopf und schwere Juwelen hingen um ihren Hals. Sie war die Verkörperung einer Kriegskönigin und ihr Blick durchbohrte Morgan mit einer Heftigkeit, die sie bis in ihr tiefstes Innere fühlte.

„Hör auf. Du hast ihr das angetan! Mach es wieder gut. Nimm es zurück", bat Morgan voller Zorn.

Grace richtete sich auf und verhöhnte Morgan.

„Das habe ich ganz bestimmt nicht getan. Du glaubst, dass ich eine meiner eigenen verletzen würde?"

Morgan erstarrte. Die angesammelte Wut aus diesem und den vergangenen Leben baute sich tief in ihrem Innern auf.

„Ja. Du hat *mich* verletzt", schrie Morgan zornig. „Du hat mich verlassen. Du bist einfach gegangen."

Morgans Kehle schnürte sich zu, als sie sich durch die Emotion kämpfte, die ihre Lungen verengte. Angst um

Cait und Wut auf Grace machten es schwierig für sie zu funktionieren.

„Ich musste gehen, Kind. Es war meine Zeit. Ich habe nie aufgehört, dich zu lieben. Nur weil ich aus deinem Leben fort war, wurde die Bindung nicht gebrochen. Ich bin deiner Seele Jahrhunderte lang gefolgt. Ich werde dich immer lieben. Du bist meins", sagte Grace schlicht, ihre schönen Augen voller Wohlwollen und Verständnis.

Liebe und Licht erfüllten Morgan und eine Schwere löste sich für einen Moment von ihrer Seele.

„Was ist das hier dann? Warum ist das passiert?", keuchte Morgan und wischte ihre Tränen weg. Ihr Blick ging zu Cait, die mit einem erschreckend leeren Gesichtsausdruck unter dem Auto lag.

„Ich kann nicht sagen, warum es passiert ist. Alles, was ich dir sagen kann ist, dass ich dir durch meine Liebe diese Chance geben kann", sagte Grace, während sie mit ihrem Arm auf die eingefrorene Szene zeigte.

„Welche Chance? Was meinst du?", bettelte Morgan. Sie wusste, je länger sie diskutierte, desto weniger Zeit blieb Cait.

„Na, um sie zu retten natürlich. Du kannst das Auto von ihr hochheben", sagte Grace einfach.

Morgan sah sie angsterfüllt an.

„Aber das kann ich nicht! Alle schauen zu! Die ganze Stadt wird über mich Bescheid wissen." Morgan wirbelte herum, um Patrick schönes Gesicht anzusehen, das in einem stillen Schrei steckengeblieben war. „Patrick wird es wissen. Ich hatte nicht die Gelegenheit, ihm davon zu erzählen", schluchzte sie, gefangen in ihrer Unentschlossenheit.

„Was würde passieren, wenn sie es herausfinden?" Grace sah sie mitleidig an. Sie nahm Morgans Hand. Ihre identischen Narben schienen zusammen zu brennen. Hitze pulsierte gegen ihre Handfläche.

„Sie werden mich hassen! Sie werden mich aus der Stadt jagen. Ich werde wieder ganz allein sein", schluchzte Morgan.

„Was ist, wenn sie es nicht tun?", fragte Grace.

„Aber ich habe noch nie versucht, so etwas Schweres anzuheben. Was ist, wenn ich nicht stark genug bin? Wenn ich es nicht kann, wird Cait sterben!", protestierte Morgan, gefangen in der Wucht ihrer Ängste und ihrer Unsicherheit.

„Sie wird sterben, wenn du es nicht tust", sagte Grace. Ihre Worte waren wie eine Ohrfeige.

Morgan richtete sich auf und sah auf die Menschen um sich herum, die in unterschiedlichen Ausdrücken von Schock und Horror erstarrt waren. Dies war ein Dorf, in dem sich alle kümmerten, dachte sie, während Tränen ihr Gesicht herunterliefen. Sie hatten Fiona ohne viel Aufhebens akzeptiert und viele wussten von den anderen. Cait war bei allen beliebt.

„Liebe kann gewinnen, oder?", flüsterte Morgan und drehte sich zu Grace, ihr Herz in ihren Augen.

„Ja, mein schönes liebes Kind", sagte Grace sanft.

Sie nahm Morgans Gesicht in ihre Hände und sah auf sie herunter. „Maeve. Morgan. Zwei unglaublich starke und sehr unterschiedliche Frauen, die die gleiche Seele beherbergen. Wir sind für immer miteinander verbunden, du und ich. Du bist nie allein. Mein Blut läuft durch deine Adern. Meine Liebe und meine Stärke sind deins. Liebe gewinnt immer", sagte Grace, küsste Morgans Wange und verblasste.

BLITZARTIG WAR Morgan zurück auf ihren Knien im Gras, während um sie herum Menschen vor Terror schrien.

„Morgan! Rette sie", rief Fiona ihr zu, ihre Stimme rau vor Furcht. Aislinn riss ihren Kopf herum, als sie blind zu Cait rannte.

„Heb das Auto", schrie sie Morgan an.

Morgan stand mit geradem Rücken da, ihre Hände zu Fäusten geballt an ihrer Seite. Sie begann, langsam zu Cait zu gehen, die eingeklemmt da lag und verblutete. Sie stellte sich den großen Schalter in ihrem Kopf vor und stellte ihn auf mehr Kraft als jemals zuvor in ihrem Leben.

Ein wildes Chaos brach aus, als das Auto begann, sich von allein zu bewegen. Zuerst schwankte es etwas und wackelte ein bisschen.

Fiona und Aislinn waren bei Keelin angekommen, die neben Caits Kopf kniete. Sie drehten sich alle mit grimmigen Gesichtern zu Morgan.

„Tu es!", schrie Keelin.

Morgan ging weiter vorwärts und die Menge wich ihr aus. Der Lärm schien im Hintergrund zu verschwinden, während sie sich härter als je zuvor in ihrem Leben konzentrierte.

Das Auto hob sich direkt von Cait hoch und schwebte über den Frauen. Die Menge wurde still hinter ihr, nur der Schrei eines kleinen Kindes drang zu ihr durch.

„Ich kann meinen Blick nicht abwenden! Wo kann ich es hinstellen?", schrie Morgan. Sie wollte das Auto von

den Köpfen der Frauen wegbewegen, aber sie war überzeugt, dass es herunterfallen und alle erdrücken würde,
wenn sie ihre Augen wegnahm.

Eine Stimme schnitt durch die Stille hinter ihr.

„Beweg es den Hügel hoch, Morgan, einfach zwei
Autolängen nach oben, da ist Platz."

Patrick.

Morgan tat ihr Bestes, damit ihre Tränen ihr nicht die
Sicht nahmen, während sie das Auto in der Luft hielt und
langsam bewegte, als es über den Frauen gefährlich
schwankte. Sie folgte ihm mit ihren Augen, bis es über
einem freien Platz schwebte.

Und dann ließ sie es ganz sanft herunter.

Ein Schluchzer entfuhr Morgan, als sie anfing zu
rennen, ohne sich umzusehen, völlig auf Cait konzentriert.

„Oh Gott, oh nein", schluchzte Morgan, als sie in einer
Blutlache neben einer aschfahlen Cait kniete.

„Nimm das Baby", befahl Fiona. Ihre Hände waren
schon auf Caits Körper und Keelin folgte ihr. Aislinn hatte
ihre Hände auf Caits Herz gelegt, ihre Augen waren
geschlossen und ihr Körper still.

„Was meinst du, nimm das Baby?", rief Morgan.

Fiona riss ihren Kopf herum und starrte Morgan an.

„Das Baby ist in Schwierigkeiten. Sie weiß, dass ihre
Mutter verletzt ist. Du musst ihr sagen, dass alles gut
werden wird und sie ruhig halten, bis wir Cait zurückha-
ben", schnauzte Fiona und Morgan starrte sie blind und
entsetzt an.

„Neiiin." Ein heulender Aufschrei brach durch und
Morgan blickte hoch und sah gerade noch, wie Flynn und
Baird Shane von Cait weghielten.

„Lass sie arbeiten", schrie Flynn in sein Ohr.

„Das Baby!", befahl Fiona und Morgan riss ihren Blick wieder zurück zu Caits Körper. Sie ignorierte alles andere, glitt mit ihrer Hand unter Caits blutverklebtes Top, und drückte ihre Finger auf den geschwollenen Bauch. Sie schloss ihre Augen und durchsuchte Caits Gebärmutter, bis sie ein sehr hektisches Lebenszeichen fand.

„Sch." Morgan kommunizierte mit ihren Gedanken. „Es wird alles gut."

„Meine Mutter!", rief das Baby ihr zu. Ihre Angstschreie hallten in ihrem Kopf wider.

„Wir kümmern uns um sie. Du musst dich jetzt beruhigen, sonst machst du es schlimmer", sagte Morgan streng und zuckte dann zusammen und hoffte, dass sie das Baby nicht verängstigt hatte.

Das Flackern schein sich etwas zu verlangsamen und bald konnte Morgan einen regelmäßigen Herzschlag spüren.

„Du bist ein braves Mädchen. Wir alle lieben dich und deine Mutter sehr. Wir kümmern uns um sie. Du wirst sie bald sehen können", versprach Morgan dem Baby und sie sah, wie ein warmes Leuchten anfing, das Baby zu umringen, während sie sprach.

„Du machst das gut, Morgan, halt sie weiterhin fest. Cait hat viel Blut verloren. Das Leben beider ist in Gefahr", sagte Fiona kurzangebunden.

Morgan schluckte und nickte. Sie redete weiter mit dem Bay in ihren Gedanken.

„Deine Mutter ist eine der tollsten Frauen, die ich kenne. Du wirst genau wie sie sein. Du wirst diese Stadt lieben, in der du aufwachsen wirst. Sie liegt am Wasser und es gibt alle möglichen wunderbaren Dinge hier zu sehen und zu tun", quatschte Morgan dahin. Sie ließ ihre Energie und Liebe in Caits Gebärmutter fließen und stellte sich einen Kokon aus Licht vor, der das Baby umgab.

Morgan war sich vage bewusst, dass Fiona und Keelin summten, während ihre Hände über Cait liefen. Schweiß floss von ihren Stirnen. Fionas Körper bebte mit Emotion und Kraft, während sie ihre Hände auf die schlimmsten von Caits Wunden hielt. Eine Welle von Energie begann die Frauen zu umgeben, als sie an Caits Körper arbeiteten. Jede Frau tat ihren Teil, um eine der ihrigen zu retten.

„Halt still, Kleines, halt einfach still, bis ich dir sage, dass es Zeit ist, okay?"

Eine kleine Stimme erreichte ihre Gedanken.

„Ja", sagte das Baby schlicht. Es schien die Wiege aus Licht, in der Morgan es hielt, zu genießen.

Ein Lichtblitz schoss an Morgans Gesicht vorbei. Sie riss ihren Kopf zurück und entkam dem Strahl nur knapp. Er schoss in den Schornstein eines nahestehenden Hauses und explodierte in einem fantastischen Schauer von Ziegelsteinen, die in den Hinterhof flogen.

Cait bewegte sich stöhnend unter ihnen.

„Wir müssen sie hineinbringen. Das Baby kommt", warnte Fiona. Sie sah kreidebleich aus und ihre Stirn war schweißgebadet.

„Sie hält still. Sie hat es mir versprochen", flüsterte Morgan und weigerte sich, ihren zarten Halt zum Baby zu brechen.

„Hebt sie hoch. Männer, Hilfe!", rief Aislinn und Sekunden später hielt Shane Cait in seinen Armen, während Patrick und Flynn ihre Füße nahmen. Baird stand besorgt hinter ihnen.

„Wir gehen zu meinem Haus", sagte Aislinn und die Männer begannen, die Straße hochzulaufen. Morgan lief mit ihnen mit, ihre Hände immer noch auf Caits Bauch.

„Passt auf, dass meine Hände nicht von ihrem Bauch herunterrutschen", rief Morgan aus. Ihr Blick traf kurz auf Patricks, bevor er zu Caits Bauch zurückging.

„Das werden wir", sagte Shane grimmig.

Sie manövrierten sich ungelenk den Hügel hoch zu Aislinns Haus neben der Galerie. Baird rannte voraus, öffnete die Tür und drängte sie hinein.

„Im Erdgeschoss ins Gästezimmer. Hinten links", sagte er und sie folgten ihm den Flur entlang. Morgan fühlte, wie ein Bild von der Wand fiel, als sie mit dem Ellbogen daran stieß und sie konnte nur hoffen, dass es nicht ein wertvolles Kunstwerk war, was da zu Boden fiel.

„Kocht Wasser ab", rief Fiona hinter ihnen und Morgan sah, wie Aislinn zur Küche rannte.

Sie gingen in ein Zimmer mit einem schönen schmiedeeisernen Bett, das von einem Quilt mit Ringmuster bedeckt war. Morgan nahm für eine Sekunde ihren Blick von Cait.

„Nehmt die Decke herunter", sagte sie und Baird schnappte sie sich und warf sie über einen Schaukelstuhl in der Ecke.

Das Baby schickte einen panischen Schrei in ihren Kopf.

„Es ist okay", murmelte Morgan. Es war ihr egal, ob sie vor den Männern verrückt aussah. „Deine Mama wird dich nicht verlassen. Alles wird gut", summte sie und unterstützte das Baby.

Fiona kam mit einer Tasse in ihrer Hand in das Zimmer.

„Halt ihren Kopf hoch", befahl sie Shane. Shane tat wie ihm aufgetragen wurde, während Cait müde blinzelte und leise stöhnte.

„Trink", sagte Fiona.

Und Cait trank.

Momente später begann Cait zu husten und dann fing sie an zu weinen.

Tränen trübten Morgans Blick, als Cait einen Arm um Shanes Hals legte und ihn herunterzog, so dass sie ihn küssen konnte.

„Tut mir leid, dass ich stören muss, aber du hast Arbeit vor dir", sagte Fiona sanft und lächelte durch ihre Tränen.

Cait sah sie mit einem müden Gesicht an.

„Ich weiß nicht, ob ich es kann", flüsterte Cait.

„Du kannst", unterbrach Morgan sie und Cait schoss ihr einen Blick zu.

„Dem Baby geht es gut. Sie, ich meine es, ist so weit." Morgan wurde rot, als sie merkte, dass sie sich verplappert hatte. Cait fing an zu lachen, während Shanes Kinnlade nach unten fiel.

„Ein Mädchen!" Sie seufzte und lächelte. Ihr Blick ging zurück zu Fiona.

„Du hat mich gerettet", flüsterte Cait.

„Na, wer würde mir sonst meine Pints einschenken?", fragte Fiona und wischte eine Träne weg.

„Du bekommst Freibier für den Rest deines Lebens", flüsterte Cait und dann wurde ihr Gesicht sorgenvoll. „Ich

fühle mich so schwach. Ich habe Angst. Es war so furcht-
bar, was passiert ist. Ich habe das Auto gesehen und
gedacht...ich dachte, ich wäre gestorben." Sie stieß einen
Schluchzer aus, als Shane seine Arme wieder um sie legte.
Das Baby fing an, sich verängstigt zu bewegen und sein
Herzschlag flatterte.

„Sch, es alles ist gut. Sie ist nur ein bisschen emotional." Morgan sprach mit Caits Bauch und sie hielt inne.

„Geht es ihr gut?", flüsterte Cait.

„Sie hat ein bisschen Angst bekommen, als du
anfingst, den Moment erneut zu erleben. Ich glaube aber,
sie ist bereit, dich zu treffen." Morgan lächelte Cait
sanft an.

„Ist bei mir alles okay?" Cait sah Fiona mit sorgen-
vollen Augen an.

„Ja, es wird alles gut. Wir sind alle hier", sagte Fiona
und Cait sah sich um. Morgan blickte hoch und sah, wie
alle Frauen und ihre Männer um Caits Bett herum standen.

„Liebe gewinnt", sagte Morgan.

„Du hast recht", sagte Cait und Morgan erschrak. Sie
hatte nicht gemerkt, dass sie das laut gesagt hatte.

„Dann bringen wir doch mal dieses kleine Mädchen
auf die Welt", sagte Cait mit einem Lächeln und hielt
Shanes und Fionas Hand.

Morgan lächelte und schickte dann all ihre Liebe zu
dem Baby, um ihr einen kleinen Schubs in die richtige
Richtung zu geben.

KAPITEL DREISSIG

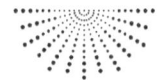

Morgan schlich sich raus, sobald sie wusste, dass das Baby gesund auf die Welt gebracht werden würde. Aislinns Gästezimmer war klein und Morgan vermutete, dass Cait vielleicht mit Fiona und Shane allein sein wollte.

Ihr Körper fühlte sich an, als wäre er von einem Lastwagen überrollt worden und ihre Augen schmerzten. Sie sah durch den Raum und suchte nach Patrick.

„Er ist in den Pub gegangen, um zu arbeiten. Sie sind alle hingegangen, um da zu warten, bis sie von Cait hören", sagte Baird.

Morgan nickte wortlos.

„Du solltest auch hingehen" sagte Baird.

„Vielleicht", sagte Morgan unverbindlich. Sie sah an sich herunter auf ihre blutbefleckte Kleidung. „Ich möchte erst duschen. Grüß Cait und die anderen lieb von mir. Ich...ich komme zurück", murmelte Morgan und nickte Baird zu, während sie versuchte, an ihm vorzugehen.

„Morgan, wenn du reden möchtest...ich bin für dich da", sagte Baird sanft.

„Ich muss einfach allein sein", flüsterte sie. Sie hatte für heute ihre emotionale Grenze erreicht und brauchte mal einen Moment für sich, um durchzuatmen.

Morgan schlüpfte aus der Hintertür und nahm die Nebenstraßen zu ihrer Wohnung. Sie joggte auf dem Weg, damit sie nicht riskierte, einen Dorfbewohner zu treffen, während sie erschöpft und mit Blut bedeckt war. Morgan erreichte ihre Wohnungstür und mit einem Schluchzen rannte sie die Treppe zu ihrem Zimmer hoch. Sie stieß den Schlüssel in ihre Tür und wollte nichts, als einen Moment allein sein.

Morgan zog ihre blutbefleckte Kleidung aus, ging ins Badezimmer und trat in die Dusche. Es war ihr egal, dass das Wasser kalt war.

Und dann ließ sie alles heraus.

Sie weinte in den kalten Wasserstrahl, während er wärmer wurde, und sackte auf den Boden der Dusche, um das Wasser an sich runterlaufen zu lassen. Rosa Wasser, die Überbleibsel von Caits Blut, floss zwischen ihren Zehen und wurde in den Abfluss gesaugt. Morgan wünschte, sie könnte das, was passiert war, auch so leicht wegwaschen.

Patrick war nicht geblieben. Er hatte kein Wort zu ihr gesagt, dachte sie, als sie ihren Kopf seitlich in den Wasserstrahl hielt.

Und doch.

Er hatte ihr zugerufen, als sie am dringendsten Hilfe brauchte, dachte Morgan. Ihre Gedanken gingen zurück zum Auto, das in der Luft schwebte und ihrer Angst, dass sie es nicht sicher irgendwo abstellen könnte. Patricks Stimme hatte durch ihre Angst durchgeschnitten, um ihr zu helfen.

Obwohl Patrick wütend auf sie war. Obwohl er selbst nicht verstand, was passierte, hatte er ihr den Rücken gestärkt, dachte sie.

Das ist nur, weil er ein gutes Herz hat und Cait liebt, sagte sie sich selbst. Wenn sie ihm wirklich wichtig wäre, hätte er hinterher mit ihr gesprochen.

Ein Bild ging durch Morgans Kopf von den Leuten, die sie umringten, als sie das Auto hochhob.

Schock.

Horror.

Unglauben.

Morgan schüttelte ihren Kopf.

Niemand würde sie je wieder so ansehen wie vorher. Und sie würden Patrick dafür verurteilen. Sie würde für immer als seine verrückte Freundin bekannt sein. Sie hatte alles ruiniert, dachte Morgan.

Als Morgan klar wurde, was sie zu tun hatte, begann sie noch stärker zu weinen. Sie legte ihre Arme um ihre Beine und hasste die Entscheidung, die sie fällen musste.

Morgan wusste, dass sie gehen musste.

Stunden später flossen ihre Tränen immer noch, als sie ihre Taschen packte. Sie sah sich in der Wohnung um, die sie so sehr liebte, und ihre Augen landeten auf ihrem Bett. Sie strich mit der Hand über die Decke und erinnerte sich an die Nächte, die sie und Patrick hier verbracht hatten.

Sie tat es für ihn, dachte Morgan entschlossen.

Ihr Handy läutete mit einer SMS und Morgan eilte herüber und hoffte auf gute Nachrichten.

Ein gesundes kleines Mädchen! Cait möchte, dass du morgen vorbeikommst. Sie braucht jetzt Schlaf. Mutter und Baby sind wohlauf.

Morgan blinzelte auf die Nachricht. Sie war froh, dass sie hatte helfen können und dankbar, dass Cait und das Baby verschont wurden. Ihr Körper schwankte, als sie auf ihr Telefon schaute und merkte, dass sie aus schierer Erschöpfung gleich umfallen würde.

Sie sah wieder auf ihr Bett.

„Morgen gehe ich", sagte sie und kroch unter die Bettdecke. Sie war eingeschlafen, bevor ihr Kopf das Kissen traf.

MORGAN ERWACHTE im schummrigen Licht des Morgens durch ein weiteres Läuten ihres Handys. Sie setzte sich auf, rieb ihre Hände über ihr Gesicht und versuchte, den Nebel aus ihrem Kopf zu vertreiben. Sie schloss ein Auge und schielte auf die Uhr.

6 Uhr morgens.

Grummelig griff Morgan nach ihrem Handy, um zu sehen, von wem die SMS war. Ihre Gedanken gingen sofort zu Patrick und ihr Herz hüpfte für eine Sekunde, bevor sie sich erinnerte, dass sie heute gehen würde.

Seufzend wischte Morgan über den Bildschirm.

Du musst heute die Galerie aufschließen. Ein Touristenbus kommt und Cait braucht meine Hilfe. Danke, stand in der Nachricht von Aislinn.

Ihre Kinnlade fiel nach unten und Morgan begann

zurückzuschreiben. Sie versuchte, einen Grund zu finden, warum sie nicht kommen könnte.

„Verdammt", fluchte Morgan und legte das Handy hin, ohne eine SMS zu schicken.

Sie konnte Aislinn nicht einfach im Stich lassen. Sie war die erste Person gewesen, die Morgan eine Chance gegeben hatte.

Seufzend kroch sie zurück ins Bett und zog das Kissen über ihren Kopf. Sie verdrängte ihre Nervosität. Sie würde später ein Gespräch von Angesicht zu Angesicht mit Aislinn führen und dann wäre sie frei zu gehen.

Und sie wäre wieder einmal auf sich allein gestellt.

KAPITEL EINUNDDREISSIG

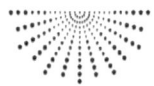

„Was mache ich bloß", stöhnte Morgan, als sie sich für den Tag fertig machte. Ihr Blick ging zu ihren Koffern, die in einer Ecke aufgestapelt waren. Sie seufzte, als sie ihre langen Haare seitlich ihres Gesichts in zwei Zöpfe flocht. Die anspruchslose Tätigkeit beruhigte sie. Ihr Magen knurrte und erinnerte sie daran, dass sie seit dem Scone zum Frühstück gestern nichts gegessen hatte. Sie ging in die Küche, steckte ein Stück Brot in den Toaster und trank ihren Kaffee, während sie versuchte, ihre chaotischen Gedanken zu beruhigen. Ihre Emotionen waren roh und gefährlich nah an der Oberfläche. Morgan wusste, dass sie sie unterdrücken musste, wenn sie heute in der Arbeit funktionieren sollte.

Morgan strich Butter auf ihren Toast und biss hinein. Sie schmeckte kaum etwas. Warum hatte Patrick sie nicht angerufen? Sie musste ihn verängstigt haben, dachte Morgan. Nerven flatterten durch ihren Bauch. Aber er hatte ihr doch geholfen, also warum hatte sie nichts von ihm gehört? Morgans Gedanken jagten wie in einer Spirale aus Unsicherheit und Traurigkeit in ihrem Kopf herum, als sie ihre Handtasche und Sonnenbrille ergriff und ihre Wohnung verließ.

Morgan trat in den Sonnenschein des frühen Morgens und sah die fröhlichen Fahnen, die sie erst gestern mit so viel Freude erfüllt hatten. Sie wollte nicht gesehen werden und nahm daher die Seitenstraßen, wo sie an den Küchenfenstern der Leute vorbeiging und die gemurmelten Diskussionen beim Frühstück hörte. Sie ließ ihren Kopf hängen und hielt ihren Blick auf dem Boden, da sie mit niemandem sprechen wollte.

Morgan kam am Hof der Galerie an und konnte nicht anders, als zu Aislinns Haus zu blicken. Sie fragte sich, wie es Cait ging. Ein Teil von ihr war begierig darauf, das Baby zu sehen, mit dem sie gestern kommuniziert hatte. Stattdessen öffnete sie die Tür, betrat die Galerie und überlegte, welche Artikel sich am besten an die Touristen verkaufen würden. Morgan weigerte sich, über die Entscheidung, die sie getroffen hatte, nachzudenken.

Agatha hatte Anfang der Woche ihre Bänder vorbeigebracht. Morgan zog einen niedrigen Tisch aus dem Lagerraum und verbrachte gut 20 Minuten damit, Bänder um die Päckchen zu wickeln. Sie schmunzelte darüber, wie niedlich sie aussahen. Sie erwartete hohe Verkaufszahlen. Ihr Lächeln verblasste etwas, als ihr klar wurde, dass sie nicht da sein würde, um Agatha die guten Nachrichten zu überbringen.

Morgan blickte auf die Uhr und merkte, dass sie es nicht länger aufschieben konnte aufzumachen. Mit schwerem Herzen ging sie und schloss die Tür auf für ihren wahrscheinlich letzten Tag in der Galerie. Sie zog die

Vorhänge auf und ließ das Sonnenlicht durch die Fenster scheinen, um die honigfarbenen Holzböden zu erhellen. Sie wanderte durch den Raum und ihre Augen nahmen die Schönheit von Aislinns Bildern auf. Sie wusste, dass sie diesen Ort mehr vermissen würde als jeden anderen, den sie je in ihrem Leben verlassen hatte.

Die Glocken über der Ladentür klingelten. Sie erschrak und Röte zog über ihr Gesicht. Sie drehte sich um und zwang sich zu lächeln.

Aileen stand mit einer Rose in der Hand vor ihr, ein warmes Lächeln auf ihrem Gesicht.

„Aileen!" Sie war höchstwahrscheinlich die Person, die Morgan am wenigsten erwartet hatte zu sehen. Ein bisschen Nervosität ging ihren Rücken hoch.

„Morgan, ich weiß, dass unsere Beziehung einen schlechten Anfang hatte, aber ich wollte die erste sein, die dir dankt", sagte Aileen. Sie kam vor ihr zum Stehen und hielt ihr die Rose hin. Morgan sah sie verwirrt an.

„Was. Warum?"

„Dafür, dass du Cait gerettet hast. Wir lieben sie alle. Und es ist mir egal, wie du es gemacht hast, mir ist nur wichtig, dass du es getan hast", sagte Aileen sanft, als Morgan die Blume von ihr nahm.

Morgan blickte auf die Blume in ihrer Hand. Die Blütenblätter waren blassgelb mit Rändern in einem Hauch von orange, sie waren einfach perfekt in ihrer fleckenlosen Schönheit.

„Du musst mir nicht danken", stotterte Morgan.

„Das müssen wir. Das muss ich. Du bist jetzt ein Teil von uns", sagte Aileen und sah dann hinter sich auf die Tür. „Hör mal, ich muss gehen, aber lass uns nächste

Woche etwas trinken gehen. Ich möchte mehr darüber wissen, wie du das Auto zum Schweben gebracht hast."

Morgan lachte und umarmte das Mädchen impulsiv, immer noch schockiert über das, was sie gesagt hatte.

„Bis später!", rief Aileen und verschwand.

Morgan strich mit ihrem Finger über die Blütenblätter und lächelte. Sie sah sich nach einer Vase um. Vielleicht würde doch alles gut werden, dachte sie. Zum ersten Mal seit gestern Morgen war sie von Hoffnung erfüllt.

Die Glocken klingelten und Morgan erschrak. Sie drehte sich wieder mit einem Lächeln um.

„Mr Murphy!", sagte Morgan und lächelte den Mann an, mit dem sie letzte Woche getanzt hatte. In seiner Hand hielt er einen kleinen Strauß Margeriten. Er stand mit einem Lächeln vor ihr.

„Die sind für dich. Es waren die Lieblingsblumen meiner Frau. Ich wollte dir dafür danken, dass du Cait gerettet hast", sagte er schroff.

Morgan nahm die Blumen und sah ihn an. Ihr Herz leuchtete in ihren Augen.

„Das wäre nicht nötig gewesen..."

Er schnitt ihr mit einer Handbewegung das Wort ab und drehte sich, um zu gehen.

„Ehre, wem Ehre gebührt."

Und einen Moment später war er weg. Morgan stand da und starrte dumm auf die Blumen in ihren Händen.

Die Glocken klingelten wieder.

„Agatha! Und...wow", sagte Morgan, als Patricks ganze Familie in den Laden kam, alle hielten Blumen, seine Neffen sowie seine Schwestern.

Alle außer Patrick.

Sie gingen an ihr vorbei mit einem Schwall von „Danke schön" als sie ihr ihre Blumen gaben. Morgans Arme waren bald voll und dann waren sie so schnell verschwunden, wie sie gekommen waren. Die Tür ging wieder auf und eine Frau, die sie als die Lebensmittelhändlerin erkannte, kam herein und legte mit einem freundlichen Lächeln und einem Dankeschön eine Blume auf ihren inzwischen großen Haufen. Morgan sah hilflos zu, als nach und nach das ganze Dorf in die Galerie kam. Sie stellten Vasen mit Blumen auf die Tische um sie herum und stapelten sie in ihre Armen; es war, als ob ein Blumenladen in der Galerie explodiert wäre.

Und ihr Herz sang einfach.

Am Ende weinte Morgan ungeniert. Sie konnte den Schwung der Emotionen nicht aufhalten, der daher kam, dass sie das erste Mal in ihrem Leben wirklich akzeptiert wurde. Was hatte sie sich gedacht, als sie diese Stadt verlassen wollte? Es war ihr Zuhause.

Morgan schluchzte, als Fiona durch die Tür kam mit einem großen Lächeln auf ihrem Gesicht.

„Hier riecht es schön", sagt sie sanft. Sie stand vor Morgan und blickte ihr in die Augen.

„Warst du das?", fragte Morgan und bewegte ihre Arme voller Blumen.

„Nein, das war ich nicht", sagte Fiona. „Abgesehen davon war ich ein bisschen beschäftigt mit Cait", sagte sie mit einem kleinen Lächeln.

„Cait! Wie geht es ihr? Wie ist es gelaufen? Ich sollte ihr ein paar von diesen Blumen bringen", sagte Morgan sofort.

„Oh, sie hat genug. Mr McGuiness ist in den Nachbarort gefahren, um den Blumenladen da auch leerzukaufen", lachte Fiona und strich mit ihrer Hand über Morgans Wange.

„Mein liebes Mädchen, was für eine wunderbare Tat du gestern vollbracht hast", murmelte sie.

„Ich hatte solche Angst", flüsterte Morgan. Sie drehte sich, um die Blumen auf den Tisch zu legen. „Gott, hat es mir gegraut!"

„Was ist mit dir passiert? Für einen Moment hattest du einen leeren Gesichtsausdruck", sagte Fiona.

„Grace hat die Zeit angehalten. Ich wusste überhaupt nicht, dass das möglich ist. Sie hat mir gesagt..." Morgan gluckste einen Schluchzer heraus und wischte wieder ihre Augen. „Sie hat mir gesagt, dass unsere Seelen für immer verbunden sind. Und dass, wenn ich nichts tun würde, Cait sterben würde. Also musste ich sie retten. Selbst wenn es bedeutet hätte, dass die Einwohner mich aus der Stadt vertreiben würden."

„Ach, sie ist wirklich eine Kämpferin, unsere Grace", murmelte Fiona.

„Ich hätte nicht geglaubt, dass ich etwas so Schweres heben kann", sagte Morgan. „Ich wusste nicht, was passieren würde."

„Liebe macht dich stärker", sagte Fiona.

Morgan nickte. „Das hat Grace auch gesagt. Liebe gewinnt."

„Du musst Cait besuchen. Aber erstmal ist im Innenhof jemand, der darauf wartet, mit dir zu sprechen", sagte Fiona und drehte Morgan so, dass sie zur Tür schaute.

„Was? Aber was ist mit den Blumen?"

„Ich kümmere mich darum. Das gibt mir etwas zu tun.

Und ich würde gern ein paar dem Fahrer des Autos geben. Die Frau hat Glück gehabt, ein gebrochener Arm ist alles, was ihr passiert ist. Geh schon." Fiona winkte und bückte sich, um ein paar Blumen in ihren Armen aufzusammeln. Morgan ging zur Tür und war plötzlich extrem nervös.

Zitternd rüstete sie sich und öffnete die Tür.

KAPITEL ZWEIUNDDREISSIG

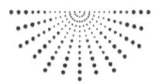

Patrick stand im Hof umringt von Eimern mit Blumen. Als er sie sah, ging ein Lächeln über sein Gesicht und er ging langsam auf ein Knie.

Morgan schnappte nach Luft und legte ihre Hand auf ihr Gesicht, unsicher, was hier los war. Sie ging langsam vorwärts, bis sie über ihm stand.

„Es tut mir leid, dass ich nicht zu dir gekommen bin. Es tut mir leid, dass wir uns gestritten haben", sagte Patrick. Seine Augen leuchteten mit Liebe und Besorgnis.

„Das ist okay, Menschen streiten sich. Du musst dich nicht hinknien", sagte Morgan und berührte seine Arme, damit er aufstand.

„Ich habe gesehen, was du gestern gemacht hast und..."

„Es tut mir leid, dass ich es dir nicht gesagt habe. Es tut mir so leid", sagte Morgan. Sie schnitt ihm das Wort ab und kniete auf dem Boden vor ihm, so dass sie sich auf gleicher Ebene ansehen konnten. „Ich hätte es nicht vor dir verstecken sollen. Ich habe gedacht, du würdest mich hassen."

„Darf ich was sagen?"

Morgan lächelte.

„Natürlich", sagte sie sanft. Ihre Augen durchsuchten sein Gesicht und nahmen alle Details seiner attraktiven Gesichtszüge auf.

„Was ich sagen wollte, ist, dass ich gesehen habe, was du gestern gemacht hast und ja, ich war schockiert. Aber ich war auch erstaunt über deine Kraft. Du bist fantastisch! So stark, so schön, und in dem Moment wusste ich es", sagte Patrick und griff in seine Tasche.

„Du wusstest was?", fragte Morgan und dann schnappte sie nach Luft, als er einen Ring aus seiner Tasche zog. „Patrick!"

„Das ist kein Verlobungsring. Ich weiß, dass wir uns noch nicht lange kennen und ich weiß, dass wir jung sind. Aber ich war so stolz auf dich gestern und ich habe gesehen, wieviel Angst du hattest und ich dachte...das ist die, die ich will. Ich will mein Leben damit verbringen, sie zu beschützen, so dass sie sich gewollt fühlt, und sie lieben. Ich liebe dich, Morgan, und wenn du ihn annimmst, würde ich dir gern diesen Versprechungsring geben", sagte Patrick. Er atmete aus und hatte die Frage in seinen Augen.

„Oh, Patrick, ja. Ich nehme ihn. Ich liebe dich auch", sprudelte aus ihr heraus, umfasste sein Gesicht mit ihren Händen und lehnte sich in seinen Kuss.

In diesem Moment fiel alles an seinen richtigen Platz. Sie könnte diesen Ort und diesen Mann nie verlassen, dachte Morgan, als sie gegen Patricks Lippen schluchzte.

Sie war jetzt zu Hause.

EPILOG

Morgan starrte auf ihren Ringfinger und lächelte glücklich über das goldene Band mit einem Schimmer von Rubinen. Feine keltische Designs waren an der Seite eingraviert. Morgan konnte fühlen, wie Liebe davon ausstrahlte. Sie hielt ihre Hand hoch und sah Patrick an.

„Wem hat der gehört? Ich kann fühlen, dass er sehr geliebt war."

„Ach, das war Fionas", sagte Patrick mit einem Lächeln.

„Das ist ihr Ehering?", sagte Morgan mit offenem Mund.

„Nein, nur ein Ring, der ihr an einem Jahrestag gegeben wurde. Meine Mutter hatte ihren Schmuck schon für ihre Töchter bestimmt, also habe ich mich an Fiona gewandt. Ich wusste, dass ihr beide eine spezielle Bindung habt und sie war mehr als glücklich zu helfen", sagte Patrick mit einem Achselzucken. „Ich hätte dir etwas gekauft, aber die Juweliere waren alle geschlossen."

„Er ist perfekt", sagte Morgan. Sie mochte, wie der Ring das Licht einfing.

„Na ja, ich wusste, dass ich etwas tun musste, bevor du weglaufen würdest", sagte Patrick und Morgan drehte sich zu ihm.

„Du hast gewusst, dass ich weglaufen würde?", flüsterte sie.

„Oh ja, weil es das ist, was du tust. Deswegen musste ich einen Ring an deinen Finger stecken, um dir zu zeigen, dass du eine Familie hast, wenn du sie willst", sagte er einfach und lächelte sie an.

„Hast du allen gesagt, das mit den Blumen zu machen?", fragte Morgan und lehnte sich an seine Schulter. Sein Arm ging um sie herum und Morgan wollte aus reiner Freude darüber lachen, dass sie mit jemandem verbunden war.

„Nee, das war Mr Murphy", sagte Patrick und lächelte sie an.

„Mr Murphy!"

„Naja, hinterher sind alle in den Pub gegangen und haben natürlich darüber geredet, was passiert ist. Mr Murphy hat gesagt, wir schulden dir alle Blumen und ein Dankeschön und da hatten sie diese Idee."

„Also deshalb hat Aislinn gesagt, dass ich heute arbeiten müsste", grübelte Morgan.

„Reingefallen", sagte Patrick.

„Wo wir davon sprechen, ich sollte Cait besuchen", sagte Morgan.

„Ja, ich habe strenge Anweisungen, dich zu ihr zu bringen", sagte Patrick. Er erhob sich und zog sie hoch, bis sie beide standen und seine Arme um sie lagen, während sie sich an ihn lehnte.

„Wer kümmert sich um den Laden?"

„Fiona hat hinter sich abgeschlossen. Komm schon, lass uns meine neue Minichefin kennenlernen", sagte Patrick und Morgan lachte ihn an.

Händchenhaltend gingen sie über die Straße zu Aislinns Haus. Fiona öffnete die Tür, bevor sie ankamen, und ihre Adleraugen landeten auf dem Ring. Ein Lächeln ging über ihr Gesicht.

„Danke", flüsterte Morgan und zog ihre Hand aus Patricks, um Fiona zu umarmen.

„Er gehörte Maeve", flüsterte Fiona ihr ins Ohr und Wärme schoss durch Morgan.

„Gleich weine ich wieder", sagte sie.

„Keine Tränen, es ist Zeit zum Feiern! Ich habe Cait schon gelöchert wie das Baby heißt, aber sie hat es mir noch nicht gesagt", grummelte Fiona.

„Kommt nach hinten", rief Cait. Sie hatte sich immer noch in Aislinns Gästezimmer niedergelassen. Morgan folgte Fiona nach hinten und sie drängten sich in ein Zimmer, das schon voller Leute war. Aislinn und Keelin gluckten über einem kleinen Kinderkörbchen am Bett. Shane saß auf der Bettkante und hatte seinen Arm um Cait gelegt, ein träumerisches Lächeln auf seinem Gesicht. Baird und Flynn unterhielten sich in der Ecke.

„Morgan!", sagte Cait. Freude ging über ihr Gesicht. „Es wird auch Zeit."

„Tut mir leid, ich hatte ein paar Dinge zu tun", sagte Morgan und warf Aislinn einen bösen Blick zu, bevor sie in Lachen ausbrach als Aislinn sie nur frech anlächelte.

„Kann ich sie sehen?", fragte Morgan und nickte zur Wiege.

„Natürlich", sagte Cait mit einem Lächeln.

Morgan ging auf Zehenspitzen zur Wiege und ihr Herz schmolz beim Anblick des winzigen Babys mit einem Büschel dunklem Haar und den perfektesten rosa Lippen.

„Du kannst sie ruhig nehmen", sagte Cait. Morgan griff in die Wiege, stützte sorgfältig ihren Kopf und legte das Baby gegen ihre Brust.

Das Baby öffnete ihre blauen Augen und lächelte.

„Sie hat mich gerade angelächelt!"

„Wahrscheinlich Blähungen", frotzelte Shane.

„Nein. Das war es nicht", sagte Morgan und lächelte das Baby an, das ihre Stimme erkannt hatte.

„Na, jetzt, wo alle hier sind", sagte Cait dramatisch, „möchten wir euch allen Fiona Morgan MacAuliffe vorstellen."

Morgan ließ das Baby fast fallen.

„Hoppla", sagte Aislinn sanft und nahm das Baby von ihr. Sie lächelte Morgan über den flaumigen Kopf hinweg an.

„Oh, das ist die schönste Neuigkeit", sagte Fiona, kam zum Bett und küsste Cait auf die Wange. Cait legte ihren Arm um Fionas Hals, um sie zu drücken.

„Bist du sicher?", sagte Morgan mit vor Tränen glänzenden Augen.

„Ich habe gehört, was du für mich gemacht hast. Das werde ich nie vergessen. Und Fiona auch nicht", sagte Cait und nickte zu dem kleinen Baby.

Morgan lächelte durch ihre Tränen, so glücklich, dass sie platzen könnte.

Keelin warf ihre Hände in die Luft.

„Toll, und wie nenne ich jetzt mein Baby?"

Sie brachen alle in Gelächter und Tränen aus und Morgan strich mit ihrer Hand über den Kopf des Babys. Ihr Blick traf Patricks über das Bett hinweg.

„Hey, wer hat die Wette gewonnen?", fragte Cait und sah Patrick an.

Patricks Gesicht sah für eine Sekunde gewittrig aus und dann seufzte er und ein Lächeln brach durch. Er zeigte auf Shane.

Caits Kinnlade fiel nach unten, als sie ihren Mann ansah. Shane klopfte selbstgefällig auf seine Tasche.

„Die Gewinne bleiben im Haus, mein Liebling", lachte er Cait an und sie lächelte.

„Geschieht euch allen recht, wenn ihr auf mich wettet", sagte sie selbstgefällig.

Morgan lachte wieder und ließ sich in ihrer neuen Familie nieder. Sie wusste, dass sie diesen Ort nie wieder verlassen würde.

Ihr Zuhause. Jetzt und immer.

NACHWORT

Irland hat einen besonderen Platz in meinem Herzen – es ist ein Land der Träumer und für Träumer. Es gibt nichts Schöneres, als es sich in einer Kneipe am Kaminfeuer gemütlich zu machen und einer Musiksession zuzuhören oder eine Tasse Tee zu trinken, während der Regen vor dem Fenster die Sicht vernebelt. Ich werde für immer von diesen felsigen Ufern verzaubert sein und hoffe, dass Ihnen das Lesen dieser Serie genauso viel Spaß macht, wie ich es genossen habe, sie zu schreiben. Danke, dass Sie an meiner Welt teilnehmen.

Ich bin überglücklich, dass meine Geschichten ins Deutsche übersetzt werden. Die Übersetzungen meiner Romane nehmen ein bisschen Zeit in Anspruch. Melden Sie sich also für meinen Newsletter an, um zu erfahren, wann das nächste Buch erscheint.

http://eepurl.com/hLxHBz

Ich hoffe, meine Bücher haben in Ihrem Leben ein wenig Zauber hinterlassen. Wenn Sie einen Moment Zeit haben, um mir davon etwas zurückzugeben, würde ich mich freuen, wenn Sie Ihren Freunden davon erzählen und eine Bewertung hinterlassen. Mundpropaganda ist die wirkungsvollste Methode, um meine Geschichten zu teilen. Danke schön.

WILDE IRISCHE WURZELN

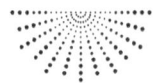

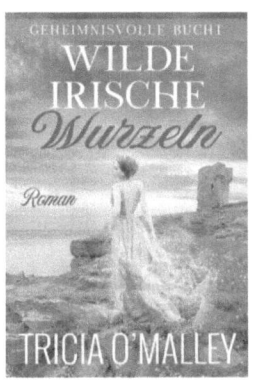

„Mama, der Mann lügt." Margaret Grainne O'Brien zog an Fionas Hand und zeigte mit dem Finger. Mit ihren neun Jahren war Margaret ein frühreifes und intelligentes Kind. Sie beobachtete die Menschen genau und gab oft ihre ungefilterten Meinungen über ihr Verhalten von sich.

„Sch, Margaret. Nur weil du ihm das ansehen kannst,

heißt das nicht, dass andere das können", sagte Fiona sanft zu ihrer Tochter. Margaret sah sie fragend an.

„Aber es stimmt", beharrte Margaret.

Der Mann, von dem die Rede war, war glücklicher-weise zu weit weg, als dass Margarets leise Stimme ihn erreichen könnte. Er lehnte sich über den Tisch und hielt die Hand einer blonden Frau, während er ihr suchend in die Augen sah.

„Ja, es stimmt. Aber wir müssen bestimmten Dingen erlauben, sich natürlich zu entfalten", warnte Fiona und zog ihre Tochter weg.

Margaret blickte über ihre Schulter zu dem Mann, während Fiona sie aus dem kleinen Restaurant zerrte. Wenn jemand sie gefragt hätte, wäre sie nicht in der Lage gewesen zu erklären, warum sie wusste, wenn Menschen logen, verliebt waren oder etwas verbargen. Es war einfach, wie sie die Welt sah. Ihr war nie gesagt worden, dass sie anders war.

„Margaret, Schatz, wir holen uns eine Tasse Tee und setzen uns raus, okay?", fragte Fiona und ging zu einem Café neben dem Restaurant. Sie bestellte Zimtscones für sie beide und eine Kanne Tee und deutete Margaret an, sich draußen einen Tisch auszusuchen. Margaret wählte einen, von dem aus sie immer noch einen Blick auf das Restaurant hatte. Ihr neun Jahre altes Gehirn war neugierig und sie wollte wissen, was mit dem Lügner passierte.

Fiona kam zu ihr an den Tisch. Margaret lächelte ihre Mutter an und bewunderte ihr rotblondes Haar und ihre sherryfarbenen Augen. Margaret ähnelte ihrer Mutter und sie liebte es, wenn Fiona ihre langen Haare zu Zöpfen flocht. Selbst in diesem Alter war sie auf ihr Aussehen bedacht.

Fiona lächelte Margaret an und schenkte ihr eine Tasse Tee ein, bevor sie ihr etwas Sahne auf den Scone gab. Sie saßen für einen Moment schweigend zusammen, während um sie herum das kleine Dorf Grace's Cove betriebsam war und die milde Luft des schönen Frühlingstags einen baldigen Sommeranfang versprach. Die Sonne wärmte die bunten Gebäude, die sich dicht an dicht an der Hauptstraße entlang drängten, die zum Hafen herunterführte. Am Fuß des Hügels breitete sich das Wasser aus und die Wellen tanzten im Sonnenschein.

„Margaret, Liebling, wir müssen uns unterhalten", fing Fiona an.

Margaret verspannte sich. Sie konnte fühlen, dass ihr Fiona etwas Ernsthaftes, wenn nicht sogar Furchterregendes zu erzählen hatte. Sie konnte die Gefühle ihrer Mutter lesen und spürte ihre Ängstlichkeit. Margaret legte ihren Scone hin.

„Was? Was habe ich falsch gemacht?"

„Nein, nichts dergleichen. Ich möchte mit dir über den Mann im Restaurant sprechen", sagte Fiona.

„Oh. Weißt du, warum er gelogen hat?", fragte Margaret und biss von ihrem Zimtscone ab. Sie ließ den Geschmack auf ihrer Zunge schmelzen, bevor sie einen kleinen Schluck von ihrem Tee nahm.

„Nein. Und die meisten Leute wissen nicht, dass er lügt. Es ist Zeit, dass wir über deine Fähigkeit reden", sagte Fiona vorsichtig.

Margaret fühlte, wie sich ihr Magen zusammenzog. Sie

war nicht sicher, was vorging, aber sie wusste, dass Fiona angespannt war.

„Was meinst du?"

„Na ja, du weißt doch, wie die anderen kleinen Mädchen, mit denen du spielst, manchmal durcheinander sind, wenn du ihnen Dinge sagst? So wie wenn du weißt, dass sie für einen Jungen schwärmen oder wenn sie ein Geheimnis haben?"

Margaret zuckte mit ihren Achseln und starrte auf ihren Teller. In der letzten Zeit hatte sie mehr und mehr Schwierigkeiten mit ihren Freunden gehabt. Es war schwer für sie, ihren Mund zu halten über die Dinge, die sie sah. Sie wollte das, was sie wusste, nicht ausplaudern; Margaret dachte, dass sie ihren Freunden damit helfen würde.

„Sind sie böse auf mich? Haben ihre Mütter etwas zu dir gesagt?", flüsterte Margaret.

„Nein, Schatz, überhaupt nicht. Erstmal möchte ich, dass du weißt, dass ich dich sehr liebe, und zwar immer. Aber es ist Zeit, dass du die Wahrheit über dich erfährst. Über uns. Du bist ein ganz besonders Mädchen. Genau wie ich. Wie alle Frauen in unserer Familie." Fiona lächelte Margaret warm an und Margaret konnte nicht anders als zurückzulächeln, obwohl ihr Magen verknotet war. Sie konnte die Liebe spüren, die von ihrer Mutter ausstrahlte und fühlte sich geborgen.

„Was meinst du mit ganz besonders? Weil ich so gut in Mathe bin?", fragte Margaret und steuerte die Unterhaltung absichtlich in eine andere Richtung.

„Nein, weil du eine besondere Fähigkeit hast, die

andere nicht haben. Aber wenn du nicht lernst, sie für dich zu behalten, werden sich die Leute dir gegenüber vielleicht anders verhalten", sagte Fiona und tätschelte Margarets Hand. „Schatz, du bist emphatisch. Das ist eine ganz besondere Gabe, mit der du die Gefühle anderer Menschen sehen kannst, selbst wenn sie nichts sagen. Der Mann, den du im Restaurant gesehen hast? Niemand sonst hätte gewusst, dass er lügt. Noch nicht mal die Frau, mit der er sprach. Die meisten Leute können nicht sehen, was du siehst."

Margaret fühlte Hitze durch sie gehen, als sie anfing, die unbehaglichen Momente in der Schule zu verstehen. Sie war anders.

„Aber du hast gesagt, dass du auch sehen konntest, dass er gelogen hat!", sagte Margaret vorwurfsvoll.

„Ja, das habe ich. Weil ich auch anders bin." Fiona lächelte sie an.

Margaret wusste, dass das stimmte. Sie hatte das Flüstern auf dem Spielplatz und im Dorf gehört. Fiona O'Briens Heilungskräfte wurden gleichzeitig geehrt und gefürchtet. Margaret hatte sich immer gefragt, warum jemand Angst vor Fiona haben könnte, wenn sie anderen so viel Gutes tat.

„Also sind wir merkwürdig?", fragte Margaret und kreuzte ihre Arme über ihrer schmalen Brust. Scham begann, sich in ihr auszubreiten.

„Margaret O'Brien, hör sofort damit auf." Fionas scharfer Ton zog Margarets Blick auf ihr Gesicht. „Wir sind nicht merkwürdig. Wir sind etwas Besonderes. Nicht jeder bekommt diese besonderen Gaben. Sie wurden uns von einer sehr berühmten Frau vermacht."

Ihr Interesse war geweckt und Margaret spielte mit ihrem Scone, bevor sie Fiona ansah.

„Von wem?"

„Na, von keiner anderen als der berühmten Piratenkönigin, Grainne O'Malley. Grace. So wie mein zweiter Vorname. Und wie deiner."

„Wir sind mit einer Piratenkönigin verwandt?", sagte Margaret aufgeregt. Sie hatte schon immer das Wasser geliebt und verbrachte viele glückliche Stunden mit Fiona unten in der Bucht.

„Das sind wir, und sogar mit der besten. Grace hat die Meere mit eiserner Faust und offenem Herzen beherrscht. Sie hat geholfen, viel unserer irischen Kultur zu bewahren. Als es für sie an der Zeit war, weiterzugehen, hat sie die Bucht als ihre letzte Ruhestätte gewählt."

Margarets Hände hielten über ihrem Teller inne. „Unsere Bucht?"

„Ja, unsere Bucht. Sie hatte beschlossen, in der Bucht zu sterben und sie dadurch geschützt. Und durch irgendwelche höheren Mächte hat sie jeder Frau in ihrer Blutlinie besondere Gaben vermacht. Du kannst dich glücklich schätzen, dass du sie hast", sagte Fiona leidenschaftlich.

Margaret starrte mürrisch über die Straße. Sie fühlte sich nicht glücklich. Sie fühlte sich jetzt anders.

„Ich will es nicht", sagte Margaret stur.

Fiona lachte sie an und reichte über den Tisch, um ihr Kinn in die Hand zu nehmen.

„Das ist etwas, womit du dich arrangieren musst, mein Liebling."

Buch 5 - Wilde irische Wurzeln: Margaret & Sean

GEHEIMNISVOLLE BUCHT

————

*Jetzt verfügbar

DIE INSEL DES SCHICKSALS

Buch 1 - Das Lied des Steins

Buch 2 - Das Lied des Schwerts

Buch 3 - Das Lied des Speers

Buch 4 - Das Lied des Schatzkessels

———

Jetzt verfügbar

Eine komplette Serie mit vier Romanen von

Tricia O'Malley

"Ein tolles Buch, es greift irische Mythen auf und verbindet diese mit einem spannenden undgefühlvollen Roman. Ich freue mich schon auf das nächste Buch dieser Serie" - Amazon Review

BÜCHER VON TRICIA O'MALLEY

ENGLISH EDITIONS

Tricia O'Malley has over 30 english speaking titles available in paperback, audio, e-book and Kindle Unlimited.

The Siren Island Series*

The Althea Rose Series*

The Isle of Destiny Series*

The Mystic Cove Series*

The Wildsong Series

The Enchanted Highlands Series

*Complete Series

Love books? What about fun giveaways? Nope? Okay, can I entice you with underwater photos and cute dogs? Let's stay friends, receive my emails and contact me by signing up at my website

www.triciaomalley.com

Or find me on Facebook and Instagram.

@triciaomalleyauthor

BÜCHER VON TRICIA O'MALLEY

STAND ALONE NOVELS

Ms. Bitch

"Ms. Bitch is sunshine in a book! An uplifting story of fighting your way through heartbreak and making your own version of happily-ever-after."

~Ann Charles, USA Today Bestselling Author

Starting Over Scottish

Grumpy. Meet Sunshine.

She's American. He's Scottish. She's looking for a fresh start. He's returning to rediscover his roots.

One Way Ticket

A funny and captivating beach read where booking a one-way ticket to paradise means starting over, letting go, and taking a chance on love…one more time

10 out of 10 - The BookLife Prize

Pencraft Book of the year 2021

DANKSAGUNG

Ein tief empfundenes und herzliches Dankeschön geht an diejenigen in meinem Leben, die mich kontinuierlich auf diesem wunderbaren Weg als Autorin unterstützt haben. Manchmal kann dieser Job sehr stressig sein, daher ich bin dankbar für meine Freunde, die immer ein offenes Ohr haben und mir durch die kniffligeren Momente der Selbstzweifel helfen. Ein ganz besonderer Dank geht an The Scotsman, der an erster Stelle mein großartigster Unterstützer ist und es immer schafft, mich zum Lächeln zu bringen. Ein weiterer besonderer Dank geht an Ulrike Bartz und Annette Glahn für die Hilfe bei der Übersetzung dieses Buches. Ihre Liebe zum Detail und ihre sorgfältige Arbeit haben mein Buch zum Leben erweckt - danke!

Jedes Buch, das ich schreibe, ist ein Teil von mir und ich hoffe, dass Sie die Liebe spüren, die ich in meine Geschichten stecke. Ohne meine Leser bedeutet meine Arbeit nichts, und ich bin dankbar, dass Sie bereit sind, Ihre wertvolle Zeit mit den Welten zu teilen, die ich erschaffe. Ich hoffe, jedes Buch zaubert Ihnen ein Lächeln ins Gesicht und lässt Sie für einen Moment dem Alltag entfliehen.

Slainté, Tricia O'Malley